novum pro

AF158383

Lil Hahnenkamm

Der Sklave von Valaina

novum pro

Bibliografische Information
der Deutschen Nationalbibliothek:

Die Deutsche Nationalbibliothek
verzeichnet diese Publikation in
der Deutschen Nationalbibliografie.
Detaillierte bibliografische Daten
sind im Internet über
http://www.d-nb.de abrufbar.

Alle Rechte der Verbreitung,
auch durch Film, Funk und Fernsehen,
fotomechanische Wiedergabe,
Tonträger, elektronische Datenträger
und auszugsweisen Nachdruck,
sind vorbehalten.

Gedruckt in der Europäischen Union
auf umweltfreundlichem, chlor- und
säurefrei gebleichtem Papier.

© 2024 novum publishing gmbh
Rathausgasse 73, A-7311 Neckenmarkt
office@novumverlag.com

ISBN 978-3-7116-0251-0
Lektorat: Naemi Hofer
Umschlagabbildung: Lil Hahnenkamm
Umschlaggestaltung, Layout & Satz:
novum Verlag

www.novumverlag.com

Inhaltsverzeichnis

Prolog 7

Kapitel I 10

Kapitel II 18

Kapitel III 58

Kapitel IV 97

Kapitel V 155

Kapitel VI 188

Kapitel VII 225

Kapitel VIII 231

Kapitel IX 254

Kapitel X 279

Epilog 315

Die Figuren 319

Danksagung 323

Prolog

Es geschah am 21. Juni im Jahre 1317 im kleinen Königreiche Valaina, welches zwischen dem Heiligen Römischen Reiche und Dänemark liegt, einen Tag nachdem Prinz Freylen von Valaina 13 Jahre alt geworden war. An diesem Tage dachte der König das erste Mal an den Moment zurück, an welchem sein einziger Sohn das Licht der Welt erblickte, an den Tag, an welchem seine geliebte Königin diese Welt verließ, nur wenige Minuten, nachdem der Prinz geboren worden war. Der König hasste seinen Sohn dafür, dass seine Gemahlin verstarb, war ihm nie ein guter Vater gewesen, strafte ihn nicht selten mit Schlägen. Doch an diesem Tage begann er all dies zu bereuen.

Sardasot verkündete ihm, wenige Minuten bevor der König begann, sich selbst zu verfluchen, dass er den Palast verlassen würde, aufgrund dieser Schuld nicht mehr als Vertrauter des Königs bei Hofe leben zu können. Ein Vertrauter war er wahrlich gewesen, hatte er doch den größten Schatz des Königs gehütet, wie diesem nun schmerzlich bewusst wurde: den Prinzen.

Nun war auch dieser fort. An diesem Morgen fanden die Zofen ihn zur frühen Morgenstunde nicht mehr in seinem Gemach und teilten dies augenblicklich ihrem König mit.

Das Festtagsgewand lag ordentlich gefaltet auf einem Stuhl, die Decken auf dem Bett waren unordentlich. Der Prinz schien zu Bett gegangen zu sein. Auf einem der

Kissen befand sich ein dunkelroter, noch immer leicht feuchter Fleck aus Blut.

Einmal erfüllte der König seinem Nachfolger einen Wunsch. Am Tage zuvor fand, während der Feier des Geburtstages des Prinzen, die Verlobung mit dem Mädchen statt, welches er liebte. Gebettelt hatte er, auf Knien gefleht, sein Vater möge ihm diesen einen Wunsch erfüllen, doch er verbat ihm dies. Wehrte sich so lange gegen die Tränen, bis die Gemahlin seines verstorbenen besten Freundes ihn brach. Die Mutter des jungen Mädchens, mit welchem sein Sohn seit wenigen Stunden verlobt war, erinnerte ihn an seine eigene große Liebe, daran, dass Freylens Mutter gewollt hätte, dass ihr Sohn glücklich werden würde. Und so stimmte der König, trotz der Tatsache, dass er seinem Sohn nie einen Wunsch erfüllt hatte, und dass er das Mädchen mit dem Namen Iduna nicht mochte, der Verlobung zu. Ihm war bewusst, dass die Mutter der zukünftigen Gemahlin seines Sohnes und diese selbst den Prinzen besser kannten als er es jemals getan hatte.

Und nun war der junge Prinz fort, verschwunden, verletzt, entführt. Von dieser Tatsache ging ein jeder, welcher von dem Verschwinden des Prinzen wusste, bereits nach wenigen Minuten aus.

Nun war der König allein. Allein war er zwar immer gewesen, sah er seinen Sohn doch recht selten, doch war ihm bewusst, dass er diesen, lediglich aufsuchen musste spürte er das Verlangen, ihn aufsuchen zu müssen, was jedoch nie passierte. Doch so wenig er Freylen doch kannte, dass er fort war, schmerzte dem König doch zu sehr.

Alleinig einige Gemälde erinnerten noch an die wahrlich sehr hübsche Gestalt des jungen Prinzen, dessen Existenz viele Menschen vergessen zu haben schienen, so selten bekam man ihn im Schloss und in seinem Lande zu Gesicht. Lediglich residierte der Jüngling in seinen Gemächern und der Bibliothek. Nur selten wurde ihm erlaubt, den Schlossgarten zu betreten, hatte er doch Tag ein Tag aus zu lernen, musste er sich doch darauf vorbereiten, eines Tages der Herrscher von Valaina zu sein. Einmal in der Woche, jeden Sonntag, begleitete der Prinz seinen Vater in die Kapelle des Schlosses, um zu beten, und hin und wieder wurde es ihm gestattet, Zeit in den Gemächern von Iduna und ihrer Mutter zu verbringen.

Doch noch etwas zeigte, dass Freylen 13 Jahre lang in diesem Schloss gelebt hatte, so Begriff der König. Es war dasselbe, was ihn auch seine Gemahlin nicht vergessen ließ: die Erinnerung.

Viel Zeit hatte der König wahrlich nicht mit seinem Sohn zugebracht, doch der vergangene Abend, das Fest und die Tatsache, dass Freylen nach der Verlobung mit Iduna so glücklich gelächelt hatte, dass seine Augen Funken zu sprühen schienen, hatte sich für immer in das Gedächtnis des Königs eingebrannt.

Er musste Freylen finden und hoffte, ihm anschließend ein besserer Vater sein zu können, wollte, dass seine Augen jeden Tag so strahlten wie in jener Nacht, in welcher er sich mit Iduna verlobte.

Kapitel 3

„Ich war lange nicht hier"

Mehr als sieben Jahre waren vergangen seit diesem schrecklichen Tag, an welchem der junge Prinz verschwunden war. Kaum etwas hatte sich in dem großen Schloss verändert.

Nichts, wenn man es so sagen wollte, sah man von der Tatsache ab, dass mehr als die Hälfte der Bediensteten das Schloss verlassen hatten, seit der Prinz verschwunden war.

Die Gemächer des Prinzen existierten noch immer, doch die Tür, welche zu diesen führte, war verschlossen worden. Über dem Bett, dem Tisch, den Stühlen und Schränken, über allem in diesem Gemach lag eine dicke Schicht aus Staub.

Doch noch etwas hatte sich verändert: Die Menschen waren gealtert. Der König, die übrig gebliebenen Bediensteten und auch Iduna, welche zu einer einzigartigen Frau herangereift war.

Sie war nun 21 Jahre alt, war gewachsen, ungewöhnlich groß für eine Frau und war wunderbar anzusehen, auch wenn die optische Norm einer Frau zu dieser Zeit ihr genaues Gegenteil zu sein schien.

Die junge Frau war nebst ihrer imposanten Größe sehr muskulös, sie hatte von der Sonne gebräunte Haut, leuchtend grüne Augen und Haar von der Farbe von frischem Blut. Noch nie in seinem Leben hatte der König derart rote Haare gesehen. Auch die Lippen Idunas waren auffallend rot, doch das Ungewöhnlichste an ihr waren ihr Beruf und ihr Wesen.

Genaugenommen verübte Iduna zwei Berufe: Wenige Wochen nachdem Freylen verschwand, nahm der König die junge Frau, welche damals ein Mädchen war, in seine Obhut. Schon immer glich sie von ihrem Wesen her ihrem verstorbenen Vater, nicht nur dem besten Rittersmanne, gleichsam auch dem besten Freund des Königs, dem einzigen Menschen, nebst der Königin, welcher hin und wieder streng mit dem König sprach, ihn unterstützte und teilweise noch immer erzog.

Auch Iduna wagte es, ihre Meinung kundzutun, sie sprach ernst und erwachsen mit dem König und machte ihm im Laufe der Jahre zahlreiche Vorwürfe, setzte die Rolle der Königin und ihres Vaters fort, hielt den König in Schach, bremste ihn, wenn er falsch reagierte oder handeln wollte. Sie war sehr temperamentvoll, was einer Frau nicht gestattet war, doch ignorierte die junge Frau dies gekonnt. Sie verkündete ihre Meinung und ihr gelang es, einem jeden Manne Respekt einzuflößen, war sie doch schon immer mit den Jungen durch den Wald gestürmt, anstatt zu sticken und zu kochen.

Und so fasste der König den Entschluss, dem Mädchen ihren größten Wunsch, nebst der Wiederkehr Freylens, zu erfüllen. Er begann sie eigenhändig zu einer Kriegerin auszubilden, was sich als eine richtige Entscheidung herausstellte. Iduna lernte schnell und viel und war nun die Person bei Hofe, welche am besten mit dem Schwerte kämpfen, am schnellsten laufen, am höchsten klettern und am weitesten springen konnte. Zudem ritt sie wie der Teufel und ihr Geschick ging um im ganzen Königreich.

Doch Iduna bekam mit der Zeit noch eine weitere Tätigkeit: Als der König drei Jahre lang vergeblich nach seinem Sohn gesucht hatte, brach er diese Suche ab, im Glauben, der Prinz sei verstorben. Hatte man ihn doch nicht finden können. Und so fasste er den Entschluss, dass, sollte Freylen nicht wiederkehren, Iduna seine Nachfolgerin werden sollte. Er wusste, dass sie dieses Königreich führen konnte, wusste, dass sie stark war und dass sein Sohn dies gewollt hätte, wäre sie doch auch Königin geworden, wäre der Prinz noch da.

So kam es, dass die Thronfolgerin eines Morgens im Winter in den Thronsaal eilte, zumal der König einen Gast geladen hatte.

Schnellen Schrittes betrat Iduna den Thronsaal und blickte ihren König freundlich an.

„Sei gegrüßt, Asilos!", rief sie von sonniger Laune und knickste leicht vor dem etwa 45-jährigen Manne mit den kinnlangen, gepflegten, leicht gewellten dunkelblonden Haaren und dem ebenso gepflegten Kinn- und Oberlippenbart.

„Sei gegrüßt, Iduna!", antwortete dieser ebenso freundlich und neigte leicht sein Haupt, während die Kriegerin sich auf einem kleineren Thron zur Rechten des Königs niederließ.

„Wen erwarten wir?", ihre Stimme klang neugierig und sie blickte den König fragend an.

„Wir empfangen einen Ritter des Fürsten Belial von Arta. Einem Manne, welcher einen Teil meines Landes im Westen verwaltet. Er wird uns zur Burg des Fürsten einladen, wo du seinen ältesten Sohn kennenlernen sollst. Verstehe mich nicht falsch, du sollst ihn lediglich kennenlernen, nicht gleich heiraten. Jedoch sollte dir bewusst sein, dass du eines Tages heiraten wirst, und so möchte ich dir die Möglichkeit geben, einige Männer von edlem Geblüt kennenzulernen, sollte Freylen nicht wiedererscheinen", erklärte der König höflich.

„Dies ist wahrlich ein guter Einfall, auch werde ich mich freuen, die Bekanntschaft dieses Menschen zu machen, doch warte ich noch immer auf Frey", antwortete Iduna und wandte sich der Tür zu, welche sich soeben öffnete.

Den Saal betrat ein Mann von schlanker Gestalt, welcher lockiges braunes Haar hatte, das wiederum etwa der Länge des Königs entsprach. Ebenso wurde sein Gesicht mit den recht kleinen grün-braunen Augen von einem dunklen Vollbart geziert. Er war etwas älter als Iduna und verneigte sich höflich vor dem König und seiner Nachfolgerin.

„Seid gegrüßt, König Asilos von Valaina und Kronprinzessin Iduna von Valaina. Mein Name ist Argon, ich bin Ritter des Hauses von Fürst Belial", stellte der Mann sich freundlich vor. Er hatte eine warme Stimme, welche ebenso freundlich klang wie seine Augen strahlten.

„Ich grüße Euch, Argon, Ritter von Belial", antwortete der König und neigte sein Haupt zur Begrüßung, „Ich bitte Euch nun Euer Anliegen vorzutragen."

Argon nickte höflich und erhob sich. „Der Fürst lädt seine Majestät und die Thronfolgerin herzlichst ein, ihn auf seinem Schloss zu besuchen, zumal Ihr die Thronfolgerin mit einigen jungen Männern bekannt machen wollt. Er würde Euch dazu einladen, einige Tage auf seiner Burg zu genießen, und zudem möchte er Euch seinen ältesten Sohn vorstellen", erklärte er und schenkte den beiden Sitzenden ein warmherziges Lächeln.

„Nun, Euch belügen möchte ich wahrlich nicht und deswegen verkünde ich nun, dass man mich bereits vor wenigen Tagen über diese Einladung informierte. Ich bin geneigt, dieser zuzustimmen, und werde an der Seite Idunas gern mein Schloss verlassen und die Burg des Fürsten besuchen. Lange war ich nicht mehr auf einer Reise und denke, dass diese sowohl mir als auch dir, Iduna, sehr guttun wird, zumal du dein zukünftiges Königreich kennenlernen sollst", sprach der König und nickte gleichzeitig leicht, „Wenn es Euch recht ist, werden wir in zwei Tagen aufbrechen."

„Nur zu gern, mein König! Gleich werde ich den Boten an meiner Seite mit einer Nachricht entlassen, damit der Fürst über euer baldiges Erscheinen unterrichtet wird", antwortete Argon und verneigte sich ein weiteres Mal.

„Tut das! Eine Zofe wird Euch in einem Gemache unterbringen, in welchem Ihr bis zu unserer Abreise nächtigen dürft."

~

Am Abend des folgenden Tages stand Iduna nachdenklich auf dem Trainingsplatz und hieb mit ihrem Langschwert gedankenverloren auf einen Pfosten ein. Sie konnte sich nicht auf die morgige Reise freuen.

„Iduna, mein Kind! Sag, warum bist du in der Dunkelheit und bei dieser Kälte noch immer auf dem Übungsplatz zu finden? Ich habe eine warme Suppe zubereitet", rief da ihre Mutter und trat auf den großen Platz.

Ohne ihrer Mutter zu antworten steckte sie ihr Schwert in die Scheide und trat auf die deutlich kleinere Frau zu. Diese schenkte ihr ein freundliches, gar liebevolles Lächeln und gemeinsam gingen Mutter und Tochter in ihre Gemächer, wo bereits die warme Suppe auf sie wartete.

„Was ist nur los, mein Kind?", fragte Almina, die Mutter Idunas, als sie die nachdenkliche Miene ihrer Tochter bemerkte, „Seit dem gestrigen Tag bist du so schweigsam. Bist du denn nicht erfreut, dass du in den frühen Morgenstunden eine Reise unternehmen wirst?"

Iduna blickte auf. „Weißt du, natürlich bin ich erfreut, doch denke ich, dass mehr als bloß eine Bekantschaft hinter diesem Besuch steckt. Asilos wünscht sich, dass ich heirate. Gerne bin ich bereit dies zu tun, doch gibt es bloß einen Mann, mit welchem ich den Bund der Ehe eingehen möchte. In jedem anderen Königreich werden die Menschen so verheiratet, dass dies gut für selbiges ist. Die Menschen sind dabei völlig unwichtig. Ich möchte mit einem Manne glücklich werden und dies kann ich doch bloß mit Frey", erklärte Iduna seufzend.

Da lachte ihre Mutter herzlich auf. „Mein Kind, du gehst deinem Willen nach und dies ist dem König bewusst. Solltest du den Fürstensohn nicht heiraten wollen, so wirst du dies auch nicht tun. Denke doch lieber daran, dass du nun die Möglichkeit bekommst, das Königreich zu sehen. Und vielleicht meint es das Schicksal ja gut mit dir und du findest deinen Zukünftigen wieder", sprach sie und legte ihre Hand auf die Idunas.

Diese nickte zögernd. Das erste Mal würde sie verreisen, und warum sollte sie nicht nach dem ihr Versprochenen Ausschau halten? Vielleicht war sie dazu in der Lage, ihn zu finden. Sie, die Einzige, welche noch immer fest daran glaubte, dass der Prinz lebte.

„Lange warst du nicht mehr bei ihm", erklang da die ruhige Stimme ihrer Mutter in der nachdenklichen Stille.

Verwundert blickte Iduna ihre Mutter an, dann verstand sie. „Mein Hab und Gut ist bereits in eine Truhe geladen. Ich werde ihn besuchen und ihm von meinen Sorgen berichten."

~

Wenige Minuten später öffnete Iduna die massive Holztür. Die Fackel in ihrer Hand warf flackerndes Licht auf das, was hinter dieser Tür lag. Sie erhellte den Staub, welcher durch das Öffnen der Tür aufgewirbelt worden war, beschien das Bett, den Schrank und den Tisch, das Regal und die Tür, welche zu einer Waschgelegenheit führte. All dies war unter einer dicken Staubschicht verborgen.

Vorsichtig betrat sie den Raum, welcher vor vielen Jahren einmal sehr prunkvoll gewesen war. „Hallo", sagte sie leise und strich mit den Fingern über einen bequemen Stuhl, auf welchem sie sich schließlich niederließ, „Ich war lange nicht hier, Frey. Und ich denke, dass du, falls du mich hören kannst, weißt, was geschah. Ich fürchte mich davor, diesen Mann zu treffen, ist mein einziger Wunsch doch bloß, dass ich dich wiedersehe. Weißt du, wie sehr dein Vater sich verändert hat? Er war hier, sehe ich gerade. Er vergaß seinen Ring. Und er liebt dich. Frey, ich verspreche dir, dass ich dich niemals aufgeben werde."

Kapitel II

„Ein Mensch, wie du und ich"

Am nächsten Tag brachen Iduna, Asilos, Argon und einige Bedienstete in den frühen Morgenstunden auf zur Burg Arta, dem Sitz des Fürsten Belial. Es lag noch immer tiefer Schnee, der Winter hatte seinen Höhepunkt erreicht und so war es unmöglich für eine Kutsche, den weiten Weg durch das Königreich zu fahren. So kam es, dass alle Reisenden reitend das Schloss verließen und sich auf machten, um die Burg des Fürsten Belial zu erreichen.

Iduna genoss die Landschaften, sah sie das Königreich doch das erste Mal in seiner ganzen Pracht. Wider Erwarten konnte sie die schneebedeckten Berge, die weiten Täler und Wälder bei strahlendem Sonnenlicht bewundern. Die Wolken der letzten Wochen waren weitergezogen und so war es wahrlich eine Freude, diesen Ritt zu unternehmen, welcher viel zu schnell vorüberzugehen schien.

~

Am Abend gelangte die Gruppe in eine der Städte, wo sie in einem Gasthaus nächtigte. Da der König sein Schloss sehr selten verließ, herrschte in der Stadt große Aufregung. Der Wirt briet ein Spanferkel und ließ seine Gäste von seinen besten Tellern speisen.

Iduna erfreute sich an den fremden Gesichtern, doch ertappte sie sich dabei, wie sie nach Freylen Ausschau hielt und hoffte, die hellen, blonden Haare oder gar die blauen Augen erblicken zu können. Sie wusste nicht, wie Freylen nun aussah, hatte sie ihn doch viele Jahre lang nicht mehr gesehen, doch solch helle Haare erblickte sie nicht in diesem Gasthaus.

~

„Asilos", sagte sie, bevor sie sich in ihr eigenes Zimmer zurückzog, zu ihrem König, „Diesen Ring fand ich am gestrigen Abend in den Gemächern Freys."

Verblüfft blickte der König Iduna an und nahm ihr den Ring schweigend aus der Hand. „Es ist keine Sünde zuzugeben, dass er dir fehlt. Wenn er bloß wüsste, wie sehr du ihn doch liebst", sprach sie und legte sich nach einem Gruß zur Ruhe.

~

Am nächsten Tage gelangten sie auf die Ländereien, welche der Fürst verwaltete. Es war ein schönes Stück Land, bestückt mit Wäldern, Flüssen und dem großen Gebirge.

„Nun passieren wir die Felder, anschließend reiten wir durch einen kleinen Wald, hinter welchem die Burg des Fürsten liegt", erklärte Argon und deutete auf zahlreiche Felder zu ihren Seiten.

Iduna wandte ihren Blick um und erblickte vier Personen auf einem der Felder. Zwei von ihnen waren von dunkler

Hautfarbe und trugen, gleich einem Dritten, schmutzige Lumpen. Sie standen gebeugt und schienen das Feld zu bearbeiten. Der vierte Mann blickte streng auf die drei Übrigen herab, in der Hand hielt er eine Peitsche.

Die blasse Person schien Steine aufzulesen und wandte den Kopf. Idunas scharfe Augen trafen die der Person, von welcher sie weder sagen konnte, wie alt sie war, noch welches Geschlecht sie besaß. Die Person war klein und mager, besaß ein feines Gesicht mit weichen Zügen, soweit sie es erkennen konnte. Die Haare waren beinahe vollständig unter einer Haube verborgen, lediglich einige grau-braune Haarsträhnen lugten an der Stirn hervor, welche der Kreatur doch bis zur Brust reichten.

Als die Person begriff, dass Iduna sie ansah, wandte sie den Blick erschrocken ab und bückte sich nach einem weiteren Stein, während sie aus der Sicht der Thronfolgerin verschwand.

Doch Iduna vergaß die kleine Gruppe in dem Moment, als sie die große Burg erblickte, welche sich nun vor ihr befand. Groß war sie wahrlich, zudem sah sie recht prunkvoll aus, reichte jedoch bei weitem nicht an das große Schloss des Königs heran. Der Bergfried, ebenso die anderen Türme, waren von Schnee bedeckt und eine Fahne wehte in der leichten Brise.

~

Nur wenige Minuten später klapperten die Hufe der Pferde auf der Holzbrücke und schließlich kamen die Tiere in einem großen Burghof zum Halt. Iduna sah sich um, sie erblickte die Pferdeställe, eine Schmiede, einen Holzverschlag und noch so viel mehr. Dann fiel ihr Blick auf die Hauptburg, welche durch eine Mauer von der Vorburg getrennt war. Diese war groß, kleiner als das Schloss, doch dieses Bauwerk mit seinen grauen Fassaden wirkte sehr imposant. Die Mauern waren hoch, die Fenster klein, doch Iduna fand die Burg wunderschön, so wie sie über diesem Lande thronte.

Einige Wachen traten nun auf sie zu, griffen in die Zügel der Pferde und halfen den Ankommenden, von ihren Rössern abzusitzen. Iduna nickte ihrer Wache höflich zu und trat anschließend neben den König, welcher sich auf das große Eingangstor der Hauptburg zubewegte. Dort standen fünf Personen.

Ein Mann mit relativ kurzen, braunen Haaren und einem gepflegten Kinn- und Oberlippenbart stand in der Mitte. Er war von mittlerer Größe und schien etwas jünger als der König zu sein. Mit braunen Augen blickte er auf die Ankommenden. Neben ihm standen drei jüngere Personen. Zwei von ihnen schienen in Idunas Alter zu sein, unverkennbar waren sie seine Söhne. Auch der Dritte, so glaubte Iduna war ein Sohn des Mannes. Er schien etwa sieben Jahre zu zählen und wippte aufgeregt auf und ab. Der fünfte Anwesende war ein recht kleiner Mann, doch hatte er eine Ausstrahlung, welche Iduna ängstigte. Seine Haare waren silbergrau und ordentlich gekämmt. Sein Gesicht war rasiert und seine grau-grünen Augen blickten Iduna mit stechendem Blick an. Er schien der älteste der Anwesenden zu sein.

Alle fünf verneigten sie sich nun und auch Asilos und Iduna neigten ihre Häupter, um die Menschen zu grüßen.

„Seid gegrüßt, Asilos, König von Valaina!", rief der Mann mit den kürzeren Haaren und schenkte dem König ein Lächeln.

„Fürst Belial!", antwortete der König ebenso erfreut, trat auf den Mann zu und streckte ihm die rechte Hand als Gruß hin, welche der Fürst ergriff, „Darf ich Euch und Eure Söhne mit meiner Thronfolgerin bekannt machen? Dies ist Iduna von Valaina!", sprach nun der König und Iduna neigte ein weiteres Mal ihr Haupt.

„Seid gegrüßt, Iduna. Darf ich Euch nun meinerseits mit meinen drei Söhnen bekannt machen?", erkundige sich nun der Fürst und küsste die Hand der Thronfolgerin. Diese nickte lächelnd.

„Nun, dies ist mein Erstgeborener, Adrik", begann der Fürst. Adrik, trat vor und küsste ebenfalls die Hand Idunas, „Dies ist Sandulf", auch der andere Bruder in Idunas Alter küsste lächelnd die Hand der Rothaarigen, „Und dies ist mein jüngster Sohn, Jaro."

„Seid gegrüßt!", quietschte der Kleine und schenkte Iduna ein strahlendes Lächeln.

„Nun, darf ich Euch noch meinen Berater Adrastos vorstellen, bevor ich Euch und Eure Begleitung in meine Burg bitten werde, damit Ihr Euch etwas frisch machen könnt und wir schließlich an einem Bankett teilnehmen werden", sagte Belial, während die Wachen das Tor öffneten und Adrastos der Berater sich verneigte und die Hand Idunas küsste.

~

Wenige Minuten später war Iduna allein mit ihrer Kleidertruhe in ihrem Gemach und blickte sich um. Der Raum war geschmackvoll eingerichtet, hatte einen Kamin und ein Himmelbett, wirkte ebenso schmuckvoll wie die gesamte Burg.

Etwas erschöpft ließ Iduna sich auf das Bett sinken und schloss die Augen. Nun war sie also hier und sollte einen der beiden erwachsenen Söhne Belials heiraten. Den ältesten, Adrik.

Doch die Kriegerin wusste, dass sie sich nun zurechtmachen musste, damit sie pünktlich zu dem Bankett erschien. Also sprang sie wieder auf, öffnete die Truhen und zog ein hellrotes, beinahe roséfarbenes Kleid hervor. Iduna entledigte sich flugs ihrer kurzen Tunika und schlüpfte in das Gewand, bevor sie ihre Haare kämmte und sich das Gesicht wusch.

~

Einige Zeit später betrat sie den Rittersaal, in welchem bereits der König, der Fürst mit seinem Ältesten und der Berater an einer reich gedeckten Tafel platzgenommen hatten. Iduna ließ sich neben dem König nieder und nickte den Anwesenden vornehm zu.

„Nun, beginnen wir zu speisen, bevor das Essen abkühlt. Der Fasan ist im Sommer weitaus vorzüglicher als nun, doch kann ich die Jahreszeiten nicht beeinflussen", bemerkte der Fürst lächelnd und die Anwesenden begannen sich ihr Mahl auf die Teller zu füllen.

Schweigend aßen die anwesenden Adelsleute. Der König war hungrig, hatte er doch einen anstrengenden Ritt hinter sich. Iduna begleitete ihn zwar auf dieser langen Reise, jedoch war sie deutlich jünger als er und vor allem viel zu nervös, um eine solch große Menge an Nahrung zu sich zu nehmen, wie der König. Ihr Blick fiel immer wieder auf den ältesten Sohn des Fürsten. Den Mann, von welchem der König sich wünschte, dass sie ihn zu ihrem Gemahl nahm. Vielleicht saß ihr gegenüber der zukünftige König und aß.

„Nun, warum geht Ihr nicht mit meinem Sohn in eine der Kemenaten, sobald Ihr Euer Mahl beendet habt?", fragte der Fürst Iduna nun und tupfte sich den Mund mit einem Tuch ab.

„Ich sehe keinen Grund, dies zu tun", entgegnete Iduna mit kühler Stimme.

„Aber sicherlich wollt Ihr Euren zukünftigen Gemahl etwas besser kennenlernen", sprach da Adrastos und griff nach seinem Krug.

„Mit Verlaub, mein Herr, doch bin ich erstens sehr erschöpft aufgrund der langen Reise und zweitens nicht dazu geneigt, diesen Manne zu ehelichen. Einem anderen bin ich bereits versprochen!", Iduna spürte, dass eine unbändige Wut sie überkam. Wollte dieser wildfremde Mann sie nun auch mit dem ältesten Sohn des Fürsten verheiraten?

Sie hasste es, wenn man sie zu etwas trieb oder über solch persönliche Dinge in ihrem Leben bestimmte. „Ich werde mich nun zurückziehen", sagte sie drum leise und erhob sich, „Gehabt euch wohl!"

~

Idunas Schritte hallten an den Wänden des Ganges wider, während sie den selbigen entlangschritt. Der Zorn über die Rücksichtslosigkeit der Männer loderte in ihr gleich einem Höllenfeuer. Ohne dass sie nach links oder rechts blickte, eilte sie diesen entlang. So schnell es ihr gelang, wollte sie in ihre Gemächer und über all das nachdenken, was geschehen war. Sie versuchte, sich noch im Gehen wieder zu beruhigen, und tat das, was sie immer tat, um zur Ruhe zu kommen: Sie dachte daran, was der Prinz wohl getan hätte. Jedes Mal, wenn sie an diesen dachte, wurde die Sehnsucht nach ihm noch größer, bohrte sich gleich einem Speer in ihr Herz und brachte die Trauer, die Angst und die Fragen mit sich. Doch es half ihr, sich zu beruhigen. Stellte sie sich die Frage, was Freylen an ihrer Stelle getan hätte, so kam sie meist auf eine gerechte Lösung. Iduna dachte darüber nach, mit Argon zu sprechen, dem höflichen Rittersmann, doch dieser schien ihr nicht der Richtige zu sein, um über ihr Empfinden zu sprechen. Ganz gleich, ob sie ihn erst wenige Stunden kannte oder nicht. Ebenso wenig hielt sie es für die richtige Entscheidung zu beten oder zu beichten.

In ihre Gedanken versunken bog Iduna in einen weiteren Gang ab. Dann spürte sie, wie etwas mit viel Schwung gegen sie prallte, und vernahm ein Poltern und ein Klirren. Sie stolperte und stützte sich mit den Händen auf dem Boden ab. Dann blickte sie erschrocken auf und starrte in das Gesicht einer ihr fremden Person, welche vor ihr kniete, und bestürzt auf das Geschehen blickte. Sobald ihre Augen die ihres Gegenübers trafen, senkte dieser den Blick, nahm eine unterwürfige, demütige Haltung an. Die Person gestikulierte leicht, bewegte die Lippen, doch keinen Laut brachte sie hervor.

Iduna betrachtete die Person vor sich genauer. Alles an ihr war seltsam grau-braun. Das lange, leicht lockige Haar, welches teilweise unter einer farblosen und sehr zerfetzten Haube hervorlugte, die Tunika und die Beinlinge, welche bessere Lumpen waren, ja, selbst die Haut war in einem farblos wirkenden Grau-Braun und trotzdem sehr blass.

Die magere Gestalt, die fehlenden Schuhe und der Schmutz sowie die Spuren von Blut und Tränen trugen nicht gerade zu einer besseren Erscheinung der Person bei und ließen diese wie ausgetrocknet wirken. Es gab zwei Dinge an der Person, welche von Farbe zu sein schienen: Zum einen die Adern, welche unter der Haut hindurchschimmerten, zum anderen die Augen, welche von einer fernen Welt zu stammen schienen, so blau waren sie. Blau wie zwei Saphire.

Und trotz des Schmutzes und des ungepflegten Aussehens der Gestalt fiel Iduna die unglaubliche Schönheit auf, welche von dieser ausging. Auch wenn die Wangen eingefallen und die Lippen rissig waren, glich die Person einem Fabelwesen. Die großen Augen, die wohlgeformte Nase, die vollen Lippen, welche das zarte kleine Gesicht, auf welchem kein Barthaar spross, mit den hohen Wangenknochen zierten, waren von unermesslicher Schönheit. Vor ihr kniete ein Jüngling, welcher noch mehr ein Heranwachsender zu sein schien, als ein ausgewachsener Mann.

Idunas Blick fiel auf den metallenen Halsring, welcher sich sichtbar eng um die Kehle des Jungen schloss, und sie musste schlucken. In ihr kam die Frage auf, wie es dieser Person gelang, frei zu atmen und zu essen.

Eilige Schritte mehrerer Personen ertönten nun im Gang, doch Iduna realisierte sie nicht. Sie schreckte erst auf, als ein heftiger Schlag ihren Gegenüber gänzlich zu Boden warf. Der junge Mann vor ihr rührte sich nicht, bemühte sich lediglich, nicht aufzusehen.

„Was hast du getan, Dreckstück?", schrie der Fürst völlig außer sich. Seine Augen blitzten erzürnt und sein Gesicht nahm eine dunkle Farbe an. Erst in diesem Moment fielen Iduna die zahlreichen Scherben und die weiße Krem auf, welche auf dem Boden verteilt lagen, und in welcher sowohl sie als auch der Junge knieten.

„Den Herren trifft keinerlei Schuld!", rief Iduna da entschlossen, „Ich habe nicht darauf geachtet, ob sich jemand in meiner Nähe befindet, und ging lediglich meinen Gedanken nach. Völlig unerwartet sind wir zusammengeprallt."

„Iduna, du weißt nicht, was du da von dir gibst!", rief der König da und blickte sie besorgt und nervös an.

„Auf die Knie!", herrschte Fürst Belial derweil den jungen Mann an und trat nach diesem.

„Hört auf!", rief Iduna entsetzt, als sie sah, dass der am Boden Liegende sich vor Schmerzen zusammenkrümmte.

„Begrüße den König!", die Stimme des Fürsten war schneidend. Der Jüngling richtete sich vorsichtig auf und ließ ein leises Wimmern hören. Als er erneut kniete, beugte er sich vor und legte seine Lippen vorsichtig auf das edle Leder, welches die Füße des Königs bekleidete.

Iduna fühlte, wie eine Welle der Übelkeit sie erfasste.

„Du beseitigst diese Unordnung und wirst anschließend in den Rittersaal kommen, wo du deine Strafe für diese Untat empfängst!", fauchte Belial, ohne auf Iduna einzugehen.

„Ihr Bediensteter hat nichts getan!", rief Iduna da etwas lauter, „Zudem müsst Ihr niemandem aufgrund eines Unfalls Schmerzen zufügen. So geht man wahrlich nicht mit einem seiner Diener um. Lieber solltet Ihr ihn einem Heiler vorstellen und dafür sorgen, dass er eine anständige Mahlzeit zu sich nimmt. Nichts gibt Euch das Recht einen anderen zu schlagen oder ihm auf eine andere Art Schmerzen zuzufügen!"

„Er ist kein Diener, Iduna", erklärte da der König mit sanfter Stimme, „Er ist ein Sklave."

„Ein Sklave?", wiederholte Iduna perplex. Sie wusste davon, dass einige Menschen von adeligem Geblüt sich Sklaven wie Vieh hielten, auch hatte sie diese auf den Ländern des Fürsten bereits gesehen, als sie zu dessen Burg geritten waren; der Junge war dabei gewesen, als einzig Weißer. Doch all das Leid, welches in ihm steckte, nun hier vor sich zu sehen, weckte in der Kriegerin den Drang den Menschen vor sich, welcher die pure Unschuld zu sein schien, zu schützen. Idunas Blick fiel auf die zitternden Hände der Gestalt, welche zu Boden sah.

„Worauf wartest du? Tu, was ich dir befohlen habe!", fauchte der Fürst. Der Sklave, welcher noch kein einziges Wort gesprochen hatte, zuckte aufgrund der plötzlichen Lautstärke zusammen und zog schüchtern den Kopf ein. Schließlich erhob er sich, während die Anwesenden ihn stillschweigend betrachteten.

„Er ist hübsch", sagte der König an den Fürsten gewandt.

„Hübsch ja, aber zu nichts zu gebrauchen. Es ist ein Wunder, dass er noch lebt. Würden die Sklaven mir nicht schneller wegsterben, als ich neue beschaffen kann, hätte ich ihn schon längst töten lassen. Er ist zu klein und zu schwach, aber die anderen Sklaven beschützen ihn und das so gut, dass wir ihn nicht liquidieren können."

„Ist er gebrandmarkt?"

Der Fürst zog die Tunika des Sklaven nach unten und entblößte dessen haarlose Brust, auf der ein blasses Brandmal prangte. Der König nickte und ergriff das Kinn des

Sklaven, hob dessen Kopf an, drehte ihn hin und her, zog die rissigen Lippen auseinander, welche augenblicklich zu bluten begannen, begutachtete die Zähne und tastete anschließend über den Oberkörper des Sklaven, welcher still wie ein Denkmal dastand und abwartete.

„Ihr wollt doch nicht wirklich einen Sklaven kaufen. Noch dazu einen weißen. Ihr seid der König, was soll Euer Volk von Euch denken? Doch auch wenn er zu nichts taugt, ist er hübsch und meine Sklaven nimmt man mir nicht einfach so. Zudem sind meine Sklaven unverkäuflich. Natürlich dürft Ihr ihn jedoch begutachten."

„Ich möchte sehen, wie gut Ihr ihn kontrollieren könnt. Die Unscheinbaren sind ja meist die Törichtesten."

„Glaubt mir, mein König, er ist der Gehorsamste von allen. Und jetzt wird er losgehen, etwas holen, womit er die Scherben und unsere Speise beseitigen kann, und dann in den Rittersaal kommen, wo er seine Strafe empfängt. Wenn Ihr ihn strafen möchtet, dann werde ich meinen Sohn bitten, sich etwas zurückzunehmen."

Iduna, die den Sklaven ebenfalls betrachtete, bemerkte derweil die Scherbe, welche im rechten der nackten Füße des Sklaven steckte, und sie erschrak. Auch der Junge selbst hatte den Blick auf seine Füße gerichtet, schien sich jedoch nicht an der Verletzung des Fußes zu stören.

„Niemals wirst du ihm wehtun!", sagte Iduna zu ihrem König und wollte schließlich das Wort an den Sklaven richten. Jedoch verstummte Iduna, anstatt ihre Stimme ein weiteres Mal zu erheben, als der Blauäugige sich umdrehte und vorsichtig den ersten Schritt in die Richtung tat, aus welcher er gekommen war. Dem geschulten Auge der Kriegerin entging nicht, dass der Junge starke Schmerzen hatte. Schmerzen, welche unmöglich von der Scherbe im Fuß kommen konnten. Sie sah das starke Hinken, doch dem Sklaven schien dies gleichgültig zu sein. Er hatte aufgegeben. Das Gefühl der Hoffnungslosigkeit, welches er ausstrahlte, war ebenso stark zu verspüren wie die Unschuld, welche ebenfalls von ihm ausging.

Idunas Kopf füllte sich mehr und mehr mit Fragen: Was hatte der junge Mann getan? Warum hatte man ihn versklavt? Welche Wege war er bereits gegangen? Wie viel Leid hatte er bereits erfahren? Wie wurde er zu dem, der er war? Zu dem, der willenlos versuchte die Befehle seiner Herren auszuführen.

Doch selbst ein Sklave, so lernte Iduna, konnte seinen Schmerzen nicht immer standhalten. So beobachteten alle Anwesenden tatenlos, wie der Sklave strauchelte und schließlich stürzte. Doch die Reflexe Idunas waren trainiert und mehr als nur zuverlässig. Ohne nachzudenken, machte sie einen Schritt nach vorn und fing den schmalen Körper auf. Der Leib in ihren Armen war angespannt und zittrig. Sie konnte die Rippen fühlen, welche unter der Haut hervorstachen, sie spürte den schnellen Herzschlag, als sich ihre Arme von hinten um den Oberkörper schlangen. Sanft ließ sie den Jungen zu Boden gleiten, kniete sich hinter ihn und hielt ihn so aufrecht sitzend, da sie befürchtete, dass der ausgehungerte Körper zusammenbrechen würde, sobald sie ihn losließ. Sie hielt ihn fest, um ihm zu zeigen, dass sie da war, in der Hoffnung, dass die Angst, welche sie ihm ansehen konnte, sich verringerte.

„Iduna!", rief da der König, „Er ist …"

„… Ein Mensch wie du und ich", unterbrach die Angesprochene ihn. Sie blickte auf das Geschöpf in ihren Armen, welches sich nicht traute, sich zu bewegen.

„Ich möchte behaupten, dass dieser Gang doch etwas zugig ist. Warum gehen wir nicht zurück in den Rittersaal?", fragte Iduna nun unschuldig. Dem König war bewusst, dass seine selbst erwählte Nachfolgerin ihren Willen bekommen würde. Er nickte dem Fürsten zu, welcher verstand.

„Wie Ihr ihn in den Rittersaal befördern wollt, überlasse ich Euch", sagte dieser nun und ging Seite an Seite mit dem König davon, überließ Iduna und den Sklaven sich selbst.

Die zukünftige Königin atmete tief durch und blickte den Sklaven vor sich an. Sie konnte nicht einschätzen, wie intelligent der junge Mann war, doch hoffte sie, dass er begriffen hatte, dass er einer Strafe entgehen würde.

„Wie heißt du?", fragte sie nach einer Weile vorsichtig. Sie sah die Lippen des Jungen nicht, wusste nicht, ob er einfach nur zu leise sprach oder überhaupt einen Ton von sich gab.

„Kannst du laufen, wenn ich dir dabei helfe?", fragte Iduna nun. Wieder erhielt sie keine Antwort. Sie seufzte leise, hatte bereits geahnt, dass sich der freundliche Umgang mit einem Sklaven als schwierig erweisen würde.

„Steh auf!", befahl sie schließlich. Dies funktionierte. Fürst Belial schien Recht zu behalten: Der Sklave folgte an ihn gerichteten Befehlen willenlos. Und doch musste der Sklave kämpfen, um auf die Beine zu kommen. Schließlich erhob Iduna sich und zog den Sklaven dabei mit sich. Nun stand sie hinter ihm und hielt den Jungen weiterhin fest, welcher sein rechtes Bein leicht anwinkelte, dort offenbar starke Schmerzen verspürte.

Er war recht klein, kaum größer als Iduna selbst, welche für eine Frau zwar sehr groß war, jedoch immer noch ein beachtliches Stück kleiner als die Männer, welche sie kannte. Für einen Mann war der Sklave also recht klein, überragte Iduna jedoch um wenige Zentimeter. Doch Iduna glaubte, dass er hätte größer sein können, wenn man ihm mehr Nahrung zur Verfügung gestellt hätte. Sie wusste nicht viel über die Sklaverei, doch war ihr bekannt, dass es unter den Sklaven häufig zu auch blutigen Konflikten kommen konnte, da man sie kaum ausreichend ernährte, was, laut den Berichten meist zu Streitigkeiten führte, da der Stärkste am meisten bekam. Der zarte Sklave vor ihr ging in solchen Kämpfen sicherlich unter.

Selbst wenn er stand, befand sich der junge Mann in einer unterwürfigen Haltung, hielt Kopf und Blick stets gesenkt. Iduna wusste nicht, welche Krankheiten, ob er

Läuse oder Flöhe hatte, doch sie scheute sich nicht den Sklaven zu berühren, wusste selbst, dass sie sehr auf ihren Körper achtete, beinahe täglich ein Bad nahm. Zudem waren die Haare des Sklaven größtenteils durch die Haube verdeckt, sollten wohl das Übertragen von Läusen vermindern, ebenso, dass er verlorene Haare verteilte. Sie wunderte sich, dass man ihm die Haare nicht einfach abgeschnitten hatte. Doch ihr war bewusst, dass sie von dem Sklaven selbst wohl keine Antwort auf diese Frage bekommen würde.

Iduna zog ein Tuch aus ihrer Rocktasche, befeuchtete es mit Spucke und wischte dem Sklaven vorsichtig das frische Blut aus dem Gesicht.

Schließlich legte Iduna sich sachte einen Arm des Jungen über die Schulter, trat dabei neben ihn und legte ihm ihren Arm um die Taille, stützte ihn, damit er sich fortbewegen konnte.

„Pass auf! Du darfst das rechte Bein nicht allzu sehr belasten", sprach Iduna freundlich. Sie ahnte bereits, ohne eine geschulte Heilerin zu sein, dass das Bein gebrochen war und wusste, dass der Sklave sowohl dringend einen Heiler als auch Nahrung benötigte, um die Verletzung zu kurieren, ja, um zu überleben.

~

Schritt für Schritt bugsierte sie den Sklaven den Gang entlang, auf den Rittersaal zu und sprach dabei leise mit ihm, stellte sich ihm vor, erzählte von sich, immer in der Hoffnung, dass der Sklave doch seine Stimme erheben würde. Doch diesen Gefallen tat der junge Mann ihr nicht, war es doch unmöglich, innerhalb weniger Minuten das Vertrauen eines Menschen zu gewinnen, welcher von seinesgleichen abgelehnt wurde.

~

Die Menschen, welchen das ungleiche Paar begegnete, blickten sie erstaunt an, als sie an ihnen vorübergingen. Da der junge Mann sein Bein nicht mehr belasten konnte, kamen sie nur sehr langsam voran, doch Iduna störte dies keineswegs. Das Einzige, was sie zur Eile trieb, war das verletzte Bein des Sklaven. Der junge Sklave war in diesen Minuten auf Iduna angewiesen, trotz der Tatsache, dass Iduna spürte, dass er ihr nicht im Geringsten vertraute. Sein Körper war komplett angespannt, und er schien sich nicht auf den Kontakt zu ihr einlassen zu können. Doch als sie den großen Rittersaal betraten und sich die Blicke des Fürsten, dessen Sohn, des Königs und des Beraters Adrastos, sowie der anwesenden Diener und Wachen auf sie richteten, spürte Iduna, dass sich die Angst ihres Begleiters in Panik verwandelte und dass er sich verschreckt an sie drückte.

„Niemand wird dich strafen", flüsterte sie ihm leise zu und drückte ermutigend seine Hand.

„Lass ihn los, er hat auf die Knie zu fallen, wenn einer seiner Herren anwesend ist!", sprach da Adrastos mit einem Klang in seiner Stimme, welchen Iduna nur als herablassend bezeichnen konnte.

„Er ist verletzt!", wandte sie prompt ein, doch da hatte der Sklave sich schon vorsichtig von ihr gelöst und war auf die Knie gesunken.

„Ganz gleich, ob er verletzt ist. Seine Unterwürfigkeit und seinen Respekt vor unserer Macht hat er uns zu zeigen!", erklärte Adrastos mit kalter Stimme, „Er ist ein Sklave. Dass er verletzt ist, ist normal. Jede Wunde hat er verdient."

Iduna bemühte sich, Fassung zu wahren, als Adrastos diese Worte sprach. Der Sklave zitterte derweil unkontrolliert.

„Keineswegs trägt er die Schuld an jeglichen Verletzungen. Ich kann nicht beurteilen, ob dies bei sämtlichen Verletzungen der Fall ist, jedoch kann ich dies bei einer bestimmten Wunde mit Gewissheit sagen, da dieser Jüngling sich diese unabsichtlich, durch mein Verschulden zuzog. Er stieß mit mir zusammen, doch konnte er nicht erahnen, dass ich um die Ecke preschen würde, gleich einem jungen verschreckten Reh. So stießen wir zusammen und er ließ natürlich die Schale fallen. Eine Scherbe bohrte sich in seinen Fuß", berichtete Iduna.

„Steh auf!", befahl Adrastos, ohne auf die Worte Idunas einzugehen. Sofort mühte sich der Sklave, auf die Beine zu kommen. Erst nach einigen Versuchen gelang es ihm. Iduna glaubte, die Fassung zu verlieren, als ihr bewusst wurde, wie gleichgültig es sämtlichen Anwesenden war, dass der Sklave, dass der Mensch, sich quälte.

„Komm her!", sagte Adrastos nun scharf. Iduna machte einen Schritt nach vorn, auf den Sklaven zu, wollte ihn unterstützen, doch Adrastos stoppte sie. „Du kommst *allein* zu mir!", befahl er mit kalter Stimme.

„Das wird er nicht!", entgegnete Iduna, als der magere Junge sich in Bewegung setzte, „Bleib stehen!"

„Ihr vergesst, Iduna, dass Ihr zwar meine zukünftige Königin seid, doch für diesen Sklaven bin ich, nebst Fürst Belial, der höchste Herrscher. Meinen Befehlen gehorcht er noch vor den deinen, und jetzt kommst du zu mir!"

Die letzten Worte schrie der Mann, welcher mit geradem Rücken auf seinem Stuhl saß und den Sklaven nicht aus den Augen ließ. Dieser stolperte unbeholfen nach vorn, stürzte beinahe.

Es war eine Qual, ihm zuzusehen. Iduna sah die Tränen, welche sich in seinen Augen bildeten. So zügig er konnte, bewegte der Sklave sich auf seinen Herrn zu und fiel, nachdem dieser mit einem Fingerzeig auf einen Fleck auf dem Boden vor dem Stuhl gezeigt hatte, dort ein weiteres Mal auf die Knie, beugte sich vor und küsste auch die Füße des Beraters.

„Dann wollen wir doch einmal sehen, ob Ihr die Wahrheit gesprochen habt, Iduna, nicht wahr, Kleiner?", sprach Adrastos und ergriff das Kinn des Sklaven, um es nach oben zu ziehen, während der Kniende sich bemühte, seinem Gegenüber nicht in die Augen zu blicken.

„Solltest du lügen, schneide ich dir eigenhändig die Zunge heraus! Und jetzt sag mir: Spricht Iduna die Wahrheit?"

Adrastos zwang den Sklaven dazu, ihn anzublicken und Iduna sah die Kopfbewegung des Sklaven.

„Fein, er sagt die Wahrheit, Iduna sprach, was sich zugetragen hatte", verkündete er, bevor er ausholte und den Sklaven mit einer heftigen Ohrfeige zu Boden schickte.

„Es ist verboten, einem Herren in die Augen zu blicken", erklärte er kalt, „Ich werde mich nun zurückziehen, auf mich wartet noch Arbeit. Gehabt euch wohl."

Adrastos erhob sich würdevoll und verließ den Raum, während der Fürst eine der Wachen zu sich rief.

„Schickt nach seinem Anführer, er soll ihn abholen, bevor wir noch allesamt Läuse bekommen!", befahl er kühl. „Bitte, verlangt zunächst nach einem Heiler", unterbrach Iduna den Fürsten, „Das ist ein Befehl!"

Die Wache nickte und ging davon.

Iduna vergaß sämtliche Etikette, als sie zu dem Sklaven eilte, welcher reglos auf dem Boden lag, sich nicht traute auch nur einen Muskel zu rühren, und neben diesem auf die Knie fiel. Ohne auch nur ein einziges Wort zu sagen, zog sie mit einer Hand ihren Stuhl zu sich heran. „Meine Sitzgelegenheiten sind nicht für Sklaven gedacht!", rief Fürst Belial empört, als Iduna die Arme um den Sklaven legte und diesen vorsichtig aufrichtete.

„Da ist es wahrlich zufriedenstellend, dass dies für die nächsten Wochen mein Platz sein wird", entgegnete Iduna, während sie den Jüngling vorsichtig auf den Stuhl zog. Dieser war so leicht, dass sie ihn hätte tragen können, ohne sich anzustrengen. Niemand widersprach ihr, als sie ein Stück Brot von einem der Teller in ihre Hand nahm und dieses dem Sklaven gab.

„Iss!", sagte sie leise zu ihm. Zögernd und sehr langsam hob der Angesprochene die Hand mit dem Brot, führte sie zu seinem Mund und grub die Zähne hinein. Er aß langsam, schien jeden Bissen, welchen er herunter schluckte, jedoch nicht zu genießen, sondern sich an ihm zu quälen. Er biss winzige Happen von dem Stück Brot ab, kaute sie beinahe minutenlang und schluckte sie anschließend mit gequältem Gesichtsausdruck herunter. Iduna befüllte ihren Krug derweil ein weiteres Mal mit Wein. Ein leiser Flüsterton, ausgehend von den anderen Anwesenden, drang an ihr Ohr, doch diesen ignorierte sie. Aber gerade, als sie dem Sklaven den Krug reichen wollte, vernahm sie eine Stimme, die kräftiger war als die anderen und von der Flügeltür her ertönte:

„Gebt ihm dies nicht! Er soll höchstens Wasser trinken. Sonst rührt er sich gleich nicht mehr."

Iduna fuhr herum und erblickte einen Mann, welcher grau-braune mittellange Haare und blaue Augen hatte. Er war bereits relativ alt, Iduna schätzte ihn auf Mitte fünfzig. Seine Haut war hell, jedoch nicht blass und er war mittelgroß und schmal gebaut, doch nicht mager. Er kam nun auf sie zu.

„Mein Name ist Mímir, ich bin der beste Heiler Belials, man hat nach mir geschickt, und die Wache sagte mir, dass Ihr dies wart. Sagt, was kann ich für Euch tun?"

„Für meine Wenigkeit vermögt Ihr nichts tun zu können, doch bitte ich Euch den Fuß, aber vor allem das gebrochene Bein von ihm anzusehen. Und bevor Ihr Euch danach erkundigt: Die Wunde an seinem Fuß ist ganz allein mir zu verschulden", erklärte Iduna dem Mann.

„Die Sklaven tragen selbst die Schuld an ihren Verletzungen, doch da es ein Befehl der zukünftigen Königin ist, will ich zumindest die Scherbe aus seinem Fuß entfernen."

„Wie überaus großzügig!", ertönte da eine Stimme von der großen Tür aus. Iduna wandte sich um und erblickte einen Mann, welcher das genaue Gegenteil des Sklaven war, der noch immer auf dem Stuhl kauerte. In der Tür stand ein Hüne mit dunkler Haut. Er war kräftig gebaut, muskulös, trug seine Haare kurz geschoren, einen Bart, welcher ebenso schwarz war wie der Afro, und strahlte eine Selbstsicherheit aus, wie Iduna sie noch nie verspürt hatte.

Die Größe der Augen, welche bei diesem Mann jedoch braun waren, und die Lumpen, welche er trug, waren das Einzige, was er mit dem Sklaven gemein hatte. Der Sitzende glich einer Märchengestalt, einem Engel oder einer Elfe, während der Mann in der Tür einem Krieger glich. Alles an dem verängstigten Sklaven war zerbrechlich, und die weichen Gesichtszüge ließen ihn, trotz der eingefallenen Wangen, wie eine Puppe aussehen. Nun betrat der Hüne den Raum, bevor die Wache, welche neben ihm stand und zu einem Schlag ausgeholt hatte, ihn traf.

„Auch du hast vor uns niederzuknien!", sprach Fürst Belial erzürnt mit scharfer Stimme.

„Ihr seid nicht mein Gott und allein vor diesem habe ich mich hinzuknien!", entgegnete der Mann.

Mímir, der Heiler, hatte sich derweil wieder zu dem verschüchterten Jungen umgedreht und besah sich den schmutzigen Fuß des Sklaven. Schließlich zog er ein sauberes festes Tuch aus seiner Tasche, während der andere Sklave auf Iduna, Mímir und den Jungen zuschritt. „Was tut Ihr da?", fragte der Hüne den Heiler Mímir.

Trotz des Ranges der Sklaven war es dem Mann gelungen, sich bei sämtlichen anwesenden Personen Respekt zu verschaffen, selbst Fürst Belial schien dem Sklaven einiges zu gewähren.

„Ich behandle die Wunde an seinem Fuß", erklärte der Heiler geduldig und zog schließlich die Scherbe aus diesem heraus. Der magere Sklave zuckte zusammen und Iduna sah die Tränen, welche sich einen Weg über die Wangen des Blassen bahnten.

„Das Bein solltet Ihr Euch ansehen, nicht etwa den Fuß. Die Scherbe herausziehen und ein Tuch um die Wunde binden kann ich genauso gut wie Ihr, doch Knochen heilen, das kann ich nicht", erklärte der Mann.

„Für den Splitter in seinem Fuß trägt er keine Schuld. All die anderen Verletzungen hat er sich selbst zuzuschreiben. Ich bin nicht befugt, Wunden zu heilen, welche sich die Sklaven bei einer Bestrafung zugezogen haben", entgegnete der Heiler ruhig.

„Ihr wisst genauso gut wie ich, dass die Strafen selten gerechtfertigt sind. Er kann nicht mehr laufen und kaum noch seine Arbeit verrichten", wandte der zweite Sklave ebenso ruhig ein und hockte sich schließlich neben das verletzte Geschöpf.

„Was du als gerecht empfindest und was nicht, ist nicht von Belang, Alvar", sagte Fürst Belial von seinem Platz aus.

„Aber es ist in Eurem Interesse, dass er seine Arbeit zu Eurer Zufriedenheit verrichtet, was er nicht kann!", rief der Sklave namens Alvar nun aufgebracht, während er dem stillen Sklaven einen kleinen, an einem Ende verkohlten Zweig reichte.

Iduna beobachtete, wie der kleinere der Sklaven den Ärmel seines Oberteils hochschob und mit dem Zweig etwas auf seine Haut zeichnete. Alvar beugte sich über seinen Arm und blickte auf die Zeichen herab.

„Das kann ich nicht tun!", sagte Alvar zu dem schmalen Geschöpf auf dem Stuhl.

„Was?", fragte Fürst Belial nun aufmerksam.

„Er bittet darum, sein Leben endgültig zu beenden", sagte Alvar schließlich.

„Bitte, seht Euch das Bein doch wenigstens an!", flehte Iduna.

Der Wunsch des Sklaven, die Sehnsucht nach dem Tod, nach Ruhe ließ eine Gänsehaut über Idunas Arme laufen. Wie schlecht musste es dem Jüngling gehen, wenn er den Tod dem Leben vorzog?

„Sein Tod ist nicht von Belang!", erklärte Fürst Belial, „Doch nachts sollten wir ihn einsperren und fesseln, damit er sich seinen Wunsch nicht selbst erfüllt."

„Mein Fürst, ich erbitte die Erlaubnis mir das Bein Eures Sklaven ansehen zu dürfen. Alvar hat recht. Er wird nicht effektiv arbeiten können, wenn ich ihn nicht behandle."

„Es ist Eure Zeit und Ihr werdet Euch an ihm anstecken", sagte Belial kaltblütig. Der Heiler zögerte einen winzigen Augenblick. Dann sah er den Sklaven an, welcher mittlerweile mit verbundenem Fuß gekrümmt auf dem Stuhl hockte und stumme Tränen vergoss. Dieser Anblick tat Iduna im Herzen weh.

„Wenn du erlaubst", sagte Mímir leise zu dem Sklaven. Der Sklave namens Alvar nickte ihm zu, während der Blauäugige weiterhin unbewegt dasaß.

„Helft Ihr mir?", fragte er Iduna nach einem Augenblick und sah sie an. Diese antwortete mit einem Nicken.

„Habt Ihr die Kenntnisse einer Heilerin?", erkundigte sich Mímir und bedeutete Iduna, sich neben ihn zu knien.

„Geringe Fähigkeiten habe ich, doch umfangreich sind diese wahrlich nicht", erklärte Iduna etwas verunsichert. Sie hatte Angst, einen Fehler zu machen, welcher dem Sklaven noch weitere Schmerzen bereiten könnte.

„Ihr nehmt nun sein Bein und haltet es über dem Boden, damit ich es mir besser ansehen kann", bat Mímir sie freundlich und Alvar nickte ihr aufmunternd zu.

Schließlich gab Iduna sich einen Ruck und ergriff vorsichtig den rechten Knöchel des Sklaven. Ganz langsam hob sie das Bein an und stützte es mit ihrer zweiten Hand. Sie sah, dass Alvar aufgestanden war und seine Hände auf die Schultern des Sitzenden gelegt hatte. Dieser weinte noch immer und als der Heiler vorsichtig den Stoff, welcher den Unterschenkel des Sklaven verhüllte, nach oben schob, verstand Iduna auch, warum er dies tat.

Das rechte Schienbein war dick angeschwollen und mit roten, gelben, violetten, blauen und grünen Flecken überzogen. Zudem sah man, dass das Bein in der Mitte nach hinten geknickt war.

Selbst Asilos, der König, gab ein leises Zischen von sich, als er diese Wunde zu Gesicht bekam.

„Bei Gott dem Allmächtigen", hauchte Iduna. So etwas Grausames hatte sie noch nie gesehen.

Alvar schien die Wunde bereits zu kennen, denn er verzog weder das Gesicht noch gab er ein Geräusch von sich.

Er strich dem Verletzten lediglich über den Rücken und blickte stur geradeaus.

Als Mímir vorsichtig seine Hände um das Bein des Sklaven legte, gab dieser ein leises heiser klingendes Wimmern von sich, gleich einem geprügelten Hund. Er zuckte zusammen, schien sein Bein wegziehen zu wollen. Mímir gab dieses jedoch nach nur wenigen Sekunden wieder frei und gab Iduna mit einer Kopfbewegung zu verstehen, dass sie das Bein ebenfalls loslassen sollte.

„Das Bein ist mindestens einmal gebrochen. Normalerweise ist es mir nicht gestattet, die Verletzungen eines Sklaven zu behandeln, doch da diese sterben, werde ich mich um das Bein kümmern. Sei es nur, damit du wieder effektiv arbeiten kannst. Es wird lange dauern, bis du wieder laufen kannst, du wirst Verpflegung brauchen, um die Kraft für die Genesung zu erlangen. Doch heute kann ich nichts mehr für dich tun. Komm morgen, wenn die Glocken der Uhr zwei Mal schlagen, in meinen Heilungsraum. Dann werde ich mir das Bein genauer ansehen. Dort kann ich dich behandeln und auch dafür sorgen, dass du, während ich mich um dein Bein kümmere, weniger Schmerzen verspürst. Zudem kann ich die Behandlung vorbereiten, sodass diese sehr viel schneller gehen wird. Bis dahin solltest du dich ausruhen."

„Morgen wird er auf dem Feld arbeiten", meldete sich Fürst Belial von seinem Platz aus, „Dennoch dürft Ihr ihn von mir aus behandeln, solange Ihr wollt. So lange bin ich ihn wenigstens los und er ist mir nicht im Weg."

Empört sprang Iduna auf und wollte ihre Stimme erheben, doch der König schüttelte warnend sein Haupt. Sein Blick war düster, mehr besorgt, als erzürnt.

„Bevor Ihr etwas Falsches sagt, Iduna: Sollte der Sklave am morgigen Tage nicht auf dem Feld sein, so werde ich Mímir verbieten, sein Bein zu heilen. Und jetzt wirst du, Biest, deinen Schwächling von Kameraden hier herausschaffen, bevor ihr uns mit all den Seuchen ansteckt, welche ihr beide in euren erbärmlichen Leibern tragt", blaffte Fürst Belial, was Iduna verstummen und den Sklaven Alvar herumfahren ließ.

„Zu Eurer Information: Wir alle sind nur krank, da Ihr uns in einem Loch einpfercht, gegen welches selbst der Stall der Schweine wie ein Schloss wirkt, und weil Ihr uns weder gute Nahrung noch Waschgelegenheiten zur Verfügung stellt!" Alvars Stimme klang erzürnt, während er diese Worte sprach und seinen verletzten Gefährten gleichzeitig auf die Arme nahm, „Außerdem haben sowohl er als auch ich einen Namen!"

Erstaunt blickte Iduna ihn an. „Wie heißt er denn?", fragte sie etwas verwirrt. „Er heißt Freylion, sein Rufname ist Frey. Wir tauften ihn so, weil er nicht minder hübsch war als der Prinz, als er hierherkam", erklärte Alvar.

Als der Name *Frey* fiel, horchte der König auf. „Warum hat er nichts gesagt?", fragte er verwirrt.

„Ich fragte nach seinem Namen und erhielt keine Antwort, doch lass mich sagen, Alvar, dass er auch jetzt wunderschön ist", sagte Iduna.

„Es ist nicht einmal mehr die Hälfte der Schönheit vorhanden, welche er einst besaß", erklärte Alvar, „Zudem kann er Euch nicht antworten. Er ist stumm, kann nicht sprechen."

„Wie dem auch sei … bring ihn weg!", befahl der Fürst. „Wie Ihr wünscht. Eure Gegenwart möchte ich ihm auch nicht länger zumuten als nötig." Den letzten Satz vernahm der Fürst zu Alvars Glück nicht.

Der Hüne wandte sich zum Gehen. „Warte!", rief Iduna da und hob die Hand. Alvar drehte sich um, blickte sie an. „Lass mich euch begleiten", bat Iduna ihn.

„Wenn Ihr dies wünscht", antwortete Alvar und wartete, bis Iduna neben ihn getreten war.

~

Wenige Minuten später liefen sie Seite an Seite durch die Gänge. Frey hatte seinen Kopf gegen die muskulöse Brust Alvars gebettet und die Augen zur Hälfte geschlossen. Man sah ihm an, wie schwach er war, und dass ihn vermutlich nur die Angst auf den Beinen gehalten hatte.

„Ist es in Ordnung, wenn ich *Alvar* und *du* sage?", fragte Iduna im Laufen.

„*Du* sagt jeder zu uns Sklaven. Da ist es eher seltsam, wenn jemand dies nicht tut. Jedoch möchte ich die Bedingung stellen, dass ein jeder Sklave *Iduna* und *du* und nicht etwa *meine Herrin* sagen darf", entgegnete Alvar.

„Natürlich. Für mich seid ihr Menschen, nichts weiter", lächelte Iduna und blickte in die dunklen Augen Alvars, welcher den Blick erwiderte.

Seine Augen strahlten nicht. Kein kriegerisches Feuer brannte in ihnen. Auch wenn dieser Sklave für seinen Gefährten kämpfte, schien es, als wüsste er, dass dieser Kampf aussichtslos war. Und doch kämpfte er. Iduna hatte gelernt in den Blicken, ja, in der gesamten Körpersprache anderer Menschen zu lesen. Sie bewunderte Alvar, ohne ihn lange zu kennen, für die Kraft, welche er besaß und welche er aufbrachte, um den Menschen, welche ihn zu unterwerfen versuchten, entgegenzuwirken. Auch wenn er selbst die Hoffnung aufgegeben zu haben schien, so zeigte er, dass er immer kämpfen würde.

„Wie kommt es, dass du mir und den anderen in die Augen siehst?", fragte Iduna nach einer Weile.

„Nun, ich bin der Anführer dieser Sklaven und unsere Herren haben gelernt, dass ich für die Meinen kämpfe", erklärte Alvar und drückte Freylion an sich, „Hab Dank, dass man sich endlich um ihn kümmert. Ich habe oft versucht, mit ihnen zu reden, doch denen ist es gleich, ob er Schmerzen hat oder nicht. Der Fürst weiß von seiner Verletzung und nur deswegen muss er morgen mit auf das Feld. Eigentlich schickt er ihn nie mit, weil er diese Arbeiten eigentlich nicht kann. Er ist viel zu schwach und diese Schwäche wird jeden Tag stärker. Er ist mehr eine Magd als ein Arbeiter. Vielleicht kommt er wieder zu Kräften, wenn man sich nun um ihn kümmert und ihn von den Wachen und Strafen fernhält. Seine Schönheit ist ihm zum Verhängnis geworden. Adrik, der älteste Sohn des Fürsten, beneidet sein Aussehen. Und da er stumm ist, ist er ein beliebtes Opfer der Wachen."

„Dankt mir nicht zu früh", entgegnete Iduna und dachte wenige Sekunden lang nach, „Wir sollten das Bein schienen, damit er in der Nacht und vor allem am morgigen Tag geschützter ist. Ich bin keine Heilerin, doch ist mir die Fähigkeit gegeben, die Gliedmaßen der Menschen zu schienen."

Auch Alvar dachte nach und blickte schließlich Frey an. „Ich denke, alles wäre klüger als bloß abzuwarten. Was benötigst du, um das Bein zu schienen?", sprach Alvar nun entschlossen.

„Bring mir einen stabilen Ast, welcher etwa die Länge seines Unterschenkels hat. Sauberes Tuch habe ich in meiner Rocktasche immer bei mir", wies Iduna den Hünen nun an.

„Ich beeile mich. Warte hier mit Frey … Ich denke, ich bin schneller ohne ihn, und glaube, es wäre klüger, ihn hier bei dir zu lassen, wenn ihr beide das denn wünscht."

Unsicher blickte Alvar erst auf den Schmächtigen in seinen Armen, dann zu Iduna.

„Ich habe nichts dagegen und kann euch beiden versprechen, dass ich dir, Frey, nichts tun werde", sagte Iduna freundlich. Nun ruhten alle Blicke auf Frey.

„Du entscheidest", sagte Alvar sanft zu dem Sklaven. Dieser festigte scheu seinen Griff, mit welchem er sich an Alvar festhielt.

„Ich werde so schnell es geht wiederkehren", versprach Alvar. Da nickte Freylion und gab ein leises Schniefen von sich.

„Kannst du ihn tragen?", fragte Alvar nun ernst. Iduna nickte. Sie war nervös, wollte doch dem Sklaven nicht wehtun. Schließlich legte Alvar ihr den Körper Freys in die Arme. Das Zittern des Sklaven konnte Iduna fühlen, noch bevor der Sklave sich gänzlich in ihren Armen befand. Wie sie bereits gedacht hatte, war Frey so leicht wie ein Kind. Dennoch spürte sie, wie sich seine Finger an ihr festkrallten, als habe er Angst herunterzufallen.

„Am Ende des Ganges ist eine Sitzgelegenheit. Geht dorthin. Ich werde dann zu euch beiden kommen", erklärte Alvar, berührte kurz und sanft die Schulter Freys und eilte anschließend davon, ließ Iduna und Frey allein.

~

Der Sklave lag nun ängstlich zitternd in ihren Armen, während Iduna sich bemühte, so schnell sie konnte, jedoch ohne zu rennen, die Bank zu erreichen.

„Ich werde dir nicht wehtun", flüsterte sie in sein Ohr, als sie die Sitzgelegenheit, eine in eine Wandvertiefung gemeißelte Bank, erreichte und den Sklaven vorsichtig darauf absetzte. Iduna hockte sich vor ihn und blickte

Freylion an, auch wenn dieser ihren Blick nicht erwiderte, den seinen stets abwandte.

„Möchtest du, dass ich dein Bein schon einmal verbinde, damit es geschützt ist und ich, wenn Alvar zurückkehrt, lediglich den Ast anbringen muss?", Iduna bemühte sich, so mit dem Sklaven zu sprechen, dass nicht der kleinste Hauch von Befehl in ihren Worten mitschwang und der Sklave dazu gezwungen wurde, selbst zu entscheiden. Dieser jedoch zögerte. Dass er Angst hatte und Iduna nicht vertraute, war deutlich zu sehen.

„Wenn du möchtest, dass ich anfange, ist dies in Ordnung, und wenn du warten möchtest, bis Alvar zurückkehrt, ebenso", sagte Iduna nun freundlich. Da nickte Frey zaghaft.

„Ich soll anfangen?"

Wieder ein Nicken, wenn auch ein zögerliches. So nickte auch Iduna und schob vorsichtig den Stoff, welcher das rechte Bein Freys bedeckte, nach oben.

Allein der Anblick der Wunde bereitete Iduna Schmerzen. Sie konnte sich gar nicht ausmalen, welch Qualen Frey erlitt, zumal er ohne Hilfe und vor allem ohne Behandlung seiner *Arbeit* nachgegangen war.

Sein rechter Fuß, welchen sie festhielt, als sie den Stoff hochschob, war kalt wie Eis. Iduna zog nun vorsichtig ein sauberes Tuch aus ihrer Rocktasche hervor, welches gleich einem Verband war.

Iduna begann das Bein des Sklaven zu verbinden, dachte an die Worte Alvars und konnte sich nun das Verhalten Freys erklären. Vermutlich fanden nicht nur die Wachen der Sklaven Gefallen daran, den schwachen Jüngling, welcher da vor ihr saß, zu quälen.

Die Schmerzen, welche Freylion verspürte, versuchte dieser, so gut es ging, zu unterdrücken, doch das schmerzerfüllte leise Wimmern, welches über seine Lippen kam, konnte er nicht unterdrücken. Iduna versuchte, das Bein so wenig wie möglich zu bewegen, fragte sich, wie diese Wunde wohl entstanden war, und verband das Bein schnell und gekonnt, hoffte, dass die Schiene ihm nicht allzu große Schmerzen bereitete und den Knochen in der Position fixierte, in welcher er sich befand und nicht wieder geradebog. Dies wollte sie zweifellos dem Heiler überlassen, hoffte, dass dieser eine Möglichkeit fand, um Frey die Schmerzen zu nehmen. Als sie das Bein verbunden hatte, setzte sie sich neben den Sklaven auf die Bank und wartete auf Alvar.

Ihr Blick fiel nach einer Weile unweigerlich auf das hübsche Gesicht des Sklaven und auf die gerötete Wange, wo man ihn noch vor wenigen Minuten geohrfeigt hatte. Keine Stunde kannte sie Freylion und doch spürte sie, dass etwas anders war.

Nur einen Bruchteil des Leidens der Sklaven hatte sie gesehen, nur ein kleiner Einblick wurde ihr gewährt und Iduna erkannte bereits die menschlichen Abgründe, welche sich vor ihr auftaten.

„Was hat man dir bloß angetan?", fragte sie, sprach dabei mehr zu sich selbst als zu Frey, welcher scheu und still neben ihr saß und auf seine gefalteten Hände blickte.

Die dunklen Ringe unter seinen Augen verdeutlichten seine Erschöpfung und die Schwäche, welche sich immer stärker bemerkbar machte. Zudem zitterte Freylion stark, doch zumindest seine Tränen waren versiegt.

Doch der Sklave schien zu frieren, klapperte leise, unterdrückt mit den Zähnen. Iduna dachte wenige Sekunden lang nach. Sie wusste noch immer nicht, wie krank Freylion war, ob sie sich anstecken konnte, doch wie krank der Jüngling war, konnte vermutlich niemand sagen, solange man ihn nicht untersucht hatte. Allerdings wollte Iduna auch aufgrund der langen Reise noch an diesem Tag ein Bad nehmen und sie hatte den Sklaven bereits auf ihren Armen getragen. So legte sie vorsichtig einen Arm um seine Schultern. Als sie ihn berührte, zuckte Frey zusammen.

„Ich wärme dich bloß, damit du nicht mehr so frierst", erklärte Iduna sanft und zog Frey zu sich, strich über seinen Arm, hoffte, ihm etwas von ihrer Körperwärme abgeben zu können. Gleichzeitig legte sie die andere Hand auf seine Stirn. Diese war glühend heiß.

„Du hast Fieber", sagte Iduna leise. Frey schloss kurz die Augen.

„Frey …"

Es war das erste Mal seit Jahren, dass Iduna jemanden mit diesem Namen ansprach. Es fühlte sich vertraut und doch so befremdlich an. „Ich möchte … ich will dir helfen, damit du gesund wirst."

Ein Zucken durchfuhr den schmalen Körper, was auch Iduna zusammenfahren ließ. Sie befürchtete, der Sklave würde in ihren Armen zusammenbrechen, doch es war das Erstaunen über das Angebot, welches für die Reaktion Freys gesorgt hatte.

„… Wenn du das denn möchtest." Iduna seufzte leise und drückte den Sklaven noch enger an sich.

~

Im Gang ertönten Schritte und ihr bekannte Stimmen, welche sich schnell näherten.

„Warum siehst du mich nicht an? Nie würde ich es wagen, dir auch nur ein Haar zu krümmen", fragte Iduna, die Stimmen ignorierend.

„Weil andere ihn dafür bestrafen werden, wenn er einem Herrn oder einer Herrin in die Augen sieht. Dies ist eine allgemeine Regel, an welche sich ein jeder Sklave zu halten hat", sagte da Alvar, welcher nun vor ihnen stand. Doch er war nicht allein. Argon, der Rittersmann, stand neben ihm und blickte auf das Geschehen herab.

Was Iduna jedoch wunderte, war, dass der Sklave nicht in Panik geriet. Die Angst, welche er hatte, verstärkte sich, das konnte sie spüren, doch reagierte Frey anders als im großen Rittersaal.

„Ich bin keine Herrin oder wie ihr diese Menschen auch nennt. Außerdem werde ich da sein und dem Menschen, der ihm etwas antun will, alles erklären können. Ihr alle dürft mich Iduna nennen und dazu gehört, mich ansehen zu dürfen. Ich bin eure zukünftige Königin und stehe somit, was das Aufstellen von Regeln betrifft, weit über euren Herren und wenn ich euch befehle, diese Regel, wenn es um mich geht, zu vergessen, dann ist das mein gutes Recht. Ich möchte nicht, dass ihr mich behandelt, als wäre ich eine Göttin, ebenso wenig, wie ich euch wie Vieh behandle."

Iduna blickte Alvar fest in die Augen. Dieser hielt einen passenden Ast in der Hand.

„Iduna, lasst mich sagen, dass Ihr dazu geboren seid, eine Königin zu werden. Noch nie traf ich jemanden mit so viel Sinn für Gerechtigkeit", sprach da Argon.

„Auch du kannst *du* zu meiner Wenigkeit sagen. Aber beantworte mir diese Frage: Warum gehst du beinahe freundschaftlich mit Alvar um?"

„Meine Gemahlin ist die Tochter von Mímir, dem besten Heiler Belials. Hin und wieder gebe ich Alvar Verbände, damit er die Sklaven versorgen kann. Ich versuche, das Sklavensterben so gut es geht zu verhindern. Doch bitte, verrate mir, warum du hier bei Frey sitzt. Woher kennst du ihn und warum hältst du ihn so fest?"

Argons Augen blickten neugierig und er hob fragend die Augenbrauen.

„Lass mich erklären, während ich sein Bein schiene", sagte Iduna und ließ Frey los, welcher nicht damit gerechnet hatte und auf ihren Schoß fiel. Erschrocken rappelte er sich augenblicklich wieder auf, machte sich klein. Alvar hockte sich vor ihn, legte seine Finger sanft unter sein Kinn, zwang Freylion ihn anzusehen. „Sie wird dich nicht strafen", sprach er leise, „Es ist alles gut."

Iduna nickte dem Sklaven zu, strich Frey über den Arm und erhob sich, hockte sich wieder vor Freylion und schob den Stoff ein weiteres Mal zur Seite.

„Ich kenne Mímir. Er wird sich ab morgen um ihn kümmern. Vorhin stieß er mit mir zusammen und ich habe dafür gesorgt, dass ein Heiler kommt. Er konnte kaum noch gehen", berichtete Iduna, während sie den Ast von Alvar entgegennahm und an Freys Bein befestigte. Erleichtert stellte sie fest, dass der Ast tatsächlich das Bein in seinem jetzigen Zustand fixierte und es nicht wieder in die richtige Position brachte. So gelang es auch Freylion, ruhig zu bleiben.

„Tritt bitte nicht mit dem Fuß auf", sagte Iduna, als sie fertig war und sich erhob. Frey nickte leicht, den Blick noch immer zu Boden gerichtet.

„Wir sollten nun gehen", sagte Alvar leise zu Frey. Wieder nickte dieser und Alvar nahm ihn auf seine Arme.

„Ich begleite euch", sagte Iduna sofort.

„Iduna, nein! Wir alle haben Krankheiten, von denen wir nichts wissen. Wenn du uns begleitest, wirst auch du erkranken. Tu das deinem Volk nicht an. Vermutlich wirst du morgen bei Mímir sein, um Frey beizustehen. Dann wirst du uns wiedersehen. Gehabt euch wohl!" Alvar nickte Iduna und Argon zu, drehte sich um und ging von dannen. Iduna und Argon entging, dass Frey seinen Kopf gehoben hatte und die Kriegerin aus seinen blauen Augen scheu und doch neugierig anblickte.

Kapitel III

„Du gehst mir nicht mehr aus dem Kopf"

Erschöpft sank Iduna in das warme nach Blumen duftende Wasser des großen Badezubers, welcher sich in ihren Gemächern befand. Das Wasser hatte sie selbst erwärmt, wollte sie zu solch später Stunde keinen Bediensteten mehr darum bitten, dies für sie zu tun. Sie seufzte leise und erzeugte mit ihren Händen kleine Wellen auf der Wasseroberfläche. Ihre Gedanken wanderten immer wieder zu den beiden Sklaven. Zu Alvar ... und zu Frey.

Frey. Dieser Name schien wie ein Echo in ihren Ohren zu hallen, ließ sie nicht mehr los. Und doch machte dieser Name sie traurig. Er schien verflucht zu sein. Der Prinz war spurlos verschwunden und der Jüngling in diesen Mauern versklavt und dem Tode geweiht. War es ein Verrat an den Prinzen, wenn sie dem Sklaven half? Hätte Freylen nicht dasselbe getan? Der gutherzige und gerechte Prinz; sicherlich hätte er versucht, dieser Schande Einhalt zu gebieten.

Doch war es schwer, mit Alvar und besonders mit Freylion umzugehen. Auch wenn der Hüne, der Anführer, mit ihr sprach, ihr zuhörte, spürte Iduna, dass Alvar ihr nicht vertraute. Und noch weniger vertraute ihr Frey, der so verängstigt war, dass Iduna befürchtete, er würde nicht zur morgigen Behandlung erscheinen.

Doch wie intelligent war er wohl? Wusste er, dass die Heiler das Bein im schlimmsten aller Fälle entfernen würden? Der Sklave erinnerte sie an den Prinzen und doch war er so anders. Nie hätte Freylen sich so etwas gefallen lassen. Er war nicht schwach. Doch in den letzten Monaten war er ruhiger, erwachsener geworden.

Weder davon noch von dem jugendlichen Übermut war etwas in dem Sklaven zu spüren. Im Gegenteil. Im Geiste schien er ein unschuldiges Kind zu sein, völlig naiv und doch so leidgeprüft. Sie wusste nicht, ob er dazu in der Lage war, selbst Entscheidungen zu treffen, oder ob er einfach willenlos die Befehle seiner Herren ausführte. Iduna wollte wissen, wer er war, wo er herkam, wie er als Sklave endete und warum er nicht sprechen konnte.

Dies machte ihr Angst. Sie wollte helfen, doch wie? Der Sklave vertraute ihr ebenso wenig wie einer morschen Brücke, welche hundert Jahre zählte und der einzige Weg über eine Schlucht war. Wie sollte sie ihm beweisen, dass er ihr vertrauen konnte? Wie sollte sie sich mit ihm verständigen? Oder sollte sie alles einfach geschehen lassen? Nach diesem Besuch würde sie Alvar und Freylion nie wiedersehen.

Iduna wusste, dass sie sich selbst belog; sie hatte begonnen zu kämpfen und eine Königin beendete dies. Sie hatte diesen Sklaven schon in ihr Herz geschlossen, bevor sie wusste, dass er den Rufnamen ihres besten Freundes trug. Sie würde alles versuchen, um ihn einmal glücklich zu sehen.

~

Freylion lag zur gleichen Zeit im Verschlag der Sklaven auf einem Bett aus altem Stroh und blickte zur Decke des zugigen Brettergebildes, in welchem man die Sklaven in der Nacht einpferchte.

Viele von ihnen schliefen lieber draußen, doch im Winter musste ein jeder von ihnen den geringen Schutz, welchen dieser Verschlag bot, nutzen, um zu überleben.

So schnell Alvar konnte, hatte er ihn hierhergebracht und die frohe Botschaft verkündet. Ein leises Raunen war durch die frierenden Sklaven gegangen. Doch war die Sorge größer als die Hoffnung. Xelmar, einer der Sklaven, konnte schon seit einigen Tagen nicht mehr arbeiten. Auch ihn hatte man hart bestraft und er hatte es nicht mehr geschafft, vom Feld zurückzukommen. Auch die Sklaven durften die Burg in der Nacht nicht verlassen. Sie waren zwar allesamt gebrandmarkt, doch die Gefahr war zu groß, dass sie davonliefen. Erst am nächsten Tag hatte man Xelmar gefunden. Seitdem konnte auch er nicht mehr sprechen, so krank war er. Dass er sterben würde, sollte man ihm nicht helfen, war gewiss.

Das Sklavensterben gab es nun schon seit einem Jahr. Ein Jahr, in welchem einmal im Monat einer der ihren verstarb. Es kamen jedoch keine neuen hinzu. Sklaven waren eher selten. Viele der anderen Fürsten hatten Leibeigene, Bauern, welche hohe Steuern zahlten, doch Sklaven hatte kaum ein Bekannter des Fürsten.

Die Wachen gingen hart mit ihnen um. Jeder kleinste Fehltritt wurde sofort und sehr hart bestraft. Die Strafen waren in einem alten Regelwerk festgehalten, an welches sich jeder Burgbewohner hielt.

Frey war das liebste Opfer der Aufseher. Er wehrte sich nicht, war zudem hübsch und stumm. Ihn zu quälen bereitete ihnen Freude; dies konnte man sowohl an seinem Körper als auch an seinem Geist festmachen. Und doch war Frey froh, dass er hier war. Er hatte die anderen Sklaven. Hier ging es nicht so zu wie bei den wenigen anderen Sklaven, welche sich einige Bekannte des Fürsten hielten. Sie hielten zusammen, unterstützten einander, wussten, dass sie nur einander hatten.

„Wir haben genug Menschen in unserem Umfeld, welche es nicht gut mit uns meinen. Nur wenn wir zusammenhalten, können wir dieses Leben ertragen, vielleicht sogar hinter uns lassen", betonte Alvar stets. Und damit hatte er recht. Sie hatten nur sich und nur als Gemeinschaft waren sie stark. Wenn sie sich gegenseitig bekämpfen würden, dann würde ein jeder von ihnen sterben, das wussten sie alle. Im Winter wärmten sie sich gegenseitig, so gut sie konnten, und im Sommer fand einer von ihnen immer etwas Wasser.

Auch wenn Frey schwach war, wenig leisten konnte, mochten ihn die anderen.

„In deinen Augen strahlt unser aller Hoffnung", sagte Kumani, die Mutter Alvars, stets zu ihm, wenn sie ihn trösten wollte. In stillen Momenten wünschte er sich, sie wäre seine Mutter.

Doch auch Frey spürte, dass seine Kräfte zu Grunde gingen. Die Schmerzen in seinem Bein ließen nicht mehr zu, dass er laufen konnte. Er wusste, dass er keine Wahl hatte. Er musste den Heiler an sich heranlassen, wenn er nicht noch weiter bestraft werden wollte, musste all das über sich ergehen lassen. Doch er hatte Angst davor, wollte nicht, dass sie ihm sagten, dass sie sein Bein entfernen mussten oder dass er unheilbar krank war, vielleicht die Pest hatte. Alles, was er sich wünschte, war, keine Schmerzen mehr zu haben. Jeden Tag hatte er gebetet, dass sie vergehen sollten, doch dies war nie passiert. Am Anfang hatte er sich immer gefragt, warum ausgerechnet er so leiden musste. Nach einer Weile jedoch akzeptierte er dies einfach, stellte keine Fragen mehr, folgte gehorsam den Befehlen. Und doch kam es immer und immer wieder zu den heftigen Strafen.

Immer, wenn er an den Moment zurückdachte, als sein Bein brach, fuhr ein Stechen durch dieses hindurch und er krampfte sich zusammen.

Doch er war es der schönen Maid schuldig, welche an diesem Tage so sehr um ihn gekämpft hatte. Iduna, die mit ihrem starken Charakter und den roten Haaren das genaue Gegenteil einer Königin war. Frey wusste, warum sie hier war, unter den Sklaven hatte sich dies so schnell verbreitet wie die Läuse und Flöhe, welche einen jeden in diesem Verschlag plagten. So sehr hatte sie gekämpft und Frey glaubte daran, dass sie einmal eine gute Königin werden würde, auch wenn er den Glauben daran verloren hatte, selbst noch lange zu leben.

Eine einsame Träne der Verzweiflung floss seine Wange hinunter. All die Tränen, welche er nicht selten vergoss, hatten es nicht geschafft, sein Gesicht zu waschen. Es war staubig, blass, doch die eigentliche Farbe konnte man, ebenso wie bei seinen Haaren, nicht mehr erkennen. Manchmal machte ihn das traurig, doch er zog seinen Nutzen daraus, so schwand seine Schönheit doch mehr und mehr. Seine Wangen waren eingefallen, er glich mehr und mehr einem Skelett. Doch hin und wieder fragte er sich, wie er wohl aussehen würde, würde man den ganzen Schmutz abwaschen. Wäre er dann noch immer schön, mit seiner knochigen, relativ kleinen Gestalt, der mit Narben übersäten Haut? Iduna fand ihn hübsch, das sagte sie einst zu Alvar, doch wozu musste er gut aussehen? Er musste weder eine Dame beeindrucken noch einen Stand wahren.

Eine Hand legte sich prüfend auf seine Stirn.

„Es wird noch immer nicht besser", sagte die freundliche Stimme Lavinas, der Schwester von Alvar. Frey senkte entkräftet seine Augenlider. Mittlerweile fiel es ihm schwer, auch einen der anderen Sklaven anzusehen.

Alvar trat neben seine Schwester und blickte auf Freylion hinab.

„Er wird das schaffen, er wird all das hier überleben. Irgendwann wird er ein glückliches Leben führen", sagte Alvar bestimmt.

„Was ist, wenn sie ihn wieder strafen, wenn die Behandlung nicht so abläuft, wie sie es wünschen?", fragte Lavina vorsichtig.

„Das werde ich zu verhindern wissen. Frey ist stärker, als er denkt."

„Ich werde nachsehen, ob jemand eine Decke für ihn entbehren kann." Lavina erhob sich.

„Und ich werde mir überlegen, wie wir Xelmar retten können."

Dass sich wenige Minuten später tatsächlich eine dünne Decke über die Schultern des Sklaven legte, spürte dieser schon gar nicht mehr. Der Sklave schlief tief und fest, hatte es geschafft, die Schmerzen in seinem Bein zu verdrängen.

~

Die Glocken der Burgkapelle läuteten zwei Mal hintereinander. Iduna sprang eilig einige Treppen herab und schritt einen der vielen Gänge entlang. Ihr Blick fiel aus einem der Fenster auf den Burghof, welchen einige Sklaven betraten. Sie kamen von der Feldarbeit. Mit ihnen war Frey am frühen Morgen gegangen. Nun musste Iduna sich wirklich beeilen, wenn sie pünktlich kommen wollte. Dem Sklaven traute sie dies ohne Weiteres zu.

Schon von Weitem vernahm sie Stimmen, und als sie um eine Ecke bog, erblickte sie Alvar, Argon und eine Frau.

„Seid gegrüßt!", sagte Iduna höflich zu der kleinen Gruppe, konnte jedoch nicht verhindern, dass sie die drei fragend betrachtete.

„Mein Vater bat meinen Gemahl und mich, ihm heute zur Hand zu gehen. Mich unterrichtet er schon mein Leben lang in Arznei und mein Gemahl möchte ebenfalls die Fähigkeiten des Heilens erlernen, um seinen Gefährten nach Schlachten beistehen zu können. Mein Name ist Runa, ich bin die Tochter Mímirs."

Runa war von der Gestalt eines Mädchens, welches man perfekt hätte malen können. Ihre Haut war von edler Blässe, sah aus wie frisch gefallener Schnee. Ihre Lippen waren voll und ihre Wangen leicht gerötet. Sie hatte ein wohlgeformtes Gesicht, dunkelbraune, fast schwarz wirkende, wellige Haare und dunkelblaue Augen. Gehüllt hatte sie ihre kurvige Figur, in ein schlichtes, jedoch schön anzusehendes Gewand aus blauem Stoff. Sie war kleiner als Iduna und wirkte, ähnlich wie Frey, der noch immer nicht da war, wie eine Puppe aus Porzellan.

Die Tür, vor der die Gruppe sich befand, öffnete sich und Mímir bat sie, einzutreten. Neugierig blickte Iduna sich in dem Raum um. An den Wänden befanden sich zahllose Regale und Schränke, in einem kleinen Kamin prasselte ein Feuer, welches für eine angenehme Wärme in dem Raum sorgte, welcher kleine Fenster hatte und über welchem ein Eimer mit Wasser befestigt war. Das Glas jedoch war so gewölbt, dass man nicht hindurchsehen konnte. Ein Schreibtisch stand in einer Ecke, auf welchem Schriftrollen, Federn und Tintenfässer ordentlich aufgestellt waren. Das Zentrum des Zimmers bildete, nebst einem Holzstuhl, eine große Liege, auf welcher ein Tuch gebreitet war. Neben dieser Liege, zwischen ihr und dem Stuhl, befand sich ein kleiner Tisch, auf welchem allerlei Utensilien bereitlagen. Iduna erkannte Salben, Tinkturen, Seife, Tücher zum Verbinden der Wunden und seltsamerweise auch Mehl und Eier. Weitere Tücher lagen auf der Liege selbst bereit, und an der Wand; vor einem der Schränke befanden sich noch einige Stühle.

Mímir blickte seine Gäste an. „Wo ist Frey?", fragte er verwirrt.

„Er war auf dem Feld. Bis er kommt, kann es sicherlich noch dauern", sagte Alvar.

„Die anderen Sklaven sind aber schon da. Ich habe sie gesehen. Haben sie Frey denn nicht geholfen?", fragte Iduna vorsichtig.

„Das hätten sie tun müssen", antwortete Alvar besorgt. „Was ist, wenn die Wachen Frey festhalten, verhindern wollen, dass er kommt?", fragte Runa und blickte in die Runde. „Das glaube ich nicht. Die anderen hätten ihn mitgenommen, oder einer von ihnen hätte es mir gesagt", entgegnete Alvar.

Iduna dachte nach, überlegte fieberhaft, was sie tun könnten. „Wir müssen ihn suchen", sagte sie nach einer Weile.

„Iduna, du weißt nicht, wie lange dies dauern würde", schaltete Argon sich ein, „Bis zu den Feldern ist es ein weiter Weg."

„Aber wenn wir ihn nicht finden, wird er sterben!", rief Alvar nun.

„Wir könnten doch die Wachen fragen, ob sie Frey suchen", schlug Iduna vor.

„Wenn die Wachen herausfinden, dass wir ihn suchen, dann ist das Einzige, was wir tun können, ihn von seinem Leiden zu erlösen", erklärte Alvar, „Ein Sklave, der davonläuft, wird hart bestraft."

Iduna seufzte. Sie wollte dem Jüngling helfen, wollte, dass er geheilt wurde, doch dieser schien darin keinen Sinn zu sehen.

„Suchen wir ihn!", sagte sie schließlich und ging zu der Tür aus schwerem Eichenholz.

„Iduna, ich werde dich begleiten. Wir können die Felder zu Pferd erreichen. Ich sattle zwei von ihnen, während du dir einen Umhang holst, damit du gesund bleibst", beschloss Argon.

„Auch ich werde dich begleiten müssen, Iduna. Selbst wenn du es nicht wünschst. Frey vertraut euch beiden nicht. Und wenn er sich versteckt hat, was ich denke, dann wird er so verängstigt sein, dass keiner von euch ihn beruhigen kann", sagte Alvar und schenkte Iduna einen besorgten Blick.

„So sei es", antwortete diese und die drei eilten aus der Tür.

~

So schnell sie konnte, war Iduna in ihre Gemächer geeilt und hatte sich einen dicken Umhang genommen. Nun eilte sie zu den Pferdeställen, wo Argon und Alvar sie erwarten würden.

Doch als Iduna bei den Ställen angelangt war, blickte sie zunächst verdutzt auf den fremden Sklaven, welcher Alvar gegenüberstand und mit diesem sprach.

Als der Hüne Iduna bemerkte, drehte er sich zu ihr um. „Das ist Niam, mein Bruder", erklärte er.

Niam sah Alvar sehr ähnlich. Augen, Nase, Ohren, Mund … alles war gleich. Nur war Niam nicht halb so muskulös wie sein Bruder. Auch seine Haut schimmerte beinahe schwarz und sah trotz des Schutzes und der Kälte sehr edel aus.

„Er war heute Morgen mit Frey auf dem Feld", erklärte Alvar und hielt seinen Bruder davon ab, auf die Knie zu fallen.

„Seid gegrüßt, Niam! Man nennt mich Iduna", sagte die junge Kriegerin lächelnd und neigte ihr Haupt zum Zeichen des Respekts.

„Niam ist mein Name, Herrin." Die Stimme des Sklaven war lediglich ein leiser Hauch.

„Ich bitte dich, nenne mich Iduna, so wie ich dich Niam nenne", bat Iduna den jungen Mann freundlich, „Ich bin keine Herrin, lediglich eine Freundin, wenn du dies wünschst. Für mich bist du ein Mensch, wie ich es bin."

Niam nickte zögernd und sah zu Boden.

„Da ich keine Herrin bin, ist es dir erlaubt, mich anzusehen. Dass Frey es nicht tut, ist schon schlimm genug. Ich bitte dich, Niam, habe keine Angst vor mir."

„Niam, bitte erzähle Iduna, was du mir berichtetest", bat Alvar nun seinen Bruder.

„Wir … wir waren auf dem Feld und haben ge … gearbeitet", begann Niam zögernd.

„Warum arbeitet man im Winter auf dem Feld?", fragte nun Iduna verwirrt.

„Das ist nicht unwichtig. Der Boden soll gelockert und Steine sollen entfernt werden", erklärte Alvar kurz angebunden.

„Frey war auch da. Die Herren haben ihn in Ruhe gelassen. Er konnte nicht laufen. Wir mussten ihm viel helfen. Er konnte nicht gut arbeiten. Wir durften zurückgehen und dann war Frey plötzlich weg. Wir … wir haben den Herren kein … kein Wort gesagt, weil wir wissen, dass Frey bestraft wird, wenn sie ihn finden. Aber sie haben es gemerkt und jetzt suchen sie ihn. Aber er kann gar nicht weg sein. Wir waren immer da", erzählte Alvars Bruder schüchtern.

„Ich danke dir", sagte Alvar freundlich und Iduna nickte bestätigend.

„Ich ... ich muss jetzt in der Schmiede sein und ..."

„Das ist in Ordnung, Niam. Geh ruhig!", beruhigte Alvar seinen Bruder. Dieser nickte und huschte davon.

„Er ist sehr schüchtern", erklärte Alvar beinahe entschuldigend.

„Dazu hat er jeden Grund", entgegnete Argon, der bereits mit drei gesattelten Pferden am Zügel in der Stallgasse stand.

„Vergleicht man ihn mit Frey, ist er jedoch mutiger als ein jeder Rittersmann", sagte Alvar noch, bevor er dem Braunhaarigen die Zügel eines Pferdes abnahm.

Iduna tat es ihm gleich und schwang sich auf den Rücken ihres Rappen.

„Wir müssen ihn schnell finden, bevor unsere Herren dies tun. Dann wird Mímir sich nicht nur um ein gebrochenes Bein kümmern müssen. Ein Sklave, der davonläuft, wird hart bestraft", erklärte der nervös wirkende Alvar und trieb sein Pferd an.

~

„Niam hat mir gesagt, wo er Frey zuletzt gesehen und wo er sein Verschwinden bemerkt hat. Er hat wohl selbstständig zurücklaufen können. Ich weiß, dass er eine Art Versteck hat, doch wollte ich es weder suchen noch finden", berichtete Alvar, während sie einen Weg entlangritten.

Iduna lauschte seinen Worten aufmerksam, während sie sich in der Landschaft umblickte. Der Weg führte sie durch ein kleines Wäldchen, welches sich kurz vor den Feldern befand. „Ich würde mich an diesem Ort verstecken", sagte Iduna und hielt ihr Pferd an.

Sie kannte diese Strecke, war sie doch am Vortag hier entlanggeritten, ohne zu ahnen, dass sie Frey kennenlernen würde.

Argon stieg von seinem Pferd und band es an einen tiefhängenden Ast. Iduna und Alvar taten es ihm gleich und blickten anschließend suchend umher.

„Dass die Wachen ihn noch nicht gefunden haben, ist kaum möglich", sagte Argon düster, „Er ist verletzt und hat vermutlich Spuren hinterlassen."

„Wir müssen ihn finden", entgegnete Alvar und blickte sich um.

Es war Argon, welcher Freys Fußspur unter den vielen im Schnee ausmachte. Sie führte sie zu einer Birke am Wegesrand.

„Es ist nicht einfach, unter scheinbar Hunderten Fußspuren eine einzelne auszumachen, doch das Glück ist auf unserer Seite", rief Argon erleichtert, als sich die Spur im Wald fortführte. „Noch ist dies eine einzelne Spur, vielleicht haben sie ihn noch nicht aufgefunden", überlegte der Rittersmann und eilte voraus.

Iduna erkannte, dass Frey sich an Bäumen und Sträuchern festgehalten hatte, erkannte, dass er gestrauchelt und gestürzt war, doch den Sklaven sah sie nicht.

Ihr Blick war so konzentriert auf die Spuren geheftet, dass sie beinahe in Argon hineinstolperte, welcher am Rande einer kleinen Lichtung stehen geblieben war. Alvar blieb neben ihnen stehen und zu dritt blickten sie auf die kleine Gestalt, welche zusammengekrümmt auf der Lichtung lag. Sie blickten auf Freylion.

„Ich gehe zu ihm. Er wird sich fürchten", erklärte Alvar und stapfte auf seinen bloßen Füßen durch den tiefen Schnee auf den jungen Sklaven zu.

„Wir müssen ihm folgen. Wenn die anderen Wachen vor uns da sind, dann werden Frey und Alvar bestraft werden!", rief Iduna aufgebracht. Argon nickte bestätigend und folgte Alvar auf die Lichtung.

Dieser war bereits neben Frey auf die Knie gefallen und hatte ihn vorsichtig an sich gezogen. Frey zitterte, das konnte Iduna sehen. Seine Kleidung war durchnässt.

„Was ist mit ihm?", fragte sie besorgt und blickte Alvar an, der dem Jüngling vorsichtig über den Rücken strich. „Iduna, er hat Angst. Große Angst", erklärte Alvar mit ernster Stimme.

„Aber wovor?", entgegnete die Kriegerin verzweifelt. „Vor allem. Er hat Angst davor, was mit ihm passieren wird, Angst, dass Mímir sein Bein entfernt, Angst, dass er noch größere Schmerzen ertragen muss. Er ist am Ende seiner Kräfte, Iduna!", sagte Alvar und blickte sie an.

„Wir müssen ihn untersuchen lassen, sonst stirbt er", schaltete Argon sich ein, welcher ruhig neben Iduna stand.

Als Frey diese Worte vernahm, zuckte der Sklave zusammen. Iduna sah, dass sich seine Hände in Alvars Kleidung verkrampften. Sie wollte nicht, dass der Sklave litt, wollte ihn einfach in die Arme nehmen und festhalten.

„Wir müssen Frey zu Mímir bringen und sollten dann entscheiden, was wir tun." Iduna bemühte sich, so ruhig wie möglich zu sprechen, doch Frey begann immer stärker zu zittern.

So trat die Rothaarige auf ihn zu und hockte sich vor Frey und Alvar. Sie legte vorsichtig eine Hand auf den kalten Körper Freys und blickte ihn an, auch wenn dieser seinen Blick abwandte.

„Frey, hör mir zu! Mímir ist ein guter Heiler. Er wird dir helfen können. Bestimmt wirst du wieder gesund, wenn er dich untersucht", sagte sie leise, doch Frey schüttelte den Kopf.

„Wir werden nun von hier verschwinden und zu Mímir gehen. Mit dir, Frey", sagte Argon bestimmt.

Dies funktionierte. Auch wenn Frey weinte, wehrte er sich nicht, als Alvar ihn auf die Arme nahm und sich erhob. Sie gingen zu den Pferden, wo der Hüne seinen Gefährten auf sein Pferd hievte und dieses ebenfalls bestieg. Iduna und Argon taten es ihm gleich und die Gruppe machte sich daran, die Pferde zu wenden und zurück zur Burg zu reiten.

~

Frey hielt sich ängstlich an Alvar fest, als dieser als letzter von ihnen den Raum betrat. Der junge Sklave weinte, zitterte am ganzen Körper, als er mitbekam, dass sie ihr Ziel erreicht hatten.

„Was ist mit ihm?", fragte Runa besorgt, als sie den Jüngling erblickte.

„Er hat Angst", sagte Argon tonlos, „saß in der Kälte im Wald. Er versteckte sich vor uns."

Mímir trat vor und versuchte Freylion zu berühren, doch der junge Sklave zuckte bloß zusammen und drückte sich noch enger an Alvar.

„Er will sich nicht untersuchen lassen", sagte Iduna leise. „Ihr müsst ihm versprechen, dass er sein Bein nicht verliert!", rief Alvar da. Seine Augen bohrten sich mit durchdringendem Blick in die des Heilers.

Iduna wusste von der Angst des Sklaven. Vor wenigen Minuten noch hatte dieser die Angst, im Wald sitzend, weinend, gebeichtet. Doch nun, als er sich heftig schluchzend an Alvar klammerte, wurde ihr diese Angst erst recht bewusst. Hätte er schreien können, so glaubte Iduna, hätte er es vermutlich getan.

„Knochenbrüche habe ich schon viele geheilt, Frey. Ich weiß, was ich tue, kenne deine Verletzung zwar noch nicht ganz, doch bin ich im Glauben, dass du gesund wirst", erklärte Mímir freundlich, „Hör mir zu! Wenn ich dir jetzt nicht helfe, wirst du sterben."

Mímir vergaß, dass Freylion genau dies beabsichtigte, dass dies in seinen Augen der einzige Weg war, keine Schmerzen mehr zu haben.

„Frey, bitte! Es sollen nicht zwei Sklaven in diesem Monat sterben." Auch Alvar begann damit, den Sklaven zu bitten, doch dies führte lediglich dazu, dass Frey immer panischer wurde.

„Frey, der Fürst hat dir dies gestattet! Du wirst dein Bein nicht verlieren, hörst du? Es wird alles wieder gut werden, doch dazu musst du dich heilen lassen. Das ist ein Befehl!"

Als Alvar diese Worte sprach, zuckte Frey so heftig zusammen, als habe man ihn geschlagen. Doch zu Idunas Überraschung nickte er ängstlich.

„Wir wissen nicht warum, aber es gibt keinen Befehl, welchem er nicht folgt", erklärte Alvar auf ihren Blick hin und setzte den jungen Sklaven vorsichtig auf der Liege ab.

Sachte strich er über die Wange des Jünglings, versuchte, ihn zu beruhigen. Doch auch wenn Frey dem Befehl folgte, er hatte noch immer Angst und schien nicht daran zu denken, den Arm des Hünen loszulassen. Mímir trat neben Alvar und blickte Frey besorgt an. Er ahnte, warum der Sklave sich so fürchtete.

„Lege dich auf den Rücken!", sagte er freundlich zu dem Jüngling, welcher augenblicklich gehorchte, jedoch Alvar noch immer nicht losließ. Sofort legte der Heiler ihm eine Hand auf die Stirn. Freylion zuckte zusammen.

„Er hat Fieber", stellte er fest, „Vermutlich kommt dies nicht von der Wunde an seinem Bein."

Iduna blickte in die glasigen Augen des Sklaven, doch dieser wandte seinen Blick ab.

„Frey, du darfst uns ansehen", flüsterte sie etwas verzweifelt. Doch der junge Sklave blieb hartnäckig, wandte seinen Blick immer und immer wieder ab.

Mímir war derweil dabei, das Bein des Sklaven zu befreien. Da dieser eine Tunika und Beinlinge trug, war dies recht einfach. Mit einem rauen Seil waren diese um die Hüften und über die Bruoch des Sklaven gebunden und Mímir konnte einen der Beinlinge einfach durch das Lösen des Knotens entfernen und etwas erstaunt auf die Schiene des Beines blicken.

„Das ist eine sehr gute Arbeit. Kannst du mir verraten, wer sich um das Schienen und Verbinden kümmerte?", fragte Mímir freundlich. Frey deutete nach kurzem Zögern auf Iduna.

Diese begann zu begreifen, dass Mímir bewusst mit Frey sprach, damit dieser sich sicherer fühlte.

„Eine wirklich gute Arbeit", lobte der Heiler noch einmal und lächelte Iduna zu, bevor er die Schiene und den Verband löste.

Runa schrie leise auf, als sie die Verletzung zum ersten Mal zu Gesicht bekam. Auch Argons Blick wurde besorgt. „Wie kam es zu dieser Verletzung?", fragte der Rittersmann, welcher jegliche Fassung verloren hatte. Auch Iduna stellte sich diese Frage, seit sie diese Verletzung kannte.

Als Argon diese Frage stellte, zuckte Frey zusammen und stieß ein leises Wimmern aus.

„Soll ich es erzählen?", fragte Alvar den Sklaven leise. Nur auf den Hünen fixierten sich die blauen Augen, wenn dieser mit Frey sprach, so auch in diesem Moment und der Jüngling brachte ein Nicken zustande.

„Er hat an diesem Tag der Familie des Fürsten gedient, sorgte in dem Zimmer Adriks für Ordnung, so berichtete man mir. Doch er ist wohl an einen Tisch in Adriks Gemächern gestoßen, woraufhin eine Tasse von diesem herunterfiel", berichtete Alvar.

„Aber das ist doch noch lange kein Grund, jemandem so etwas anzutun!", rief Iduna entsetzt.

„Leider doch", entgegnete Argon, „Mit den Sklaven geht man sehr streng um."

„Aber warum tut man jemandem so etwas an?", fragte Iduna wieder. Sie konnte dies nicht verstehen. Alles in ihrem Inneren sträubte sich gegen dieses Verständnis. „Weil wir für unsere Herren keine vollwertigen Menschen sind, Iduna. Wir sind Vieh", erklärte Alvar ihr mit sanft klingender Stimme.

Die harte Realität, die Alvar ihr zwar mit sanfter Stimme und doch so kalt und gleichgültig präsentierte, traf Iduna wie ein Peitschenhieb. Doch Frey blieb nach Alvars Aussage überraschend ruhig, blickte still zu einem unsichtbaren Punkt über ihm und ließ die Worte, welche Alvar sprach, über sich ergehen.

„Ich wollte Frey abholen, er war bereits zu spät. Ich ging in die Gemächer Adriks, doch diese waren leer, auf dem Boden lagen Scherben. Ich verließ die Gemächer, wusste, dass ich Frey finden musste. Sie haben ihn zur Schmiede gebracht, wo er sich hinlegen sollte. Sein Bein wurde auf zwei Balken gelegt, einer im Knie, einer über der Ferse, er wurde gefesselt. Und dann schlugen sie mit einem Hammer auf das Bein ein. Frey kann nicht sprechen, nur leise Geräusche von sich geben, doch in diesem Moment glaubte ich, er würde beginnen zu schreien. Doch er hat es nicht getan. Wenn er starke Schmerzen hat, dann gibt er Geräusche von sich, welche leise sind, einem jeden allerdings das Herz brechen können."

Alle Blicke ruhten auf Frey. Iduna griff erschrocken nach dem jungen Sklaven, bekam die rechte Schulter zu fassen.

Runa war blass geworden und selbst Mímir blickte schockiert drein. Er atmete tief, bevor er Freylion anblickte.

„Ich kann nicht sagen, welchen Schmerz du verspüren wirst, wie stark diese für dein Empfinden sein werden, wenn ich versuche, dein Bein zu heilen. Ich werde zunächst tasten, um festzustellen, wie oft der Knochen gebrochen und wie weit er verschoben ist. Anschließend werde ich dir einen festen Verband anlegen, den Bluterguss jedoch frei lassen und mit einer Salbe behandeln. Sollten die Schmerzen zu stark werden, so sage mir dies."

Wieder nickte Frey, ohne aufzublicken. Der Heiler schritt an das Ende der Liege und Iduna tastete ungefragt nach der freien Hand Freys. Alvar hielt die andere.

Mímir legte nun seine Hände um das Bein des Sklaven, welcher sofort zu wimmern begann. Alvar, der die linke Hand des Jünglings hielt, hockte sich schließlich neben ihn, während Iduna vorsichtig mit dem Daumen über Freys rechte Hand strich. Iduna sah, dass Mímir begann das Bein abzutasten. Dem Sklaven traten wieder Tränen in die Augen. Für so kurze Zeit waren sie ihm versiegt. Das Wimmern, welches er noch immer von sich gab, schnitt in Idunas Herz, Alvar hatte nicht gelogen. Etwas derart Trauriges hatte Iduna noch nie zuvor gehört.

Alvar begann leise mit Frey zu sprechen, ihm Mut zu machen, doch es half nicht. Frey wurde zwar nicht lauter, jedoch hörte Iduna, dass es ihm schlechter und schlechter ging. Sie wollte etwas tun, doch sie wusste nicht was. „Hört auf!", rief Alvar da, „Er hat zu starke Schmerzen."

Der Heiler ließ Frey los und nickte.

„Es gibt eine Möglichkeit, ihn schlafen zu lassen", erklärte Mímir und nickte seiner Tochter zu. Diese öffnete eine kleine Phiole, welche auf dem kleinen Tisch stand, und träufelte etwas der darin enthaltenen Flüssigkeit in ein kleines Tuch.

Verwundert bemerkte Iduna, dass Alvar alarmiert dreinblickte.

„Was wollt Ihr tun?", fragte er. Seine Hand krampfte sich um die zarten Finger Freys, welcher erschrocken zusammenzuckte.

„Wenn er dies einatmet, dann wird er schläfrig", erklärte Runa mit ihrer melodischen Stimme und trat auf Frey zu.

Der Atem des Sklaven wurde bei jeder Bewegung Runas flacher. Auch er hatte begriffen.

„Ihr dürft das niemals auf sein Gesicht drücken!", erklärte Alvar bestimmt. Sofort lagen alle Blicke auf ihm. „Warum?", fragte Argon nun verwirrt.

„Weil unsere Herren es getan haben. Sie haben ihm immer wieder einen nassen Lappen auf Mund und Nase gelegt und Wasser darüber gegossen. Er hat Angst davor!"

„Alvar, du gehst jetzt bitte und schickst nach Belial. Bitte, beeile dich und komm so schnell du kannst zurück!", bat Mímir nun ernst. Dieser nickte und verschwand augenblicklich in den Tiefen der Burg.

„Gib ihm etwas zu trinken, während wir warten, Iduna!", bat Mímir sie freundlich. Runa reichte Iduna einen mit Wasser gefüllten Becher und lächelte ihr zu. Dankend nahm die Kriegerin diesen in ihre Hände und wandte sich Frey zu, welcher aufmerksam zugehört hatte.

Frey kämpfte sich langsam in eine sitzende Position und nahm Iduna dankbar den Becher ab, welchen sie ihm hinhielt. Mit beiden Händen umklammerte er den Becher, als habe er Angst, dass dieser seinen Fingern entgleiten würde. Er spürte die Blicke der anderen in diesem Raum, wünschte sich nichts sehnlicher, als aufzusehen, doch seine Angst war zu groß. Er führte den Becher an seine Lippen und trank vorsichtig etwas Wasser. Es war unangenehm, doch der Geschmack des klaren Quellwassers war gleichzeitig atemberaubend. Solange er konnte, behielt er jeden Schluck in seinem Mund, spürte, wie das Wasser seine trockene Kehle flutete und ein angenehmes Gefühl hinterließ.

In Iduna stieg etwas Freude auf, als sie sah, wie sehr Frey es genoss, trinken zu können. Als er sich aufgesetzt hatte, zog er sein gesundes Bein eng an seinen Körper, machte sich klein, und doch spürte Iduna Hoffnung. Eine Hoffnung, die sie lächeln ließ.

Als der Becher leer war, nahm sie Frey diesen ab, welcher sich auf die Anweisung Mímirs hin wieder vollständig hinlegte. Idunas Blick ruhte unentwegt auf dem Sklaven, welcher ganz still dalag und lediglich atmete. Iduna merkte Frey an, dass das Atmen ihm nicht leichtfiel, was wohl an dem Halsring lag, welcher in die Haut des Sklaven drückte.

„Können wir den Halsring vielleicht entfernen?", fragte Iduna vorsichtig.

„Das ist leider nicht möglich. Den Ring, der seinen Hals umschließt, kann man nicht öffnen. Zudem ist es keinem Sklaven gestattet, ohne Halsring herumzulaufen. Jedoch werde ich beginnen das gebrochene Bein zu waschen. Das Wasser wird ihm guttun", erklärte Mímir und nahm den Kessel von seiner Halterung im Kamin.

Runa reichte ihrem Vater ein weiteres Tuch und dieser tauchte es in den Kessel.

„Iduna, ich bitte dich, unterstütze ihn! Ich denke, dir vertraut er nach Alvar am meisten", bat Mímir sie, bevor er das Tuch vorsichtig auf das gebrochene Bein legte und ganz sanft begann, dieses zu waschen.

Iduna griff augenblicklich wieder nach der Hand Freys, welcher jedoch, zu ihrer Überraschung, ruhig blieb. Nun beobachtete die junge Frau, wie sich die Farbe der Haut Freys nach und nach änderte. Die grau-braune Tönung der Haut verschwand, sorgte dafür, dass die Farben des Blutergusses nun leuchteten wie die Sterne an einem wolkenlosen Nachthimmel. Doch auch die restliche Haut an Freys rechtem Unterschenkel veränderte sich. Die Haut wurde beinahe weiß, war noch heller als die von Runa, was Iduna nicht für möglich gehalten hätte.

Mit einem Mal öffnete sich die Tür laut und heftig. Frey zuckte ein weiteres Mal zusammen, was dafür sorgte, dass Mímir das Bein eiligst losließ, damit der Sklave sich nicht noch schlimmer verletzte. Adrastos betrat den Raum, dicht gefolgt von Alvar. Frey wollte sich prompt aufrichten, doch Iduna hielt ihn fest.

„Der Fürst ist beschäftigt. Was wollt Ihr, Mímir?", raunzte der Berater von Belial.

„Da Ihr ebenfalls über diesen Sklaven herrscht …"

„Er ist mein Sklave!", unterbrach Adrastos.

„…kann ich meine Worte durchaus auch an Euch richten", begann Mímir.

„Sprecht!", befahl der Berater.

„Nun denn, man gab mir die Erlaubnis, diesen Sklaven behandeln zu dürfen. Nun lege ich bei dieser Tat jedoch Wert darauf, dass meine Patienten mir vertrauen und so wenig leiden, wie es denn möglich ist, damit ich schnellen Erfolg habe. Jedoch ist Vertrauen bei diesem Sklaven sehr schwer, was ich durchaus verstehen kann. So wollte ich ihm zumindest die Schmerzen mildern und erfahre da, dass er in Panik geraten wird, sobald man ihm ein Tuch vor Mund und Nase hält. Erklärt mir nun, wie ich diesen Sklaven heilen soll!"

„Nun, es ist nicht meine Aufgabe, mich darum zu kümmern", entgegnete Adrastos.

„Dann werde ich Freylion seinen Wunsch erfüllen", sagte Mímir kalt.

„Nein!", rief Alvar da mit großen Augen, „Der Tod kommt schnell genug über uns. Ihr dürft dies nicht beschleunigen. Ihr müsst ihm helfen. Ein Toter im Monat ist weitaus genug. Frey ist ein Mensch und er hat bei Weitem genug Angst."

Adrastos sah den Anführer der Sklaven mit bösem Blick an.

„Sei vorsichtig mit den Worten, welche du zu mir sprichst. Meine Peitsche hat deine Haut schon lange nicht mehr aufgerissen", drohte der Berater des Fürsten mit dunkler Stimme. Doch Alvar hielt dem Blick seines Herrn mühelos stand.

„Da Ihr ihm ja keine Angst einjagen wollt, werde ich dies tun, damit Ihr mich fortan in Frieden lasst. Danach überlasse ich ihn Euch", knurrte Adrastos und griff nach dem Tuch, welches Runa noch immer in der Hand hielt. Er trat auf Frey zu und schenkte auch diesem einen bösen Blick.

Der Sklave schien zu ahnen, was nun folgen würde, denn er spannte seinen gesamten Körper an und begann unkontrolliert zu zittern.

Mit einer Hand hielt Adrastos den Kopf des Sklaven fest und drückte ihn auf die Liege. Mit der anderen presste er ihm das Tuch auf Mund und Nase.

Frey wand sich, begann zu zappeln gleich einem frisch gefangenen Fisch, doch seinem Herrn war er unterlegen. Die Panik sprach aus ihm, das konnte Iduna sehen, die noch immer seine Hand festhielt und nicht daran dachte, diese loszulassen.

Frey wurde schwächer und schwächer. Er hörte auf, sich zu winden, blieb ruhig liegen, bis er nur noch mit halb geschlossenen Augen vor sich hin atmete.

„Das reicht. Er soll nicht schlafen, sonst wacht er nicht mehr aus diesem Schlafe auf", erklärte Mímir nach einer Weile und Adrastos ließ den Sklaven wieder frei.

„Meine Wenigkeit ist hier nicht mehr erwünscht, hoffe ich", sagte der Berater kühl.

„Adrastos, solange ich ihn behandle, wird er von Euch und jedem anderen seiner Herren und Wachen gemieden werden und nicht bestraft oder etwas dergleichen. Er soll vollständig gesund werden und benötigt Ruhe", befahl der Heiler noch, bevor Adrastos verschwand.

„Sicher doch", antwortete dieser und ging von dannen.

„Ich werde nun beginnen, den Knochen wieder in seine richtige Position zu bewegen und diese anschließend fixieren. Argon, du tränkst bitte Tuch in Mehl und Ei, damit alles fest und das Bein rundum geschient werden kann. Meine Tochter, du reichst mir bitte alles an, was ich benötige. Wie ich bereits sagte, werde ich den Teil des Beines, welcher nicht dem Ton der Haut entspricht, nicht verbinden. Dort hat sich Blut gestaut und dieses muss nun wieder abfließen. Das wird hoffentlich von selbst geschehen. Beginnen wir, bevor er wieder vollständig erwacht. Iduna, Alvar, haltet seine Hand und seid bei ihm!"

So begann Mímir mit seiner Behandlung. Noch einmal tastete er das Bein ab, bis er eine bestimmte Stelle gefunden hatte.

„Es ist nur einmal gebrochen. Freylion hat großes Glück gehabt", sagte er zu den Anwesenden. Dann schob er die gebrochenen Enden des Knochens wieder zusammen. Mit einem Mal war der Unterschenkel nicht mehr nach hinten geknickt, sondern gerade wie eh und je. Mímir hielt das Bein hoch und band eine Schicht aus sauberen Tüchern um den Unterschenkel Freys.

Argon vermischte derweil Mehl und Eier in einer großen Schale und tauchte weitere Tücher hinein, welche Runa ihrem Vater reichte, der sie wiederum über die erste Schicht des Verbandes legte. Die vordere Seite, dort, wo der Hammer auf Freys Haut aufgeschlagen war, blieb bis auf der Höhe des Knöchels und kurz unterhalb des Knies frei. Auch ein Teil des Fußes wurde auf diese Art verbunden, damit Frey sein Fußgelenk nicht mehr bewegen konnte.

Von dieser Prozedur jedoch bekam der Sklave kaum etwas mit. Er befand sich in einem Halbschlaf, hatte die Augen beinahe ganz geschlossen, blinzelte lediglich durch einen schmalen Spalt zwischen seinen langen Wimpern hindurch, schien kaum Schmerzen zu verspüren. Frey wirkte so friedlich, so unschuldig, dass Idunas Herz sich mit Glück zu füllen schien. Sie beschloss, diesen Moment für immer in ihrem Herzen aufzubewahren.

Die Tür öffnete sich und eine junge Frau betrat den Raum. Sie hatte dunkle Haut, schwarzes Haar, war sehr dünn und, der Kleidung nach, ebenfalls eine Sklavin.

„Lavina? Was ist denn los?", fragte Alvar, der der Frau sehr ähnlichsah, besorgt. Erst als Iduna sie noch einmal anblickte, stellte sie fest, dass die Fremde weinte. Lavina blickte auf und bemerkte die vielen ihr fremden Menschen.

„Verzeiht!", flüsterte sie und fiel auf die Knie. Alvar zog sie augenblicklich wieder auf die Füße.

„Warum bist du hier?", fragte er wieder und blickte sie an.

„Ich wollte sehen, wie es Frey geht", schluchzte die junge Frau.

„Er wird wieder gesund. Freylion benötigt nur Zeit und Ruhe", erklärte Argon, der die Hand seiner Gemahlin ergriffen hatte. Doch Lavina hörte nicht auf zu weinen. „Sprich mit mir. Was liegt dir auf dem Herzen?", fragte Alvar besorgt.

Da begann Lavina herzergreifend zu schluchzen. „Es geht um Xelmar", flüsterte sie, „Er ist tot."

Alvar nahm die junge Frau in die Arme und drückte sie an sich, hielt sie fest, gab ihr Trost. Der Hüne weinte nicht, blickte lediglich zu einem unsichtbaren Punkt in der Ferne.

Iduna begriff, dass Xelmar einer der Sklaven gewesen war. Das Sklavensterben wurde ihr erst in diesem Moment wirklich bewusst. Ebenso, dass Frey dem Tod nur um Haaresbreite entgangen, ihm für eine Zeit lang davongelaufen war.

Der junge Sklave schien derweil langsam wieder zu sich zu kommen, denn Iduna spürte, wie sich die schmale Hand in der ihren bewegte. Sie blickte in Freys Gesicht und hielt den Atem an. Der Sklave öffnete langsam seine Augen und blickte sie direkt an.

Die Kronprinzessin senkte den Blick und ihre Augen trafen die seinen. Als sie in die Tiefen des Blaus blickte, sich beinahe darin verlor, wurde ihr warm und pures Glück schien durch ihre Adern zu strömen. Sie waren so blau … so unfassbar leuchtend blau, wurden nach außen hin dunkler und es schien, als würden tausend Sterne in ihnen funkeln, als wären sie das Tor in den Himmel. In den Augen schimmerte Hoffnung, pure Hoffnung, die den Drang in Iduna, diesen Sklaven zu retten, um ein Vielfaches verstärkte. Iduna lächelte Frey sanft zu, hoffte, dass dieser seinen Blick nicht abwenden würde. Sie wollte ihm zeigen, dass sie kein Feind war, dass sie anders war als seine Herren, wollte, dass er ihr vertraute.

Tatsächlich, ohne zu wissen warum, wandte Frey seinen Blick nicht ab, sondern starrte Iduna weiterhin an, als wäre sie eine Erscheinung. Ihre Haare waren so rot wie Blut und ihre Augen strahlten wie zwei Smaragde. Da waren kein Hass, keine Wut und keine Drohung. Nicht einmal Angst. Da waren nur Fürsorge, Erleichterung und pure Liebe, die da in dem leuchtenden Grün strahlten. Sie hielt seine Hand fest in ihrer. Die Haut war weich und doch spürte Frey, dass sie nicht selten ein Schwert umschloss. Doch diese Geste, diese Berührung war voller Liebe, ebenso der Blick und das Lächeln, welches sie ihm schenkte.

Frey fühlte sich benebelt, doch das Pochen in seinem Bein vernahm er deutlich. Er versuchte, dieses zu bewegen, doch es gelang ihm nicht. Außerdem fühlte es sich anders an. Es schmerzte noch genauso stark wie vor wenigen Minuten, doch das Gefühl war anders, es war richtig.

„Du hast es geschafft, Frey. Mímir hat den Knochen in deinem Bein wieder in die richtige Position gebracht und das Bein geschient. Jetzt wird alles wieder gut, hörst du?", flüsterte Iduna lächelnd. Sie freute sich, da der Sklave seinen Blick noch immer nicht abgewandt hatte.

Auch Alvar und Lavina wandten sich um, als Iduna mit Frey sprach. Beide traten sie an die Liege heran und Lavina ergriff die freie Hand von Frey, ohne Iduna wahrzunehmen.

Augenblicklich wandte Freylion seinen Blick von Iduna ab und blickte die andere Frau an. Diese strich vorsichtig eine der Haarsträhnen, welche unter der Haube Freys hervorlugten, aus dessen Gesicht.

„Geht es dir besser?", fragte Lavina den Liegenden freundlich. Dieser nickte langsam und bedächtig, doch die Fragen, welche er zu haben schien, bemerkte nicht nur Iduna.

„Warum ich weine, fragst du dich?", fragte Lavina weiter. Wieder nickte Frey.

„Lavina, bitte nicht!", sagte Alvar da und legte eine Hand auf ihre Schulter.

„Er wird es ohnehin erfahren", entgegnete sie leise. Da zog Frey seine Hand vorsichtig aus dem Griff Idunas und legte sie Lavina auf den Arm. Iduna spürte einen Stich in ihrem Herzen. Auch wurde ihr bewusst, dass Frey in seinen eigenen Reihen zwar geliebt wurde, jedoch noch immer ein Außenseiter war, da er nicht sprechen konnte. Auch die Sklaven sprachen über ihn, als sei er bloß ein Gegenstand.

„Frey, du musst jetzt stark sein, hörst du?", sagte Lavina und hockte sich vor den Sklaven. Dieser nickte und starrte die Sklavin unverwandt an. „Xelmar ... er ist tot", schluchzte diese leise.

Die Augen des Jünglings füllten sich mit Tränen. Es war einem jeden von ihnen bewusst gewesen, als sie Xelmar vor einigen Tagen gefunden hatten. Und doch verspürten sie alle noch immer Hoffnung. Ein jedes Mal, bei jedem der Sklaven wurde diese Hoffnung jedoch enttäuscht.

Frey rollte sich, von der Trauer übermannt, zusammen und weinte. Alvar nahm ihn wieder auf seine Arme, was der junge Sklave willenlos geschehen ließ.

„Er braucht Ruhe, Alvar", sagte da Mímir, „Ruhe und Wärme. Ich habe bereits den Kamin in einem der Gemächer anheizen lassen. Morgen werde ich mich weiter um ihn kümmern, jedoch sollte er nun zunächst zur Ruhe kommen und sich von der Behandlung erholen. Argon wird dir das Gemach zeigen."

Alvar nickte. Er drückte Frey beschützend an sich und folgte Argon, der die Tür geöffnet hatte und im Gang verschwunden war.

~

Iduna folgte Alvar und Argon, welche mit Frey durch einen der Gänge hindurchliefen und anschließend eine der schweren Eichentüren öffneten.

Iduna schritt bis zu dieser und klopfte vorsichtig gegen das kühle Holz der Tür. Sie wollte bei Frey bleiben und ihm Beistand leisten. Sie wollte ihm helfen und sie wollte, dass es ihm gut ging, dass er glücklich werden würde.

Es war Argon, welcher die Tür öffnete. Der Rittersmann blickte erstaunt drein, als er in die grünen Augen der Kriegerin sah.

„Wer ist da?", ertönte die Stimme Alvars aus dem Hintergrund.

„Iduna, Alvar. Es ist alles in Ordnung", antwortete Argon und wandte sich zu den Sklaven um, „Darf sie hereinkommen?"

„Frey soll dies entscheiden", antwortete der Hüne und Argon öffnete beinahe augenblicklich die Tür vollständig.

Iduna betrat das Gemach und blickte sich neugierig um. Gegenüber der Tür befand sich ein recht großes Fenster, durch welches das goldene Licht der untergehenden Sonne strahlte. An der rechten Wand befand sich ein großes Bett gleich dem ihren und an der linken Wand gab es einen Schrank, welcher nebst einem in die Wand eingelassenen Kamin stand. Vor diesem befanden sich in einigem Abstand ein Tisch und drei Stühle. Das Zimmer war bei Weitem nicht so edel gestaltet wie das ihre oder die Gemächer in ihrem Heimatschloss, doch war es gemütlich und durch das Feuer im Kamin sehr warm, sodass der kranke Sklave nicht frieren musste.

„Dies ist ein wunderschönes Gemach", sagte Iduna leise, verlegen, nicht wissend, warum sie den Sklaven und Argon gefolgt war.

„Du möchtest Frey helfen, habe ich recht?", fragte Alvar, der die Kriegerin beobachtete. Diese nickte, ohne nachzudenken.

„Warum?" Die Stimme des Hünen war mit einem Mal kalt, fast schon bedrohlich, „Willst du ihn, nachdem er genesen ist, mit auf dein Schloss nehmen? Willst du ihn Belial abkaufen? Glaube mir, solltest du ihm Leid antun, dann werde ich dafür sorgen, dass du nach deinem Ableben in die Hölle eintreten wirst."

„Ich kann dir nicht sagen, Alvar, wieso ich Frey helfen möchte", antwortete Iduna, „Lediglich weiß ich, dass es so ist. Du gehst mir nicht mehr aus dem Kopf, Frey, seit ich dich am gestrigen Tage sah, auf dem Feld. Du sahst auf, als einziger von den dreien, welche dort den Boden bearbeiteten. Mir ist bewusst geworden, wie sorglos doch mein Leben ist, und mein Wunsch ist es, dass auch du deine Sorgen vergisst, für eine kurze Zeit zumindest."

Alvar blickte die Kriegerin nachdenklich an. „Ich glaube dir, Iduna. Du bist nicht wie die anderen Adligen, sonst hättest du Frey wohl niemals geholfen", sagte er schließlich, „Ich werde mich nun um Xelmar kümmern und sobald ich kann, wiederkehren."

„Wir werden auf Freylion achtgeben", sagte Argon freundlich und Alvar verließ mit einem Gruß den Raum.

Für einen Moment herrschte ein verlegenes Schweigen in dem Gemach. Iduna war sich nicht bewusst, wie sie mit Argon und gar Frey umgehen sollte. Der Rittersmann war ebenfalls leicht verunsichert und Frey fürchtete sich noch immer.

„Möchtest du etwas zu dir nehmen?", fragte der Rittersmann den Sklaven, der erschrocken zusammenzuckte. Frey schüttelte verängstigt den Kopf.

„Etwas Wasser solltest du aber trinken", sagte Iduna und machte einen zaghaften Schritt auf den Sklaven zu. Auf dem Tisch neben dem Bette befand sich ein Gefäß, welches mit Wasser gefüllt war. Sie griff danach, füllte etwas Wasser in einen Becher und reichte diesen dem Sklaven, welcher sich vorsichtig aufsetzte und nach dem Becher griff.

Dann sah Iduna die Kette. Sie verband den gesunden Knöchel des Sklaven mit dem Holz des Bettes und klirrte leise, als er sich aufsetzte.

„Eine Anordnung des Fürsten. Er soll nicht davonlaufen", erklärte Argon und schnaubte, „Dabei kann er nicht einmal stehen!"

Einmal mehr wurde der Kriegerin die Grausamkeit der Burgbewohner bewusst.

„Darf ich eine Frage stellen?", fragte Iduna, während Freylion mit fest geschlossenen Augen begann zu trinken. „Natürlich", entgegnete Argon.

„Wer ist Adrastos?"

„Adrastos ist der oberste Berater des Fürsten. Als ich ein Knappe war, kam er auf unsere Burg. Doch ein jeder hier fürchtet sich vor ihm. Er sieht in den Augen der Menschen, ob sie lügen. Manch einer ist der festen Überzeugung, Adrastos sei der Teufel. Frey ist sein Eigentum. Es grenzt an ein Wunder, dass er gestattet hat, dass man ihm nun hilft", sagte Argon und ließ sich auf einem der Stühle nieder.

Iduna nahm Frey derweil den Becher ab und dieser ließ sich vorsichtig in die Kissen gleiten. Der Sklave stieß ein leises Husten aus und krümmte sich zusammen.

„Mímir sollte ihn, so schnell es geht, untersuchen. Ich bin der festen Überzeugung, dass nicht lediglich das Bein ihn plagt", erklärte der Rittersmann und erhob sich. Er hockte sich neben Frey.

„Bitte erschrecke nicht, Frey!", sagte er und legte eine Hand an den Hals Freylions. Dieser zuckte bei der Berührung zusammen, hielt jedoch still, als er begriff, dass Argon ihm keine Schmerzen zufügen würde.

Argon wartete eine Zeit lang, dann ergriff er vorsichtig die Hand Freys und führte sie zu der Stelle an dessen Hals, an welcher noch immer die Finger des Ritters lagen.

„Fühlst du das Pochen?", fragte er. Frey nickte zögerlich, „Es ist viel zu schnell, was darauf hindeutet, dass du krank bist. Es ist wichtig, dass das Pochen wieder langsamer wird; das zeigt, dass du gesund wirst, und dafür werden wir kämpfen. Mímir wird dich noch einmal genau untersuchen und herausfinden, was dir fehlt. Dann wird er dich heilen und du wirst genesen."

Frey lauschte den Worten aufmerksam, doch spürte Iduna, dass die Angst des Jünglings nicht schwand.

„Doch erst einmal kommst du zur Ruh'. Meine Gemahlin wird dir ein Mahl zubereiten und Iduna wird bei dir bleiben. Wir werden alle auf dich achtgeben, damit es dir an nichts fehlt", erklärte Argon weiter, „Doch nun möchte ich dich bitten, dass du aus dieser schmutzigen Kleidung schlüpfst und diese Tunika anziehst. Sie ist sauber und leicht. Es ist angenehm, sie zu tragen."

Frey nickte und richtete sich vorsichtig wieder auf. „Gelingt dir dies ohne unser Zutun?", fragte Iduna besorgt, doch Frey nickte bloß.

Mit zittrigen Fingern öffnete er das raue Seil, welches als Gürtel um seine Hüften lag, und zog sich anschließend die Tunika über den Kopf. Augenblicklich sprang Argon zurück und blickte Frey mit weit aufgerissenen Augen an.

Kapitel IV

„Ich werde dich schützen"

Auch Iduna blickte fassungslos auf den jungen Sklaven. Dessen Bauch war über und über mit schwarzen Flecken bedeckt.

„Iduna, verlasse augenblicklich den Raum, begebe dich ohne Umschweife in dein Gemach und wasche dich dort gründlich! Sorge dafür, dass du keinen Kontakt zu anderen Personen hast", sagte Argon und wich weiter zurück, „Frey, es wird gleich jemand zu dir kommen, hörst du?"

Iduna und Argon verließen den Raum.

„Ich werde nach Runas Vater schicken und anschließend die Sklaven warnen. Sie alle müssen sich in ihren Verschlag begeben und dies, so schnell es geht. Kein Mann, keine Frau und kein Kind darf diese Burg verlassen. Du sahst die schwarzen Flecken, weißt, was sie bedeuten. Vermutlich ist Frey an der Pest erkrankt."

„Geh du zu Mímir, ich werde mit Alvar sprechen. Dies geht schneller!", sagte Iduna bestimmt.

Argon seufzte, verstand jedoch, dass Iduna sich nicht umstimmen lassen würde.

„So sei es. Den Verschlag der Sklaven kannst du nicht übersehen. Er ist bei der Schmiede. Doch bitte, gib auf dich acht. Die Sklaven sollen sich dort sammeln und dürfen den Verschlag nicht mehr verlassen", bestimmte der Rittersmann und eilte davon.

~

Iduna fand den Verschlag der Sklaven augenblicklich. Als sie diesen erreichte, schlug ihr zunächst ein unfassbarer Gestank entgegen. Unwillkürlich hielt sie die Luft an und klopfte vorsichtig gegen die verschlossene Tür.

Nach einer Weile wurde diese geöffnet und Iduna blickte in das verwirrte Gesicht einer älteren Sklavin.

„Noch nie klopfte ein adeliger Mensch gegen diese Türen", stieß sie hervor.

„Ich muss Alvar sehen, augenblicklich", antwortete Iduna. Sie blickte so panisch drein, dass die Sklavin sie verblüfft ansah und sich umwandte.

„Sie soll nicht hereinkommen!", rief da die Stimme Alvars. Kurz darauf trat dieser vor die Tür.

„Was ist geschehen?", fragte er.

„Alle Sklaven sollen sich im Verschlag sammeln und dürfen diesen nicht verlassen. Frey hat vermutlich die Pest."

Fassungslos blickte Alvar sie an.

„Weiß er dies?", fragte er da.

„Ich weiß nicht, ob er es verstanden hat. Argon hat beinahe fluchtartig den Raum verlassen und mich mit sich gezogen", erklärte die Kriegerin.

„Er darf nicht allein sein, sonst tut er sich etwas an."

„Alvar, auch du darfst den Verschlag nicht mehr verlassen. Ich werde zu Frey gehen. Wenn er die Pest hat, dann habe ich sie auch", beschloss Iduna.

„Was tun wir mit Xelmar?", fragte da Alvar.

Iduna erinnerte sich daran, dass dieser Sklave vor wenigen Stunden verstorben war.

„Zeige ihn mir. Dann werde ich entscheiden", sagte Iduna und blickte Alvar durchdringend an.

Dieser gab ihrem Wunsch nach und öffnete die Tür. „Sei gewarnt, Iduna. Adlige betreten diesen Verschlag nur ungern."

Als Iduna das Innere dieses Holzgebäudes erblickte, verstand sie, warum. Der Wind pfiff durch die Lücken zwischen den Holzlatten, der Boden war schmutzig und nur karg mit altem Stroh bedeckt. Vereinzelt lagen Lumpen in den Ecken oder waren um die Schultern der Sklaven gewickelt. Doch das Schlimmste war der bestialische Gestank. Die Aussage von Alvar, der Schweinestall sei ein Schloss, im Gegensatz zu diesem Verschlag, war weitaus zutreffend.

Die Sklaven blickten Iduna entgeistert an. Einige lagen schlafend auf dem Boden, andere drängten sich eng zusammen. Iduna benötigte einige Sekunden, um die Leiche unter ihnen auszumachen.

Xelmar war von einer recht großen Gestalt. Er hatte hellbraunes zerzaustes Haar und einen Bart von derselben Farbe, seine Augen waren geschlossen und sein magerer Körper wurde von Verletzungen geziert, welche Iduna bei ihrem bloßen Anblick Schmerzen zufügten. Er war schmutzig und in seinem Gesicht befanden sich schwarze Flecken.

All das Leid der Sklaven wurde Iduna erst in diesem Moment bewusst. Niemand blickte sie an. Die Sklaven hockten da und zitterten. Die Luft war kalt, so kalt, dass Iduna trotz ihres Umhangs zu frieren begann.

„Ich werde dafür sorgen, dass man Xelmar hier herausholt. Alvar, du versammelst bitte alle Sklaven in dem Verschlag!", stieß sie hervor, wandte sich um und lief davon.

~

Die Sklaven sowie die übrigen Bewohner der Burg isolierten sich in den nächsten Tagen. Doch den meisten ging es gut. Mit einer Schnabelmaske ausgestattet ging Mímir regelmäßig in das Gemach, in welchem Frey ruhte. Außer dem Heiler durfte niemand dieses Gemach betreten. Doch Iduna ignorierte dieses Verbot. Tag für Tag schlich sie sich in die Gemächer Freys. Jedoch trug auch sie eine Schnabelmaske. Zu gut erinnerte sie sich an die verängstigen Augen des Jünglings, als er sie das erste Mal mit der Maske erblickte, doch lernte der Sklave schnell, dass Iduna sich um ihn sorgte und ihn sogar ein wenig pflegte.

Die Leiche Xelmars wurde aus dem Verschlag geholt und verbrannt. Iduna stand den Sklaven nun bei, brachte ihnen heimlich Decken und auch Brote, welche sie den Köchen abbettelte.

Eines Tages machte sie sich, mit einem großen Korb ausgestattet, auf den Weg zu den Sklaven. Am vorherigen Tage hatte man diese wieder zur Arbeit herangezogen. Sachte klopfte sie an die Tür und trat dann ein. Als sie einen der Sklaven erblickte, erschrak sie fast zu Tode. Der junge Mann mit der blassen Haut war über und über mit schwarzen Flecken bedeckt. Dieselben Flecken, wie Frey sie auf seinem Bauch hatte und wie sie einst Xelmars Gesicht zierten.

„Iduna!", sagte da Alvar erfreut und trat auf die Kriegerin zu.

„Mímir sagt, ihr sollt euch waschen. Aus dem Brunnen dürft ihr Wasser abschöpfen", erklärte Iduna und trat einen Schritt zurück.

„Kaltes Wasser wäscht jedoch kein Pech ab", sagte da der Sklave mit den schwarzen Flecken auf dem Körper und deutete auf eben diese.

„Bei diesen Flecken handelt es sich um Pech?", fragte Iduna.

„Aber ja, Herrin!", antwortete der Mann.

Iduna machte auf dem Absatz kehrt, ließ den Korb fallen und rannte davon. So schnell sie konnte, eilte sie zu Frey. Bei sich trug sie einen Eimer mit heißem Wasser gefüllt und ein Tuch.

Eilends band sie sich die Schnabelmaske um und betrat das Gemach. Der Sklave blickte sie aus fiebrigen Augen verwirrt an.

„Hast du mit Pech gearbeitet?", fragte Iduna ihn ohne eine Begrüßung. Der Jüngling antwortete mit einem verblüfften Nicken und blickte die Kriegerin besorgt und fragend an.

Diese setzte sich neben ihn, ihr Blick fiel kurz auf das nicht angerührte Mahl auf dem kleinen Tisch neben dem Bett, und zog die Tunika des Sklaven nach oben, entblößte die schwarzen Flecken.

Sie tauchte ein Tuch in das heiße Wasser und fuhr vorsichtig über die schmutzige Haut des Sklaven. Zunächst geschah nichts, doch nachdem Iduna immer wieder über die dunklen Flecken gewaschen hatte, wurden diese, gleich der schmutzigen Haut Freys, blasser und blasser, bis die ersten Flecken ganz verschwunden waren.

„Es ist nur Pech", flüsterte Iduna erleichtert und sie nahm ihre Maske ab, „Du bist nicht an der Pest erkrankt."

Iduna fühlte die grenzenlose Erleichterung, welche ihre Adern wie Lebenssaft durchströmte. Gerade wollte sie

Frey in den Arm nehmen, da öffnete sich die Tür und Mímir betrat den Raum.

„Iduna!", rief er besorgt, als er die Kriegerin erblickte. „Frey ist nicht an der Pest erkrankt!", rief diese da, „Bei den Flecken handelt es sich um Pech! Ich konnte sie abwaschen!"

„Iduna!", rief da eine andere Stimme und Alvar betrat den Raum, „Hier bist du! Als du davonliefst, machte ich mir Sorgen um dich!"

„Alvar, gehe nicht in dieses Gemach, ich bitte dich!", auch Argon betrat den Raum und stutzte, bei ihm war seine Gemahlin, die Heilerstochter Runa.

„Frey ist nicht an der Pest erkrankt, sehet her!", wiederholte Iduna und wusch vor den Augen der Anwesenden die letzten schwarzen Flecken von Freys Körper, „Dies ist Pech."

Runa hielt sich erleichtert an ihrem Gemahl fest, Alvar seufzte beruhigt und ging auf den Sklaven zu.

„Du wirst nicht sterben, Frey, hörst du. Du musst dich nicht länger fürchten."

„Hast auch du ihn aufgesucht?", fragte Iduna den Anführer der Sklaven.

„Nicht nur ich. Ein jeder Sklave war hier bei ihm", entgegnete Alvar und ergriff die zarte Hand Freys.

„Nun ist es an der Zeit Frey richtig zu waschen, bevor wir eine weitere Krankheit finden, welche er nicht hat", schaltete sich Mímir ein und schenkte Frey ein Lächeln. „Mein Herr Mímir", wandte da Alvar ein, „Frey fürchtet sich nicht nur davor, einen mit Wasser getränkten Lappen in seinem Gesicht zu haben. Er hat Angst vor Wasser."

„Und doch werden wir ihn waschen", entgegnete Mímir.

Alvar nickte ergeben und ließ sich auf der Bettkante Freys nieder. Dieser hatte der Unterhaltung, so gut er konnte, gelauscht. Nun blickte er Alvar beunruhigt an. Die Angst stand ihm nahezu in sein Gesicht geschrieben.

„Doch bevor ich beginne, Alvar, lass mich sagen, dass ich veranlasst habe, dass ein jeder Sklave einmal in der Woche die Möglichkeit bekommen wird, ein Bad zu nehmen. Auch wird das Stroh in eurem Verschlag vollständig ausgewechselt und die Wände werden verbessert werden, damit wir dem Sklavensterben ein Ende setzen können."

Mit großen Augen blickte Alvar den Heiler an. Iduna glaubte sehen zu können, wie eine große Last von seinen Schultern fiel.

„Die Kammerdiener sind bereits angeleitet, heiße Bäder vorzubereiten. Zudem habe ich dafür gesorgt, dass ein jeder von euch eine Flohfalle erhält und man ebenfalls gegen den Läusebefall ankämpfen wird. Der Fürst möchte vermeiden, dass seine Untertanen, welche frei leben, ebenfalls krank werden, so hat er euch dies gewährt. Frey jedoch würde ich zunächst nicht in einen Badezuber setzen, zumal wir dafür den Verband entfernen müssen. Außerdem ist er der Schwächste von euch, hat zahlreiche Verletzungen. Jedoch sah ich bereits, dass seine Zähne einen sehr guten Zustand haben. Da wir den Verband aber wechseln müssen und ich die Fortschritte der Heilung des Beines begutachten möchte, würde ich sagen, dass wir zunächst den gröbsten Schmutz entfernen und anschließend für ein warmes Bad sorgen werden. Alvar, du wirst nicht dabei sein. Auf dich wartet bereits ein warmes Bad, was dir an diesen kalten Tagen sehr guttun wird."

Das Erstaunen und die Dankbarkeit Alvars war nun nicht mehr zu übersehen.

„Lauf rasch, Alvar, sonst kühlt das Wasser ab. Solange Iduna da ist, wird Frey nichts geschehen", sagte Runa lächelnd.

„Habt Dank!", stieß Alvar hervor.

Doch bevor er ging, beugte er sich zu Frey hinunter.

„Ist es in Ordnung, wenn ich dich für eine Zeit lang verlasse, um selbst ein Bad zu nehmen?", fragte er.

Frey nickte ohne jegliches Zögern. Er hatte noch immer Angst, doch wollte er Alvar die Freude nicht nehmen. So beschloss er, dass er die nahende Tortur des Waschens allein durchstehen würde.

„Ich kehre wieder, so schnell ich kann", versprach Alvar und verließ den Raum.

„Nun denn. Wir werden Frey in meinen Heilungsraum bringen, wo ihr beide, Iduna und Runa, ihn waschen werdet. Mit Argon werde ich derweil einen Badezuber beschaffen und diesen befüllen. Anschließend, nachdem er gebadet hat, werde ich mir das Bein noch einmal ansehen und es neu verbinden. Argon, würdest du Frey ein leichtes Gewand geben, wenn er gereinigt ist? Auch die Wäsche des Bettes werden wir wechseln, damit alles sauber wird", erklärte Mímir freundlich.

Iduna lächelte, als Mímir die Fessel löste und nahm den jungen Sklaven selbst auf die Arme.

„So sei es. Wir sollten jedoch beginnen, damit Frey schnell gesund wird", sagte sie erheitert und folgte Runa, welche bereits die Tür geöffnet hatte, aus dem Raum heraus.

~

Nach wenigen Minuten kamen die Damen mit Frey in dem Heilungsraum Mímirs an, wo bereits ein Kessel mit Wasser über dem Kamin hing. Seife und Tücher lagen bereit und die Liege war mit einem Tuch abgedeckt.

Iduna legte den schmalen Körper in ihren Armen vorsichtig auf die Liege, während Runa ihre Haare zusammenflocht und unter einer Haube versteckte.

„Setze dir ebenfalls eine Haube auf, Iduna! Frey hat Läuse, diese übertragen sich sehr schnell", bat sie ihre Gefährtin und reichte ihr eine Haube aus festem Stoff.

Iduna tat wie ihr geheißen und half Frey anschließend, sich aufzusetzen. Runa nahm den Kessel von seiner Halterung und stellte diesen auf die Liege.

Nun wurde Iduna neugierig. Vorsichtig zog sie Frey die Haube, welche der Sklave nicht einmal abgenommen hatte, von dessen Haupt und legte diese zur Seite.

Die Haare dort waren heller als die, welche immer am Rand des Stoffstücks hervorlugten. Sie waren ein einziges verfilztes Knäuel, welches dem Nest eines Vogels glich. Runa griff bereits zu einem Messer, während Iduna vorsichtig mit den Fingern durch die Haare fuhr. Sie konnte wundgescheuerte Stellen an Freys Kopfhaut ertasten, die Läuse schienen ihn sehr zu plagen, doch löste sie das Knäuel ein wenig und die Haare fielen nun als verfilzter Strang über den Rücken des Sklaven, schienen beinahe so lang zu sein wie die Haare Idunas.

Von Alvar wusste Iduna, dass Frey seine Haare trotz des schlechten Zustands liebte, und es tat ihr weh, ihm nun zu verkünden, dass sie diese abschneiden mussten. „Runa, lass sie so lang, wie es geht!", bat Iduna die Dunkelhaarige, welche nickte.

Frey begriff sehr schnell, was Runa tun würde, und stieß ein leises Wimmern aus.

„Frey, deinen Haaren wird das sehr guttun, das verspreche ich dir", sagte Iduna sanft und hielt ihn fest, während Runa den Teil der Haare, welcher dem Nest eines Vogels glich, abschnitt.

Nun waren die Haare kürzer, reichten Frey dennoch über die Schultern, waren etwa so lang wie die Strähnen, welche er nie unter der Haube verbergen konnte.

Nun machten sich die beiden Frauen daran, den Sklaven zu entkleiden, und geboten ihm anschließend, sich auf die Liege zu legen. Iduna legte ihm eine Decke über den Leib, um ihn zu Bedecken und zu wärmen.

Jede der beiden ergriff nun vorsichtig einen Arm Freys und ein Tuch, welches sie in den Kessel tauchten und anschließend über die schmutzige Haut gleiten ließen.

Die Kriegerin war ungeschickt, fürchtete sich davor dem Sklaven Schmerzen zuzufügen und blickte verzweifelt zu Runa, welche zwar sanft, jedoch mit einer gewissen Härte über die Haut von Frey rieb. „Du musst dich nicht fürchten, Iduna. Freylion ist stark, aber der ganze Schmutz muss verschwinden, sonst kann er nicht gesund werden. Arbeite mit leichtem Druck und auch etwas schneller. Nur an empfindlichen Stellen, wie seinem Gesicht, musst du wirklich sehr vorsichtig sein."

Iduna nickte und blickte auf die magere Gestalt herab, welche die Augen geschlossen hatte und flach atmete, dann befolgte sie den Rat Runas und kopierte ihre Bewegungen.

Freylion schien zu spüren, dass sie sich fürchtete, und öffnete die Augen. Ihre Blicke trafen sich und da begriff die Kronprinzessin, dass der Jüngling ihr tatsächlich ein wenig vertraute. Also wusch sie weiter und weiter, löste ihren Blick von den blauen Augen und konzentrierte sich voll und ganz auf ihre Aufgabe.

~

Iduna konnte beobachten, wie Schmutz und Staub langsam von Freys Haut wichen. Der grau-braune Farbton verschwand langsam aber sicher, hinterließ jedoch eine nicht weniger krank aussehende Gestalt. Freys Haut war fast weiß, doch diese Blässe sah nicht edel aus wie die von Runa. Die feinen Adern unter der Haut, die Verletzungen und die magere Gestalt, all das sorgte dafür, dass Frey alles andere als gesund aussah.

Nun, da der Sklave nicht mehr in die Lumpen gehüllt war, konnte Iduna sehr gut sehen, wie abgemagert er wirklich war. Mit einer Hand konnte sie den Oberarm des Sklaven umgreifen. Die Knochen an den Gelenken traten spitz hervor und die Rippen Freys konnte man wie die Wirbel auf dem Rücken ohne Weiteres zählen. Der Sklave sah beinahe aus wie ein Skelett, doch die vergangenen Tage hatten seinem Körper sichtlich gutgetan.

Frey war die Prozedur des Waschens unangenehm. Die Arme, den Oberkörper, all das mochte er nicht, jedoch fürchtete er sich davor, wenn sie sein Gesicht waschen würden. Die Angst vor Wasser war tief in ihm verwurzelt. Er konnte sich lebhaft an die Momente erinnern, in welchem sie ihm wieder und wieder Wasser auf den Lumpen gegossen hatten, welcher sein Gesicht bedeckte, die Minuten, in welchen ihn die Knappen unter Wasser gedrückt hatten, dass er glaubte zu ertrinken. Und nun war Alvar nicht bei ihm …

Iduna spürte die Angst, die Frey hatte, doch sie wusch weiter. Mittlerweile war auch sie mit dem Arm des Sklaven fertig. Runa ging bei Weitem routinierter und schneller vor als sie und begann bereits damit, den Oberkörper Freys zu reinigen, als Iduna den linken Arm vollständig gesäubert hatte.

Die Haut Freys jedoch war bei Weitem nicht so, wie Iduna vermutet hätte. Sie war fleckig rot, doch die braunen Flecken hatten sich gelöst. Frey schien Schmerzen zu verspüren, wenn man die geröteten Stellen der Haut berührte, doch Iduna wusste, dass sie dies im Moment nicht ändern konnte.

„Iduna, ich denke, du solltest mit seinem Gesicht beginnen. Bitte achte darauf, dass du gründlich vorgehst und auch die Ohren mitwäschst. Anschließend kannst du den Hals und Nacken waschen. Ich arbeite schneller als du und sollte in dieser Zeit den Oberkörper und auch die Beine fertig reinigen. Anschließend können wir uns um den Rücken kümmern", bat Runa Iduna freundlich.

Frey begann augenblicklich zu zittern, doch Iduna wusch bereits das Tuch aus und drehte das Gesicht Freys zu sich. „Sieh nur mich an. Ich werde dir nicht wehtun", flüsterte sie leise. Tatsächlich fokussierten sich die blauen Augen auf ihr Gesicht, doch Frey gelang es nicht, das leise verängstigte Wimmern zu unterbinden, was er immer von sich gab, wenn er Angst hatte.

Iduna hatte gelernt, zwischen den Lauten, die Frey von sich gab, zu unterscheiden. Zwar klangen sie alle sehr ähnlich, doch am meisten schnitt das Geräusch in ihr Herz, wenn Frey starke Schmerzen verspürte. Das Wimmern, wenn er sich fürchtete, klang anders.

Vorsichtig legte sie das Tuch nun auf seine Stirn und begann dieses sanft zu bewegen, rieb das Tuch über den Schmutz und entfernte diesen nach und nach.

Frey hielt still, blickte Iduna an und atmete leise vor sich hin. Er war angespannt, doch wehrte er sich nicht. Noch zu lebhaft hatte Iduna das Bild vor Augen, als Adrastos den Sklaven betäubt hatte. Noch immer sah sie seine Panik vor ihrem inneren Auge. Doch zu ihrer Überraschung blieb Frey noch immer ruhig, als sie sich vorsichtig über seinen Nasenrücken auf die Lippen zuarbeitete.

Iduna achtete darauf, dass Frey durchgehend atmen konnte, was den Sklaven zu beruhigen schien. Er schien sich nach einigen Minuten merklich zu entspannen und ruhiger zu atmen. Der verkrampfte Ausdruck in seinem Gesicht verschwand und in seinem Blick konnte Iduna so etwas wie Erstaunen lesen. Erstaunen darüber, dass er trotz des feuchten Tuches atmen durfte. Erstaunen darüber, dass Iduna ihn noch immer liebevoll behandelte.

Sie beide fühlten, dass sich das Band zwischen ihnen verstärkte. Langsam verlor Frey seine Scheu gegenüber der rothaarigen Kriegerin. Er ließ zu, dass sie vorsichtig über seine Wange strich, während sie die andere reinigte.

Iduna ergriff ein frisches Tuch und befeuchtete es mit frischem Wasser, bevor sie damit begann, die Augenränder Freys abzutupfen. Der Sklave blickte sie die gesamte Zeit über an, hielt ganz still.

Schließlich war das Gesicht gereinigt und Iduna machte sich daran, die Ohren und den Hals zu reinigen. Die Arbeit hinter den Ohren fiel Iduna jedoch schwer, da Frey unruhig wurde, als das Tuch mit der Haut in Berührung kam.

„Runa, etwas stimmt nicht", sagte Iduna besorgt, nachdem Frey auch nach einigen weiteren Versuchen nicht stillhielt. Die junge Frau ließ von dem linken Fuß Freys ab und beugte sich über das Ohr. Mit dem Finger strich sie vorsichtig über die Haut. Wieder zuckte Frey zusammen. Runa wiederholte das Ganze bei dem anderen Ohr und auch dieses Mal konnte Frey nicht stillhalten.

„Er ist kitzelig, Iduna. Das ist nicht schlimm, nur lass dies nicht seine Herren wissen. Sie können ihn sonst in den Wahnsinn treiben. Die Füße sind im Übrigen in einem relativ guten Zustand. Ich weiß, dass die Sklaven sich vor der Arbeit in der Küche die Hände und Füße waschen mussten. Da hatte Frey sehr viel Glück. Bei dem Halsring werde ich dir gleich zur Hand gehen", sagte Runa und Iduna seufzte erleichtert auf.

„Können wir mit der Reinigung des Halses beginnen?", fragte sie zudem vorsichtig.

„Natürlich. Ich werde jedoch zunächst tasten, ob wir den Ring verschieben können", lächelte Runa.

Doch Frey, welcher den beiden Frauen aufmerksam zugehört hatte, schüttelte leicht den Kopf. Runa tat ihm dies nach, nachdem sie die Haut um den Ring abgetastet hatte.

„Der Ring ist viel zu eng. Vermutlich tut es ihm weh, zu essen und zu trinken, weswegen er es kaum tut. Frey, konntest du einst sprechen?"

Der junge Sklave zögerte kurz. Dann nickte er.

„Vielleicht trägt der Ring etwas dazu bei, dass er nun nicht mehr sprechen kann", vermutete die junge Dunkelhaarige.

Doch Iduna hatte kaum zugehört. Nachdem Frey die Frage, ob er einst sprechen konnte, bejaht hatte, blickte sie ihn völlig schockiert an. Frey hatte seine Stimme verloren! Iduna wollte dies rückgängig machen, wollte, dass dieser Sklave sprechen konnte … frei war. Doch Iduna wusste, dass dies nur ein Wunsch war. Ein Wunsch, welcher nie zur Wahrheit werden würde.

„Vater, kannst du dir den Halsring einmal ansehen?", fragte Runa in die entstandene Stille hinein.

Iduna fuhr herum und blickte überrascht in die Gesichter Argons und Mímirs, welche den großen Badezuber bereits hereingetragen hatten und nun die letzten Behälter mit warmem Wasser darin entleerten.

Mímir lächelte sie an, nickte seiner Tochter zu und trat an die Liege heran. Auch er tastete die Haut um den Halsring vorsichtig ab. Frey lag ganz still da, ließ Iduna jedoch nicht aus den Augen, während Mímir konzentriert arbeitete. „Den Halsring können wir nicht bewegen. Er ist sehr eng. Runa, du hattest recht, das Essen und Trinken fällt ihm schwer. Zudem habe ich die Befürchtung, dass der Ring an seiner Innenseite mit kleinen Dornen bestückt, ist", sagte er nach einer Weile.

„Wir müssen etwas tun!", rief Iduna aufgebracht.

„Du kannst ihm helfen, sich aufzusetzen, und anschließend Hals und Nacken waschen. Runa wird dies bei seinem Rücken tun und anschließend, wenn der grobe Schmutz entfernt ist, wird er sich im Badezuber aufwärmen dürfen", erklärte Mímir bestimmt und trat zurück, damit die beiden Frauen den Sklaven aufrichten konnten.

Iduna und Runa reinigten Frey nun recht zügig, damit er in warmem Wasser baden konnte. Als die beiden ihre Arbeit beendeten, blickte Iduna mit Entsetzen auf die zahlreichen, schlecht verheilten, teils noch frischen Wunden und Narben, welche den mageren Körper zierten. Die Peitsche schien seinen Rücken mehr als einmal zerschlagen zu haben. Auch die Finger, besonders die Daumen Freys, schien man arg in Mitleidenschaft gezogen zu haben. Verheilte Schnitte und Brandnarben zierten seinen Körper ebenfalls. Auf seiner Brust prangte ein bereits sehr stark verblasstes Brandzeichen mit dem Wappen des Fürsten.

Iduna kannte zahlreiche Methoden und Geräte der Folter. In ihrer Ausbildung zur einzigen Kriegerin im gesamten Königreich hatte man ihr diese immer wieder vorgeführt, um sie abzuhärten, sollte man diese bei ihr selbst anwenden. Ketzergabel, gespickter Hase, Daumenschrauben, Streckbank. Iduna kannte sie alle. Sie hatte die Anwendungen bezeugt, hatte die Schreie gehört, das Blut gesehen. Es ließ sie kalt, als sie es sah. Sie wusste, dass die Menschen, welche sie sah, ihre Strafe zu Recht erhielten. Doch allein der Gedanke daran, dass Frey diese Gegenstände kannte, wusste, wie sie sich anfühlten, wusste, welch Schmerz sie bereiten konnten, schien ihr unerträglich. Das Verlangen in ihr, Freylion zu schützen, wuchs von Minute zu Minute.

Mímir gebot dem Sklaven, sich noch einmal auf den Rücken zu legen, damit er das rechte Bein befreien konnte.

Was Iduna sah, erstaunte sie. Der Bluterguss, welcher mit einem einfachen Tuch abgedeckt war, war aufgrund der Behandlung bereits etwas blasser geworden. Auch konnte man das Bein als solches erkennen. Mímir persönlich wusch es ab und schiente es mit einem schmalen Stab, damit Frey sich nicht weiter verletzte.

Auch war es Mímir, welcher trotz seines hohen Alters den Körper des Sklaven hochhob und in das warme Wasser des Badezubers gleiten ließ.

Als das Wasser das erste Mal mit den teils offenen Wunden Freys in Berührung kam, stieß dieser leise Schmerzenslaute aus, doch nach wenigen Sekunden schien er sich zu beruhigen. Mit halbgeschlossenen Augen lag er nun im Wasser und atmete langsam und gleichmäßig.

„Wir lassen ihm einige Momente, in denen er das Wasser genießen kann. In dieser Zeit werden wir die schmutzigen Tücher reinigen und das Wasser fortbringen. Außerdem werde ich alles für einen neuen Verband vorbereiten. Iduna, dich bitte ich, einen Nissenkamm herzubringen. Frage eine Magd danach. Sie wird dir diesen geben", bat Mímir sie höflich.

Iduna nickte und warf einen Blick auf Frey.

„Ihm wird nichts geschehen", lächelte Runa.

„Das weiß ich", entgegnete die Kriegerin und verließ den Raum.

~

Eine Magd eilte sehr schnell über ihren Weg, sobald sie sich auf die Gemächer des Fürsten zubewegte. Diese konnte ihr den gewünschten Kamm aushändigen, und Iduna eilte von dannen, um so schnell wie möglich wieder bei Frey zu sein.

Beinahe schon hatte sie den Heilungsraum Mímirs erreicht, als sie eine Stimme vernahm, welche ihren Namen rief. Als sie herumfuhr, musste sie mehr als einmal hinsehen, als Alvar auf sie zulief. Seine Kleidung war feucht, klebte leicht an seinem Körper. Die dunkle Haut glänzte in dem Licht, welches durch die Fenster drang, die Haare wirkten ordentlicher als vorher und das staubige Aussehen war verschwunden.

„Alvar!", rief die Rothaarige verblüfft, „Du siehst wunderbar aus."

„Hab Dank!", antwortete der Hüne und schenkte der zukünftigen Königin eines seiner seltenen Lächeln.

Doch seine Miene wurde schnell wieder ernst.

„Iduna, Mímir wünscht nicht, dass du dies erfährst, doch bin ich weder ein Meister darin, meinen Herren zu gehorchen, noch ist es meine Ansicht, dass man dir dies verschweigen sollte", erklärte er mit gedämpfter Stimme.

Iduna blickte ihn verwirrt an, nickte jedoch anschließend. „Es geht um Frey. Mímir ist der Ansicht, dass du weitaus genug für ihn getan hast, doch finde ich es nicht richtig, wenn man dir berichtet, dass es ihm besser geht. Seit Frey behandelt wird, hat er kein Auge zugetan, solange niemand von uns Sklaven bei ihm war. Frey schläft nicht, Iduna. Er schläft nicht, weil er sich fürchtet. Ich war der Ansicht, dass auch du das Recht hast, diese Information zu erfahren", berichtete Alvar der geschockten Iduna.

„Mir sagte man, es gehe ihm besser", hauchte sie erstaunt.

„Körperlich ist dies auch keine Lüge, Iduna. Ich denke, schlechter hätte es ihm vor der Behandlung nicht gehen können, doch sein Geist findet keine Ruhe. Er hat Angst und kein Vertrauen", sagte der Anführer der Sklaven.

„Gehen wir zu ihm?", fragte Iduna nach einer Weile. Alvar nickte und folgte der zukünftigen Königin durch die Eichentür.

Dort empfing sie ein erstaunliches Bild. Frey lag nun wieder auf der Liege, war gekleidet in eine ihm viel zu große, jedoch saubere leichte Tunika, welche Argon gehören musste, und sein Bein war bereits wieder geschient und verbunden. Doch er sah anders aus als noch vor wenigen Minuten. Er erinnerte Iduna nun mehr und mehr an ein Fabelwesen. Seine Haut war zwar noch immer wund und hier und da gerötet, doch im Allgemeinen so weiß wie frisch gefallener Schnee. Auch waren die Haare Freys nicht länger grau-braun, nein, sie glänzten in einem wunderschönen Blond. Alles an Frey war blass und hell, doch ließ dies ihn nur noch schöner und zerbrechlicher wirken. Nun war er wirklich der genaue Gegensatz zu Alvar, welcher Frey entgeistert anblickte.

„Ihr habt seine Haare abgeschnitten", stellte er fest.

„Mit den Haaren bin ich noch nicht vollständig fertig. Zunächst jedoch, bevor ich sie wirklich schön schneide, müssen die Läuse herausgekämmt werden. Eine Flohfalle erhielt Frey bereits und mein Vater berichtete, dass das Bein vermutlich vollständig heilen wird", erklärte Runa lächelnd und nahm dankend den Kamm in die Hand, welchen Iduna ihr reichte.

Sie legte ein großes Tuch unter Freys Kopf, auf welchem sie die Haare ausbreitete, und begann diese vorsichtig durchzukämmen. Auch der Teil, welchen Runa nicht abgeschnitten hatte, war völlig verknotet und Iduna wollte sich gar nicht ausmalen, wie unangenehm es für Frey sein musste, diese Knoten zu entfernen, doch blieb der Sklave ruhig liegen und gab keinen Laut von sich. Runa selbst arbeitete schnell und war bereits nach wenigen Minuten fertig.

„Ich mache dies nicht das erste Mal", erklärte sie lachend und zog das Tuch hinfort.

„Nun werde ich die Haare noch etwas schöner schneiden und den Kopf anschließend noch einmal nach Läusen absuchen. Einmal durch die Haare kämmen reicht meist nicht aus, um sie alle zu entfernen. Alvar, wie sieht es mit deinen Haaren aus?"

„Die Magd, welche mir das Bad vorbereitet hat, bekam ebenfalls die Aufgabe, sämtliche Läuse von meinem Kopf zu entfernen. Dies dauerte seine Zeit, jedoch ist mein Haupt nun frei von Läusen. Unseren Verschlag haben die Sklaven, welche noch kein Bad bekommen haben, im Übrigen bereits geleert und sämtliche Dinge, welche wir nicht entsorgen werden, gereinigt. Jedoch wird heute ein jeder von ihnen ein Bad bekommen", berichtete Alvar, welcher sehr erleichtert wirkte.

Iduna lauschte seinen Worten aufmerksam und beobachtete Frey, welcher sich nun mit der Hilfe Runas aufgesetzt hatte, die nun mit einer Schere die Haare Freys bearbeitete.

„Ich werde sie so lang lassen, wie ich kann", versprach sie dabei, während sie die Haarspitzen gerade schnitt und anschließend noch ein weiteres Mal kämmte. Dabei legte sie ihm ein frisches Tuch um die Schultern, welches wohl die noch vorhandenen Läuse auffangen sollte.

„Ein jeder von uns sollte noch am heutigen Tage ein Bad nehmen", sagte Mímir, als seine Tochter begann, das Haupt Freylions noch einmal genau zu untersuchen.

Sie begann wieder damit, die Haare zu kämmen, striff den Kamm immer wieder an einem Tuch ab und kämmte weiter.

~

Iduna wusste nicht, wie lange die Tochter des Heilers sich mit dem Haar Freys befasste. Es mussten Stunden sein. Stunden, in denen Iduna ihm nicht von der Seite wich.

Nach einiger Zeit sah man Frey die Schmerzen an. Seine Kopfhaut tat weh und auch das Kämmen war ihm unangenehm.

Alvar trat zu ihm und ergriff seine Hand, hielt ihn fest, gab ihm Halt.

„Ich bin nun fertig", verkündete Runa schließlich und legte den Kamm auf den kleinen Tisch. Alvar atmete hörbar auf und ließ Frey nun los.

„Bringen wir ihn in sein Gemach", sagte Mímir freundlich und lächelte Frey aufmunternd zu.

Iduna betrachtete den jungen Sklaven. Die hellen Haare waren leicht gewellt und umspielten das hübsche Gesicht Freys. Er wirkte nun, da die Haare getrocknet waren, noch mehr wie ein Fabelwesen. Iduna glaubte fast, dass er Flügel habe, welche er ausbreiten und mit denen er auf und davon fliegen konnte. Doch dies tat Frey natürlich nicht. Jedoch traf sein Blick wie zufällig den Idunas.

Es erfüllte sie mit Stolz, dass Frey es wagte, sie anzublicken.

„Darf ich dich begleiten?", fragte sie ihn vorsichtig, während sie sich die Haube von ihrem Haupt zog.

Frey senkte seinen Blick, nur um ihn Sekunden später auf Alvar zu richten.

„Du musst dich entscheiden, Frey", sagte dieser nur, „Ich werde dir keinen Befehl geben."

Da sah Frey Iduna wieder in die Augen und nickte ihr scheu zu. Diese begann zu lächeln und trat vorsichtig auf Frey zu. „Danke!", flüsterte sie.

Alvar nahm den Jüngling wieder auf die Arme und folgte Iduna, die vorausging, um die Türen zu öffnen, damit Alvar problemlos die Gänge passieren konnte.

~

Seite an Seite liefen Alvar und Iduna den kurzen Weg zu dem Zimmer Freys. Beinahe hatten sie ihr Ziel erreicht, als ihnen zwei junge Männer entgegenkamen. Es waren die Brüder Adrik und Sandulf, die ältesten Söhne Belials.

Adrik war hochgewachsen, muskulös und hatte kinnlange gepflegte rot-braune Haare. Ein ebenso gepflegter Kinn- und Oberlippenbart zierte sein Gesicht mit den kleinen braunen Augen und der markanten Nase. Gekleidet war er in eine orangene Tunika, eine dunkle Hose und in braune Stiefel. An seinem ledernen Gürtel war ein Schwert befestigt.

Sein Bruder Sandulf sah ihm zwar recht ähnlich, doch wirkte der Jüngere etwas wilder. Seine kürzeren dunkelbraunen, fast schwarzen Haare waren kaum gebändigt, er war rasiert und zudem recht hager und hatte braun-blaue Augen. An seinem Gürtel war kein Schwert befestigt.

Als die Brüder Iduna, Alvar und Frey bemerkten, stutzten sie.

„Bleib stehen, Sklave!", rief Adrik, der Älteste. Alvar gehorchte mit missbilligendem Blick.

„Warum fällst du nicht vor uns auf die Knie?", fragte Adrik und trat nun näher.

„Weil Ihr nicht mein Gott seid, sondern nur ein Junge, der über mich herrschen will", erklärte Alvar ruhig.

„Achte auf die Wahl deiner Worte, Sklave!", zischte Adrik und blickte anschließend auf Frey, nachdem er Iduna mit einem Handkuss begrüßt hatte.

„Was habt Ihr mit ihm gemacht? Er sieht … bezaubernd aus", sprach Sandulf, der jüngere der beiden Brüder.

„Wir haben ihn gewaschen", erklärte Alvar ruhig und strich Frey beruhigend über den Oberarm, da dieser zu zittern begann.

„Der Heiler soll ihn heilen und nicht für eine Feier zurechtmachen. Also, warum schneiden wir ihm die Haare nicht einfach ab, wie wir es bei den anderen Sklaven immer tun, wenn die Haare zu lang werden?" Die Stimme Adriks klang herablassend, während er in die Haarpracht Freys griff und sich die kühlen blonden Strähnen durch die Finger gleiten ließ, ehe er kurz und heftig an den Haaren zog. Frey stieß ein leises Wimmern aus.

„Ihr habt dies nicht zu entscheiden. Frey gehört Euch nicht mehr", entgegnete Alvar ebenso herablassend.

„Iduna, wie wäre es, wenn Ihr uns auf den großen Trainingsplatz begleitet. Mein Bruder und ich haben das Verlangen etwas mit dem Schwert zu trainieren", sprach Adrik nun, ohne Alvar weiter zu beachten, lediglich mit den Haaren Freys spielte er noch immer.

„Verzeiht, doch lieber begleite ich Alvar und Frey", antwortete Iduna höflich.

Das Lächeln Adriks verzerrte sich für wenige Sekunden und er zog ein weiteres Mal an den Haaren Freys, der dies mit einem klagenden Laut quittierte, bevor er sich wieder fing.

„Nun gut. Gehabt euch wohl, Iduna!", sprach er und schritt an der Seite seines Bruders von dannen.

„Es wird Zeit, dass er heiratet. Dann kann er seine Gemahlin quälen und lässt Frey hoffentlich für sich", fluchte Alvar, während Iduna die Tür öffnete.

„Er ist nicht verheiratet, obwohl er bereits so alt ist?", fragte Iduna, trotz der Tatsache, dass sie dies wusste und das der König sich wünschte, dass sie ihn ehelichte, verwirrt.

„Du bist doch auch nicht verheiratet", entgegnete Alvar.

„Mich hat man dem Prinzen versprochen, doch dieser ist an seinem dreizehnten Geburtstag verschwunden", erklärte Iduna.

„Diese Geschichte ist jedem in diesem Königreich bekannt", entgegnete Alvar und ließ Frey vorsichtig in das Bett gleiten. Nachdem er Frey zugedeckt hatte, setzte er sich auf die Bettkante.

Iduna tat es ihm gleich und zog seufzend etwas aus ihrer Rocktasche.

„Einige Pflichten der Frau bleiben mir nicht erspart, jedoch kann ich nicht sticken", beklagte sie sich und blickte ihre Arbeit mit finsterer Miene an.

„Ich kann dir leider nicht zur Hand gehen, Iduna. Auf einem Feld arbeiten, schwere Arbeiten verrichten, ja sogar Wäsche waschen, das kann ich. Jedoch bin ich für solch feine Arbeit nicht geeignet", sagte Alvar entschuldigend, während er die Decke Freys zurückschlug und die Kette wieder an dessen Knöchel befestigte.

„Das kann ich nur allzu gut nachvollziehen. Mit einem Schwert umgehen, kämpfen und all das fällt mir bei Weitem leichter als zu sticken oder Harfe zu spielen. Ich bin eine Kriegerin, kein Burgfräulein", schmunzelte Iduna und knirschte mit den Zähnen, als die Glieder der Kette klirrten.

„Wie kommt es dazu, dass du zur Kriegerin wurdest?", fragte Alvar nun neugierig.

„Nun, daran war wahrlich das Verschwinden des Prinzen schuld", erklärte Iduna, „Ich war ihm nicht nur versprochen, nein, ich liebte ihn und er liebte mich. Bis man uns einander versprach … Wir haben hart dafür gekämpft. Mein Vater war der ruhmreichste Ritter des Königs, bis er auf dem Schlachtfeld fiel. Er war des Königs bester Freund, sein treuster Gefährte und doch war ich nicht im richtigen Stand, um einen Prinzen zu heiraten. Jedoch, all das Betteln und Flehen half … und nicht zuletzt die Worte meiner Mutter, welche sich um den Prinzen kümmerte, als dieser klein war, bevor dieser einen Erzieher bekam. Freylen verlor die seine bei seiner Geburt. Meine Mutter sagte dem König, wenn er wolle, dass sein Sohn glücklich werde, dann solle er ihm gestatten, mich zu seiner Frau zu nehmen. Doch dann verschwand er und ich begann dem König leidzutun. Er selbst bildete mich aus, vermutlich, um sich abzulenken und mich zu trösten. Schon im jüngsten Kindesalter, als all die Verantwortung noch nicht auf meinem und Freylens Gemüt lastete, habe ich mit den Jungen am Hofe in den Wäldern gespielt. Der König verstand, dass ich keine Hofdame war, sondern nach meinem Vater kam. Nun bin ich die beste Kriegerin. Ich kann schneller laufen, höher klettern und besser kämpfen als ein jeder Ritter bei Hofe. Ich habe hart trainiert, um die Trauer um Freylen zu verarbeiten", berichtete Iduna mit einem leichten Lächeln auf den Lippen, „Ich vermisse Freylen. Jeden Tag, doch ich kann mit dieser Trauer leben, habe dies gelernt. Weiß, dass er wollen würde, dass ich glücklich bin."

Freylion stieß ein leises Schniefen aus. Iduna sah, dass der junge Sklave weinte.

„Ich wollte dich nicht traurig stimmen, verzeih mir!", sagte sie entschuldigend. Frey nickte ihr zu und wischte sich die Tränen von den Wangen.

„Wenn es nur einen Weg gäbe, sich richtig mit dir verständigen zu können. Nur Fragen, welche man mit einer Kopfbewegung beantworten kann, können wir dir stellen", seufzte Iduna.

„Er beherrscht die Schrift meiner Sprache und auch kann er sich mit einigen Zeichen verständigen. Er schrieb immer mit einem verkohlten Zweig auf seine Haut", berichtete Alvar.

„Ich könnte ihm das Schreiben und Lesen beibringen!", rief Iduna da und erhob sich rasch. Sie eilte zu dem Schrank, welcher einige Schubfächer aufwies und zog einige Blätter Pergament, ein Holzbrett, einen Federkiel und ein Tintenfass daraus hervor.

Mit diesen Habseligkeiten kehrte sie zu Frey und Alvar zurück. Das Tintenfass öffnete sie und platzierte es auf dem kleinen Tischchen, welches neben dem Bett stand. Das Brett und das Pergament legte sie sich auf den Schoß, nachdem sie sich wieder gesetzt hatte.

Gerade hatte sie den Federkiel in die Tinte getaucht, als Frey nach dem Pergament griff. Vorsichtig setzte er sich auf, wobei Alvar ihn unterstützte, und lehnte sich an die Wand des Bettes. Iduna ließ ihn gewähren und Frey legte sich nun das Pergament samt Unterlage auf die Oberschenkel. Iduna reichte ihm die Feder, welche sie in die Tinte getaucht hatte, und Frey nahm sie vorsichtig entgegen.

Ich kann schreiben, schrieb der Sklave auf die erste Seite. Die Schrift wirkte, als habe er dies lange nicht getan, doch er konnte schreiben.

Bitte verzeih mir, dass ich es nicht mitgeteilt habe. Ich konnte nicht.

Iduna nickte bloß.

„Bitte, Iduna, nun verliere nicht deine Stimme", sagte Alvar und stupste die Kriegerin vorsichtig an.

„Ich kann noch sprechen, Alvar, sei unbesorgt", antwortete Iduna, ohne den Blick von Frey zu nehmen, welcher den seinen scheu senkte.

„Iduna, ich muss mich um meine Aufgaben und auch um die anderen Sklaven kümmern. Würdest du noch etwas bei Frey bleiben, wenn ihr beide dies wünscht?", fragte Alvar und erhob sich.

„Gerne bleibe ich bei Frey", sagte Iduna, während Frey schüchtern nickte.

„Nun gut. Ich werde, sobald es geht, zurückkehren", sagte Alvar und ging von dannen.

„So habe ich etwas Gesellschaft, während ich mich mit dem Sticken plage", murmelte Iduna, als Alvar verschwunden war. Frey blickte wieder auf und nickte ein weiteres Mal.

„Wie fühlst du dich?", fragte Iduna, während sie das gestickte Bild fortsetzte. Frey tauchte die Feder wieder in die Tinte und begann zu schreiben.

Ich möchte nicht klagen, doch ist es mir zum einen verboten zu lügen und es ist sehr unfein dies zu tun. Ich weiß nicht, wie es mir geht. Mein Körper schmerzt, meine Kopfhaut brennt und ich habe große Angst. Jedoch fühle ich mich sauber und geehrt, dass man mir gestattet, in einem Bett schlafen zu dürfen. Auch hoffe ich, dass es Euch, dir, nun leichter fällt, mit mir zu sprechen, nun, wo ich auch antworten kann.

Iduna lächelte Frey zu und stach sich mit der Nadel in den Finger.

„Nie werde ich sticken können!", fluchte sie, als ihr zudem der Faden riss, „Weißt du, wer sich das Sticken ausgedacht und beschlossen hat, dass eine Frau dies können muss?"

Frey schüttelte den Kopf und begann nachdenklich auf seiner Unterlippe herumzukauen.

„Was ist los?", fragte Iduna, als sie dies bemerkte. Nach kurzem Zögern begann Frey wieder zu schreiben.

Erlaubst du, dass ich versuche zu sticken?

„Aber sehr gern! Ich denke, schlimmer kann man dieses Gebilde nicht mehr machen", antwortete Iduna und reichte Frey die Sticksachen.

Ist dies das Wappen von Valaina?, schrieb Frey und blickte Iduna fragend an.

„Ja! Du musst ja viel Vorstellungskraft haben, damit du dies erkennst", antwortete Iduna erstaunt.

Wieder kaute Frey eine Zeit lang auf seiner Unterlippe herum, bevor er erneut zu der Feder griff.

Verzeih, wenn ich zu viel schreibe. Jederzeit ist es dir möglich, mir dies zu unterbinden. Jedoch stelle ich mir manchmal, wenn ich die Kleidung meiner Herren sortiere oder in den Gemächern dieser für Ordnung sorge, vor, wie es ist, so zu leben und glücklich zu sein.

Iduna lächelte, als sie diese Worte las. „Es ist vollkommen in Ordnung, wenn du so viel schreibst. Ich freue mich, wenn du dich nicht vor mir versteckst und keine Angst hast. Aber glaube mir: Adlig zu sein bedeutet nicht, dass man glücklich ist."

Verzeih, dies wollte ich nicht behaupten. Auch ein adliger Mann kann Leid erfahren. Jedoch fürchte ich mich. Ich fürchte mich auch vor dir.

Frey begann nun damit, die Enden der Fäden wieder zu verbinden und Idunas Kunstwerk fortzuführen. Der Sklave stellte sich bei Weitem geschickter an als die zukünftige Königin, und schon bald konnte man die französische Lilie auch ohne eine größere Vorstellungskraft erkennen.

„Das sieht wunderschön aus", sagte Iduna.

Verlegen senkte Frey seinen Blick. Das Rot seiner Wangen, welches er aufgrund des Fiebers hatte, vertiefte sich um einige Nuancen.

Das Licht der untergehenden Sonne schien in den Raum und beschien den blassen Körper Freys, welcher nun wahrlich zu leuchten schien. Alles an ihm war so blass und kühl. Er sah nicht gesund, doch trotz alledem wunderschön aus. Schließlich hob er den Blick und sah Iduna an. In seinen Augen lag ein eigenartiges Schimmern, welches Iduna verriet, dass Frey Geheimnisse hatte. Und Angst. „Möchtest du mir erzählen, wie du aufgewachsen bist? Wie dein Leben war, bevor ich dich kennenlernte?", fragte Iduna und nahm Frey dankend die Sticksachen ab. Doch dieser schüttelte bloß den Kopf. „Hast du Angst davor?"

Frey nickte.

„Vielen Dank dafür, dass du mein Stickwerk in einen zufriedenstellenden Zustand brachtest. Doch nun solltest du ruhen und nicht meine Arbeit erledigen. Schlaf vielleicht ein wenig. Dies wird dir guttun. Ich bleibe hier sitzen und gebe auf dich acht. Vor mir musst du dich wahrlich nicht fürchten."

Iduna wusste nicht, ob ihre Wortwahl für Frey gleich einem Befehl war oder ob er ihr tatsächlich vertraute, doch er legte die Feder, das Pergament und das Holzbrett auf das kleine Tischchen, legte sich vorsichtig auf den Rücken und schloss die Augen. Sein Atem wurde sehr schnell ruhiger, tiefer, gleichmäßiger.

„Ich werde alles dafür tun, um dich einmal glücklich zu sehen", flüsterte Iduna leise und zog die Bettdecke Freys über dessen Schultern.

~

„Iduna?", flüsterte eine Stimme in der Dunkelheit. Verwirrt schreckte die Kriegerin auf und blickte sich um. In dem kleinen Kamin brannte ein Feuer, welches für eine angenehme Wärme sorgte. Freylion lag tief schlafend in seinem Bett und an der Tür stand Alvar und blickte sie verwundert an.

„Bist du eingeschlafen?", fragte er sie mit einem leichten Schmunzeln in seinen dunklen Augen.

„Ich denke, das bin ich tatsächlich", antwortete Iduna leise, um Frey nicht zu wecken. Der Sklave wirkte schlafend so friedlich, so sorglos, dass sie Angst hatte, ihn wieder in diese kalte Welt zurückzuholen.

„Schläft er?", fragte Alvar und trat vorsichtig näher. Iduna nickte bestätigend und blickte auf den Schlafenden herab.

„Immer, wenn wir konnten, saß einer von uns an diesem Bett und hielt über ihn Wache, damit er schlafen konnte. Und nun liegt er da und schläft so friedlich und kein Sklave wacht über ihn. Selbst du konntest schlafen, Iduna. Ich denke, Frey beginnt, dir zu vertrauen. Er ist dir sehr dankbar für das, was du für ihn tatest. Jedoch fürchtet er sich. Er hat große Angst vor anderen Menschen. Lediglich uns Sklaven vertraut er und dass auch mehr schlecht als recht. Es fällt ihm von Tag zu Tag schwerer, uns anzublicken."

„Was ist mit ihm passiert?", stellte Iduna die Frage, welche ihr schon, seit sie den Sklaven kannte, auf der Seele brannte.

„Hast du ihn gefragt?", entgegnete Alvar. Iduna nickte. „Doch er wollte es mir nicht erzählen. Frey hatte Angst davor."

„Ich weiß nicht, wie er aufgewachsen ist. Als er zu uns kam, zählte er vielleicht fünfzehn oder sechzehn Jahre. Adrastos hat ihn hergebracht. Er wollte Adrik ein unvergessliches Geburtstagsgeschenk machen ... Frey. Ich erinnere mich, als wäre es erst gestern gewesen. Die Familie frühstückte im Rittersaal, einige Gäste waren bereits da, denn am Abend sollte es eine große Feier geben. Ich habe mit einigen anderen Sklaven bereits einige Vorbereitungen getroffen, den Boden gereinigt, einige Tische hereingetragen und auf das Geheiß der Mutter Blumen geholt. Gerade beendete Adrik das Begutachten seiner Geschenke, als Adrastos sich erhob und den Saal verließ, nur um wenige Minuten später mit einem gefesselten

Jüngling zurückzukehren. Frey war schon damals mager, jedoch sah er bei Weitem nicht so krank aus wie am heutigen Tage. Mit großen Augen blickte er sich um und wurde von Adrastos auf den Boden gestoßen. Adrik hat sich wahrlich gefreut. Er liebt es, uns Sklaven zu quälen, und nun hat man ihm einen eigenen gegeben. Frey hatte zunächst kaum Kontakt zu uns. Er war ausschließlich in den Gemächern Adriks. Niemand weiß, was Freys Aufgaben waren. Nach einiger Zeit begann Adrik das Interesse an Frey zu verlieren und er musste wie wir ebenfalls auf dem Feld und in der Schmiede arbeiten. Er konnte, seit ich ihn kenne, nicht sprechen, war sehr schüchtern, zumal er seine Aufgaben kaum erledigen konnte. Er war schon immer zu klein und zu schwach, was Adrik und unsere Aufseher jedoch begrüßten, da er auch schnell auf körperlichen Schmerz reagierte, was jedoch heute nicht mehr der Fall ist. Doch da man ihn stets hart strafte und er vermutlich gar nicht wusste, wie man die ihm zugeteilten Aufgaben erledigte, konnte er diese nicht mehr ausführen und er fiel Adrik mehr und mehr zur Last, zumal er ihn gleich einem Pferd versorgen musste.

Einmal dann musste Frey eine metallene Schale, ich glaube, sie war gefüllt mit Wasser, auf einen Schrank stellen. Warum weiß ich nicht mehr. Doch Frey war viel zu schwach und zu klein dafür. Die Schale fiel herunter, als Adrik den Schrank öffnete, und verletzte ihn. Eine Woche lang haben sie ihn in den Kerkern bestraft. Aufgehängt haben sie ihn, mit einer Peitsche zerschlugen sie seinen Rücken. So viele Dinge taten sie ihm an. Auch Adrik hat ihn mit Freuden bestraft, jedem erzählt, dass Frey ihn töten wollte und ihn schließlich an Adrastos zurückgegeben. Dieser hat jedoch verhindert, dass man ihn hinrichtet, und ihn zu uns bringen lassen. Meine Schwester hat ihn gepflegt, dafür gesorgt, dass er wieder gesund wird, und seitdem ist er wie wir anderen. Jedoch ist er das liebste Opfer von Adrik und den anderen Herren, da viele von ihnen im Glauben sind, dass Frey ihn töten wollte. Leider war dies nicht seine Absicht.

Adrik beansprucht Freys Dienste noch immer gern für sich und beteuert bei jedem seiner Fehltritte, dass er ihn wieder töten wollte. Deswegen hat man ihn auch so hart bestraft. Zumindest muss Frey selten auf dem Feld arbeiten. Die Herren haben verstanden, dass er eine bessere Magd ist. Als er zu uns kam, gab ich ihm seinen Namen. Es passte, zumal er dem Prinzen sehr ähnlichsah. Einmal habe ich ihn gesehen. Er war hier. Und natürlich kenne ich die zahlreichen Gemälde von ihm. Nur ist unser Frey nicht der Prinz. Ich weiß, dass Prinz Frey einen Fleck in der Form eines Herzens auf seinem Bauch hat. Wir vermuteten zunächst, dass er der verschwundene Prinz ist, doch dieser Fleck fehlt", erzählte Alvar leise, während sie auf den schlafenden Jüngling herabblickten.

„Ich kenne Freylen. Er war recht scheu und taugte kaum zu einem Kämpfer, doch war er gerecht wie kein Zweiter. Geschah einem anderen, ob gleich einem Fremden oder einem Freund, etwas Unrechtes, so konnte er zu einem gefährlichen Drachen werden. Jedoch war er ein gut beschützter Junge, welcher von allen Gefahren dieser Welt ferngehalten wurde und drum, wie ein verwöhnter Prinz wirkte. Dies hatte er jedoch seinem Erzieher und seinem Vater zu verdanken. Ich denke, dass auch Freylion gerecht ist, Alvar, doch ist er wehrlos", sagte Iduna leise. „Das ist er", antwortete Alvar bestätigend.

„Ich muss mich nun verabschieden. Nachts dürfen wir uns nicht in der Burg aufhalten", sagte Alvar und erhob sich. „Danke, dass du mir seine Geschichte erzählt hast, Alvar", lächelte Iduna, bevor der Hüne verschwand.

Als sie sich wieder umdrehte, blickte sie in die blauen Augen Freylions, welcher sie anstarrte, als wäre sie eine Erscheinung.

„Sei gegrüßt!", flüsterte Iduna mit warmer Stimme und schenkte Frey ein Lächeln. Frey erwiderte dieses mit einem leichten Nicken und ließ seinen Kopf anschließend wieder in die Kissen sinken.

„Es geht dir nicht gut, habe ich recht?", fragte Iduna vorsichtig, was Frey mit einem Nicken bestätigte.

„Schlaf, Frey! Ich bleibe hier", murmelte Iduna, welche nun selbst schläfrig wurde.

Als Frey dies sah, deutete er zögernd mit dem Finger auf Iduna und anschließend auf das Bett. Dann wanderte sein Finger auf sich und auf den kalten Boden.

„Das ist sehr freundlich, Frey, jedoch möchte ich nicht, dass du auf dem Boden nächtigst. Wenn du es gestattest, würde ich mich neben dich legen. Das Bett ist hoffentlich groß genug."

Frey nickte und bewegte sich etwas zur Seite, damit Iduna, welche sich derweil ihrer Schuhe entledigte, genügend Raum zur Verfügung hatte. Der Sklave hob die Decke an, damit Iduna sich darunterlegen konnte, und drehte sich anschließend auf die Seite.

„Frey?", flüsterte Iduna leise, als sie sich zugedeckt hatte. Der Sklave drehte seinen Kopf zu ihr und blickte sie an. „Danke!"

~

Als Iduna am nächsten Morgen erwachte, fiel ihr erster Blick auf den tief schlafenden Sklaven, welcher noch immer neben ihr im Bett lag.

Das blonde Haar hatte sich gleich einem Schleier auf den Kissen ausgebreitet und ein leichtes Lächeln schien die Mundwinkel der schön geschwungenen Lippen zu umspielen.

Iduna fragte sich, was Frey wohl träumte, wie es ihm ging. Sie dachte an seine Geschichte und in ihr verstärkte sich der Wunsch, den Sklaven einmal glücklich zu sehen. Sie wollte ihn befreien.

Ein leises Klopfen ließ die Kriegerin herumfahren. Runa öffnete die Tür und betrat den Raum mit einem Tablett, auf welchem sich eine Schale gefüllt mit einer warmen Suppe befand.

„Einen guten Morgen!", sagte Runa leise, während sie das Tablett auf dem kleinen Tisch abstellte. Iduna setzte sich auf und gähnte wenig damenhaft.

Runa trug heute ein Überkleid aus rotem Stoff und hatte sich die Haare, welche sie mit ebenfalls roten Bändern aus ihrem Gesicht hielt, etwas hochgesteckt. Sie lächelte Iduna freundlich an, die sich nun die wirren Haare aus dem Gesicht strich.

„Er schläft, das ist gut. Hattest du eine angenehme Nacht?", fragte die Tochter Mímirs nun freundlich.

„Ich habe sehr gut nächtigen können. Frey hat mir angeboten, bei ihm zu schlafen. Eigentlich wollte ich über ihn wachen, zumal er nun endlich einschlief. Er hat mir verraten, dass er des Schreibens mächtig ist und sich auf diesem Wege etwas mit mir unterhalten", berichtete Iduna ebenfalls mit leiser Stimme, um Freylion nicht zu wecken.

Dieser erwachte jedoch trotz der Bemühungen Runas und Idunas, so leise wie möglich zu bleiben. Er drehte sich auf den Rücken und schlug die Augen auf.

„Einen guten Morgen wünsche ich auch dir, Frey. Ich habe dir eine leichte Suppe zubereitet, welche du gut vertragen und leicht schlucken kannst", sagte Runa lächelnd. Doch Frey schien alles andere als begeistert zu sein.

Seine Augen wirkten glasiger und er sah blasser aus als noch am Vortag. Auch verzog er leicht das Gesicht und krümmte sich ein wenig zusammen.

„Frey, was ist mit dir?", fragte Iduna besorgt und drehte sich gänzlich zu dem Sklaven. Vorsichtig half sie ihm, sich aufzusetzen, und stellte dabei fest, wie verschwitzt sein Körper war.

Der Sklave presste die Hände auf seinen Bauch und krümmte sich immer mehr zusammen.

„Hast du Schmerzen in deinem Bauch?", fragte Iduna vorsichtig.

„Fühlst du dich unleidig?", fragte Runa ebenso besorgt und trat von der anderen Seite an den Sklaven heran.

Doch ehe dieser antworten konnte, beugte er sich rasch zu Seite und übergab sich in den Nachttopf, welcher neben dem Bett stand.

„Frey!", rief Iduna erschrocken und griff nach dem Sklaven.

Runa griff derweil nach dem Becher, welcher auf dem kleinen Tisch neben dem Bett stand, und reichte ihn Iduna. Anschließend nahm sie die Blumen, welche Iduna Frey gebracht hatte, aus ihrem Gefäß und schritt zurück zu dem jungen Sklaven.

„Frey, du musst dich nun hinsetzen, hörst du", sagte sie zu Frey und blickte ihn durchdringend an. Dieser jedoch schien kaum noch bei Bewusstsein zu sein. Seine Augen waren halb geschlossen und sein Körper war schlaff. „Frey, du musst dir den Mund ausspülen, dann wird dieser Geschmack fortgehen." Runa unterließ es nicht, mit dem Sklaven zu sprechen und gebot Iduna mit einer

Kopfbewegung Freylion etwas zu trinken einzuflößen, während sie ihn festhielt.

Tatsächlich reagierte Frey, spülte seinen Mund immer und immer wieder aus und trank anschließend auch etwas klares Wasser, bevor er in die Kissen zurücksank und erschöpft die Augen schloss.

„Ich werde nach meinem Vater schicken, etwas stimmt nicht mit Frey!", rief Runa besorgt und eilte aus dem Raum, „Ich bitte dich, auf ihn achtzugeben."

Iduna nickte, obwohl ihr bewusst war, dass Runa sie nicht sehen konnte, zumal ihre Schritte bereits im Flur verklungen waren.

Sie wandte sich Freylion zu, welcher seine Augen mühevoll öffnete und sie anblinzelte.

„Was ist nur los mit dir?", fragte Iduna leise und legte eine Hand auf die Stirn Freys. „Du hast Fieber", stellte sie nervös fest und seufzte.

Frey blickte sie unverwandt an und griff mit einem Mal verängstigt nach ihrer Hand. Iduna erschrak, doch verstand sie, dass Frey sie stumm, ohne es zu wollen, um Hilfe bat.

„Du wirst genesen, Frey. Bist doch bloß geschwächt und krank nur durch den Winter. Mímir wird dich heilen, und du bist nicht an der Pest erkrankt", flüsterte sie und drückte die Hand in ihrer.

Sie spürte, dass gerade der Daumen Freys sich seltsam anfühlte. Vorsichtig besah sie sich diesen näher. Der Knochen schien zusammengepresst zu sein, sie konnte fühlen, dass dieser einst gebrochen war.

„Warum wandte man die Daumenschraube an, Frey. Wieso bereitet es diesen Menschen Freude, dir wehzutun?", fragte sie angewidert.

Frey öffnete den Mund, schien ihr antworten zu wollen, doch mehr als ein leises Wimmern kam nicht über seine Lippen.

In diesem Moment betrat Mímir das Gemach, in welchem man Frey gestattete, zu residieren.

„Runa informierte mich bereits über das Geschehen", sagte er und beugte sich ohne Umschweife über den jungen Sklaven, welcher augenblicklich wieder nach Idunas Hand tastete.

Der Heiler schob die Bettdecke so weit zurück, dass der Oberkörper und der Bauch des Jünglings frei lagen. Anschließend zog er die weiße Tunika nach oben und entblößte den Oberkörper Freylions.

Einige der wunden Stellen waren bereits verschwunden, doch zeichnete sich nun ein leichter Ausschlag auf dem Körper Freylions ab, welcher jedoch nicht der einzige Grund war, weswegen Iduna erschrak. Noch immer fiel es ihr schwer, zu glauben, dass der Jüngling so abgemagert, dass seine Haut so vernarbt war. Eine große

Brandnarbe bedeckte beinahe den gesamten Bauch Freys und auch das Brandzeichen war noch immer, wenn auch schwerlich, zu erkennen.

Die Hände des Heilers tasteten sich nun vorsichtig über den Bauch Freys, bis er anscheinend zu finden schien, wonach er suchte.

„Weißt du, was ihm fehlt?", fragte Iduna nun nervös.

„Ich denke schon, jedoch werde ich warten, bis Alvar herkommt und mir sagt, wie lange Freylion bereits an Fieber leidet. Es ist sehr hoch und wir müssen dieses senken, bevor es sein Leben bedroht. Runa schickt bereits nach Alvar und wird anschließend Tücher und Wasser herbeiholen, um das Fieber senken zu können", erklärte der Heiler.

„Was hat er denn nun, wie lautet deine Vermutung?", fragte Iduna besorgt.

„Ich denke, dass Freylion an einer Krankheit leidet, welche man Typhus nennt. Der Hautausschlag und auch die Schwellung in seinem Bauche sprechen dafür, ebenso das hohe Fieber. Schon häufig habe ich diese Krankheit behandelt. Meist wirken meine Methoden sehr gut, doch war noch nie ein Mann so geschwächt wie Freylion", antwortete Mímir ernst und legte seine Hand prüfend auf die Stirn Freys.

Dieser gab einen verängstigten Laut von sich.

„Freylion, ich bin voller Hoffnung, dass du genesen wirst. Sieh, Iduna, Alvar, meine Tochter und deren Gemahl, nicht zu vergessen meine Wenigkeit, wir alle versorgen und pflegen dich. Du wirst nie allein sein, wenn du dies nicht möchtest. Wir geben auf dich acht", sagte Mímir beruhigend und strich sanft über die von dem Fieber geröteten Wangen Freys.

„Ich bin bei dir, Frey. Ich lasse dich nicht an einer Krankheit vergehen", flüsterte Iduna leise und schenkte Frey einen liebevollen Blick.

~

Schritte ertönten in dem Gang vor dem Gemache Freys, und Alvar eilte in den Raum, dicht gefolgt von Runa, welche einige Tücher und einen Eimer voll Wasser mit sich trug.

„Frey!", rief Alvar besorgt und hockte sich neben den jungen Sklaven, „Was ist geschehen?"

„Alvar, ich vermute, dass Frey zwar nicht an der Pest, dafür jedoch an der Krankheit namens Typhus leidet. Nun möchte ich erfahren, wie lange er bereits an Fieber erkrankt ist", sprach Mímir, während Runa die Tücher in Wasser tränkte.

„Seit etwa zwei Wochen", antwortete Alvar voller Sorge. „Dann ist es gewiss", flüsterte Runa leise und reichte ihrem Vater die ersten Tücher, welcher die Decke von dem gesunden Bein Freylions zog und das erste feuchte Tuch vorsichtig um dieses wickelte.

Der junge Sklave hatte die Augen wieder geschlossen und gab nichts als seinen leise röchelnden Atem von sich.

„Meine Tochter, ich bitte dich, die Tinktur der Ringelblume aus dem Heilungsraum herbeizuholen, damit ich den Ausschlag bekämpfen kann", sprach der Heiler.

„Ich werde nun beginnen deinen Körper weiter zu untersuchen", sagte Mímir, als seine Tochter verschwunden war, „Ich werde dir nicht wehtun, hörst du?"

Ängstlich blickte der junge Sklave den Heiler an, während dieser begann, dessen Gesicht abzutasten. Anschließend drehte er den Kopf des Jünglings hin und her, blickte in die Augen und in den Mund Freys, betastete den Hals Freys, was diesem jedoch missfiel.

Frey musste sich vorsichtig aufsetzen. Iduna hielt ihn fest, während Mímir den Brustkorb Freys abtastete und vorsichtig daran lauschte, bevor Frey sich wieder auf den Rücken legen durfte. Mímir tastete nun ein weiteres Mal den Bauch ab und wandte sich dann den Extremitäten des Sklaven zu. Freylion musste nach der Hand des Heilers greifen und diese so fest drücken, wie er nur konnte, seine Zehen musste er ebenfalls bewegen sowie die einzelnen Finger.

Schließlich kehrte Runa zurück und Mímir trug die Tinktur auf den Ausschlag auf dem Bauche Freys auf.

„Dein Körper ist sehr schwach, Frey. Du musst nun viel Nahrung zu dir nehmen, doch bist du in einer recht guten Verfassung, sieht man von dem Typhus und dem gebrochenen Knochen in deinem Bein ab. Lediglich benötigst du Ruhe, die Arznei, welche ich dir gebe, und Nahrung", sprach der Heiler.

Iduna blickte den alten Mann erleichtert an, während Frey sich auf die Seite drehte und erschöpft wieder einschlief.

~

Von nun an verbrachte Iduna jeden Tag an der Seite des jungen Sklaven. Sie vergaß die eventuelle Verlobung mit Adrik, vergaß ihre Pflichten. Sie konzentrierte sich gänzlich auf den jungen Frey. Tag für Tag kam sie zu ihm, sprach mit ihm, half ihm dabei, zu essen und zu trinken, stand ihm bei, wenn Mímir ihn untersuchte, oder hielt schweigend seine Hand.

Freylion ging es nun besser. Der Hautausschlag war verschwunden und das Fieber begann zu sinken. An manchen Tagen war es sogar ganz verschwunden. Auch wurde der Sklave von Tag zu Tag offener. Er gab nicht viel über sich preis, doch begann er Iduna immer mehr zu vertrauen. Er scheute nicht länger vor ihr zurück, sie durfte seine Hand ergreifen und ihn umarmen. Auch spielte sie mit ihm Karten, erzählte ihm Geschichten von den Hofnarren und ließ sich von ihm helfen zu sticken.

Doch eines Tages bat der König Iduna, dass sie eine männliche Begleitung für ein abendliches Bankett wählen sollte. Nun saß sie auf dem Bette Freys und berichtete ihm davon. Der Sklave lauschte den Worten Idunas aufmerksam und spielte gedankenverloren mit den langen roten Haaren der Kriegerin.

„Ich weiß wirklich nicht, wen ich als meine Begleitung wählen soll. Die Söhne Belials sind mir alles andere als zugetan, und Argon ist verheiratet. Alvar würde sich mit Händen und Füßen wehren. Was soll ich nur tun?" Etwas verzweifelt blickte Iduna den Jüngling an. Dieser griff vorsichtig nach seinem Stift aus Kohle und nach einem Blatt Pergament.

Da du mich um meinen Rat bittest, werde ich dir sagen, was ich getan hätte, wäre ich an deiner Stelle: Ich würde auf mein Herz hören.

Verblüfft blickte Iduna Freylion an und wollte gerade etwas erwidern, als sich die Tür öffnete und ein kleiner Junge in den Raum huschte. Ein Lächeln lag auf seinen Lippen, als er die Tür schloss, doch dieses erstarb, als er sich umwandte und Iduna und Frey erblickte.

„Ich ...", stammelte er und wich zurück.

„Es ist alles in Ordnung", entgegnete Iduna da freundlich und hielt Frey fest, damit sich dieser nicht verneigte.

„Ihr dürft mich nicht verraten! Ich spiele mit Sandi und meinem Vater verstecken", sagte da der jüngste Sohn Belials.

„So sei es!", flüsterte Iduna und lächelte.

Ungefragt kletterte Jaro nun auf das Bett und machte es sich gemütlich.

„Bist du der, von dem sie alle sprechen, der mit dem gebrochenen Bein?", fragte Jaro nun neugierig. Frey zuckte zusammen, als der Sohn des Fürsten ihn ansprach. „Das ist er, ja. Sein Name ist Frey", sagte Iduna leise und drückte die Hand des Sklaven.

„Du bist der, der nicht sprechen kann! Adri mag dich nicht, weil du schöner bist als er. Aber ich glaube, man kann nicht schöner sein als du", sprach der Junge weiter. Dann entdeckte er das Pergament und den Kohlestift. „Oh! Darf ich etwas malen?", fragte er nun und schenkte dem Sklaven einen bittenden Blick. Dieser sah zu Iduna, welche lächelnd nickte. „Danke!"

Jaro griff nach dem Pergament und dem Stift und begann, zu zeichnen. Frey jedoch zuckte mit einem Mal zusammen, denn im Gang ertönten Schritte, welche vor der Tür verstummten. Dann klopfte es und die Tür öffnete sich.

Augenblicklich verkrampften sich die Hände Idunas und sie tastete nach Frey. Dieser hatte begonnen zu zittern und wandte den Blick ab. In der Tür standen Fürst Belial und sein Sohn Sandulf.

„Jaro!", rief der Fürst und der Junge wandte sich um. „Hallo Vater!", antwortete dieser und lächelte, „Schau mal, das sind Iduna und Frey! Sie haben mir gestattet, mich hier zu verstecken, aber jetzt habt ihr mich ja gefunden! Aber wir drei sind jetzt Freunde!"

„Jaro, wir müssen nun gehen. Iduna muss sich nämlich für das Bankett am Abend zurechtmachen", sprach der Fürst und Jaro sprang eiligst auf, eilte zu seinem Vater, ergriff dessen Hand und schenkte Iduna und Frey ein strahlendes Lächeln, bevor Vater und Sohn das Gemach verließen.

Nun war lediglich Sandulf anwesend. „Sagt, Iduna. Noch immer habt Ihr nicht verkündet, wer Euer Partner sein soll", sprach dieser nun leise und senkte den Kopf.

„Ich habe noch keinen Partner, Sandulf", antwortete die Kriegerin.

Da sah der Dunkelhaarige auf.

„Dann wählt ihn!", sagte Sandulf und deutete auf Frey, „Zeigt ihnen, dass er ein Mensch ist."

„Sandulf, dies ist wahrlich kein guter Vorschlag. Frey ist verletzt und ich denke nicht, dass es gut für ihn ist, wenn er mich als Sklave zu einem Bankett von Adeligen begleitet", begann Iduna, doch Sandulf unterbrach sie: „Frey muss doch nicht als Sklave auf das Bankett gehen. Ich werde ihm edle Kleidung bringen lassen und eine der Sklavinnen wird seine Haare zurechtmachen. Wir berichten niemandem davon, dass Frey dich begleiten wird, wenn er dem zustimmt."

Nun ruhten alle Blicke auf dem jungen Sklaven, welcher scheu zu Boden sah.

„Höre auf dein Herz, Frey!", hauchte Iduna und ergriff seine Hand. Da nickte Frey zögerlich und ballte seine Hand zu einer Faust.

„Ich werde dich beschützen", flüsterte Iduna nun und schenkte Freylion ein Lächeln.

~

Nun waren die Vorbereitungen in vollem Gange. Sandulf ließ ein Gewand für Frey herbringen, welches er selbst vor einigen Jahren trug und dem Sklaven passte, sah man davon ab, dass er zu dünn war. Runa und Alvar wurden eingeweiht, dass Frey Iduna begleiten würde und obwohl Frey sich fürchtete, spürte er eine gewisse Vorfreude in sich.

Kumani, die Mutter Alvars, sollte seine Haare aufhübschen. Nun saß sie hinter ihm auf dem Bette und kämmte die Haare, sodass sie wieder ordentlicher waren. Frey mochte die Mutter Alvars. Sie war immer für ihn da und für ihn zu einer Art Mutter geworden. Sie sprach ihm Mut zu, hielt ihn fest und sorgte energisch dafür, dass er sich nicht aufgab, dass er hoffte. Trotz der Tatsache, dass sie versklavt war, war sie immer von guter Laune, sie lachte viel und sang abends gerne etwas. So oft sie konnte, war sie bei ihm gewesen, hatte ihn in die Arme genommen und festgehalten.

Doch nun sang sie nicht, sondern konzentrierte sich lediglich darauf, dem jungen Sklaven die Haare zu flechten. Sie spürte, dass er sich fürchtete, und so strich sie ihm tröstend über den Rücken.

„Du fürchtest dich, das spüre ich", sagte sie leise, „Doch bitte glaube mir, dass dies völlig normal ist. Sieh her, du wirst mit Menschen an einem Tisch sitzen, welche dich sonst verspotten und schlagen würden, doch werden sie dich nicht erkennen. Höre niemals auf, zu hoffen, Frey!"

Sie beendete ihr Werk. Lediglich die Haare am Oberkopf Freys nahm sie zurück und flocht diese zu einem einfachen Zopf. Und trotz der einfachen Frisur wirkte Freylion wie ein edler Fürst oder gar wie ein Prinz.

Kumani erhob sich und zog den Jüngling in ihre Arme. Sie küsste seine Stirn und gab ihm Halt.

Da öffnete sich die Tür und Alvar betrat den Raum, dicht gefolgt von Iduna.

„Frey!", stieß Alvar hervor, als Kumani den Jüngling losließ. Auch Iduna blickte den Sklaven entgeistert an. Noch nie sah sie so viel Schönheit, vereint in einem einzelnen Menschen. „Dein Anblick ist traumhaft", sagte sie und lächelte.

„Dem kann ich nur zustimmen, und da es sich nicht schickt, wenn eine Dame ihren Begleiter zu einem Bankett trägt, werde ich dies nun übernehmen", sagte Alvar und trat auf Frey zu, welcher sich widerstandslos auf die Arme nehmen ließ.

~

„Du bist stärker, als du glaubst", flüsterte Alvar ihm zu. Dann stellte er Frey auf die Füße und hielt ihn fest, während zwei Wachen die Flügeltür, welche in den Rittersaal führte, öffneten.

Frey hielt sich krampfhaft an Alvar fest, als dieser sich in Bewegung setzte. Die Anwesenden wandten die Köpfe, und in den Gesichtern Belials, seiner Söhne, Adrastos' und Asilos' konnte man Erstaunen lesen. Sandulf lächelte, als er die Kommenden erblickte.

„Heute bist du kein Sklave, denke daran!", flüsterte Alvar dem Jüngling zu und drückte ermutigend dessen Schulter. Frey nickte und hob nach kurzem Zögern den Blick.

Sandulf trat auf Iduna, Frey und Alvar zu und verneigte sich vor ihnen. Wie von selbst senkte auch Frey sein Haupt.

„Hab Dank, Alvar!", sprach der Sohn des Fürsten und legte nun seinerseits einen Arm um Frey, um ihn zu stützen. Alvar nickte und verließ den Raum, während Sandulf Frey zu einem der Stühle führte, auf welchem er sich niederlassen konnte.

Iduna folgte ihm und weidete sich an den neidischen Blicken, mit welchen Adrik den Jüngling bedachte. Frey schloss derweil erschöpft die Augen, als er sich auf dem Stuhl niederließ.

„Ich bitte zu Tisch!", rief der Fürst und auch die übrige Gesellschaft trat auf die reich gedeckte Tafel zu. Eine Zofe brachte eine Schale mit Rosenwasser herbei, in welche alle Anwesenden ihre Hände tauchten. Anschließend stellten die anwesenden Gäste sich einander vor. Dann begann man zu speisen. Die adligen Fürsten unterhielten sich über ihre Ländereien, die Politik, sprachen mit dem König, welcher Fragen zu den Landesteilen stellte, welche die Fürsten verwalteten. Adrik warf Iduna und Frey immer wieder von Neid erfüllte Blicke zu.

„Seid Ihr ein Prinz?", fragte da eine der anwesenden Damen neugierig und blickte Frey an, welcher still auf seinem Stuhl saß. Seine Hand fuhr erschrocken zu seinem Hals, an welchem ein Tuch den Halsring verdeckte.

„So kann man es ausdrücken", antwortete Iduna lächelnd, „Bitte, er kann nicht sprechen."

„Wahrlich? Aber Ihr habt Euch eine wunderschöne Begleitung ausgewählt. Diese Augen … und auch wunderbare Manieren. Von solch einem Manne träumt doch eine jede Frau."

Die Worte der Frau trafen zu, so stellte auch Iduna fest. Frey aß zwar nicht viel, doch hielt er das Besteck, welches man zur Feier des Tages deckte, vornehm und auch seine Haltung war sehr elegant, jedoch noch immer unterwürfig.

„Sie geben ein wunderbares Paar ab", raunte einer der Fürsten dem König zu, „Wenn er tatsächlich ein Prinz ist, warum heiratet sie ihn nicht?"

„Ich kenne weder ihn noch seine Herkunft", entgegnete der König.

„Sie sind sich sehr zugetan, Hoheit", sagte da eine alte Dame. Sie war allein gekommen, eine adlige Witwe von hohem Stand, „Doch Ihr wisst sicherlich, warum sein Bein gebrochen ist."

„Er geriet in einen Hinterhalt", erklärte Iduna da, „Deswegen wird er am heutigen Tage nicht lange hier verweilen. Er ist krank, benötigt Ruhe."

„Wie schade! Zu gern hätte ich mit Euch getanzt", sagte eine der Damen an Frey gerichtet.

Frey zwang sich zu einem Lächeln und senkte den Kopf. „Es ist wahrlich sehr anstrengend, wenn man krank ist und jemanden zu solch einem Bankett begleitet, habe ich recht?", sagte da Adrastos, „So schlage ich vor, dass du dich nach dem Mahl zur Ruhe begibst."

Frey nickte scheu und senkte sein Haupt noch tiefer.

„Wenn er noch länger bleiben möchte, soll er dies tun", sagte da Sandulf, „Ich denke, niemand fühlt sich aufgrund seiner Gesellschaft belästigt."

„Wahrlich nicht! Ich freue mich sehr, Euch, Iduna so glücklich an der Seite eines so vornehmen Mannes zu sehen", sprach die Dame und schenkte Frey ein Lächeln.

~

Doch die Worte des Beraters trugen Früchte. Frey machte, nachdem das Mahl beendet war, Anstalten zu gehen. Iduna begleitete ihn, blieb bei ihm und half ihm, sich wieder in sein Gemach zu begeben.

Dort angelangt ließ Frey sich erschöpft auf seinem Bette nieder.

„Gefiel es dir wenigstens etwas?", fragte Iduna und setzte sich neben ihn.

Lange durfte ich nicht mehr solch erlesene Speisen kosten. Auch die Menschen waren sehr freundlich. Beinahe konnte ich diesen Abend genießen, doch ist mir bewusst, weswegen die Anwesenden so freundlich waren. Jedoch möchte ich dir und auch dem Sohn des Fürsten, Sandulf, meinen Dank aussprechen. An deiner Seite sein zu dürfen bereitete mir Freude.

Iduna lächelte, als sie diese Worte las.

„Vielleicht können wir sie dazu bringen, die Sklaven wertzuschätzen. Wenn sie erfahren würden, wer du bist. Wenn du dich nur trauen würdest, deine Geschichte zu erzählen …", flüsterte sie leise, doch Frey schüttelte bloß den Kopf.

Da öffnete sich die Tür und der König trat ein. Augenblicklich senkte Frey sein Haupt und machte sich klein.

„Iduna, würdest du mir bitte erklären, weshalb du diesen Sklaven mit zu dem Bankett brachtest", begann der König aufgebracht.

„Lediglich befolgte ich deine Anweisung. Du batest mich darum, mir einen Partner zu suchen, und ich tat es. Glaubtest du wirklich, dass ich mit Adrik erscheinen würde?"

„Ich hoffte es, doch da du nicht gewillt bist, diesen zu deinem Gemahl zu nehmen, werden wir am morgigen Tage wieder abreisen. Die Arbeit ruft mich und dir tut diese Gesellschaft nicht gut. Ich halte es für klüger, wenn wir diese Burg verlassen. Gehabe dich wohl!"

Der König wandte sich um, warf Freylion einen verächtlichen Blick zu und verließ den Raum.

Iduna war sprachlos und blickte auf die geschlossene Tür, während Frey zu zittern begann.

„Ich werde wiederkehren, Frey", flüsterte Iduna, die in diesem Moment begriff, was ihr Abschied für den jungen Sklaven bedeutete.

Sanft legte sie ihre Arme um ihn und küsste vorsichtig seinen Scheitel. Für einen Moment drückte Frey sich eng an sie, schloss die Augen und begann die Umarmung zu genießen. Doch ihm war bewusst, dass diese den Abschied bedeutete.

„Soll ich in dieser Nacht bei dir bleiben?", fragte Iduna, als sie sich von Frey löste. Dieser schüttelte bloß den Kopf. Die Kriegerin nickte, erhob sich, verließ das Gemach und hinterließ einen verzweifelten Sklaven, welcher begann sich zu fürchten.

Kapitel V

„Versprich mir nur, dass du stark bleibst"

Dann war er gekommen, der Tag des Abschieds. Iduna stand da, gekleidet in ihre kurze grüne Tunika, warme Stiefel und einen gefütterten Umhang. Vor ihr standen der Fürst, seine Söhne, Adrastos, Mímir, Runa und Argon, neben ihr stand der König, hinter ihr einige Palastwachen, welche sie und Asilos auf dieser Reise begleiten würden. In der Nähe ihres Verschlages standen Niam, Lavina und Kumani.

Immer wieder huschte ihr Blick zu dem großen verschlossenen Burgtor, mit jeder Minute wurde ihr Verlangen größer, hineinzutreten und zu dem jungen Sklaven zu laufen.

Die Sonne warf ihr rotes Morgenlicht auf den schneebedeckten Burghof, die Familie Alvars stand barfuß bei ihrem Verschlag und blickte herüber. Der scheue Niam, die zähe Lavina und die starke Kumani. Sie waren zu viert, wer der Vater Alvars war, wusste Iduna nicht. Alvar war nicht bei ihnen, er war bei Freylion. Freylion, welcher in den frühen Morgenstunden so schrecklich geweint hatte, welcher sich, nachdem er beschloss, allein zu nächtigen, doch so sehr an Iduna festgehalten hatte. Seine Augen flehten sie stumm an zu bleiben.

Idunas Gedanken wanderten zum gestrigen Abend zurück, als sie doch zu Frey zurückgekehrt war, nach einem Badezuber geschickt und ihm den fiebrigen Schweiß von seinem Körper gewaschen hatte. Sie erinnerte sich noch genau an den Anblick des Beines, dessen Verband sie vorsichtig entfernt hatte und welches nun nicht mehr so stark geschwollen war. Sie erinnerte sich an die Unebenheiten, die Narben auf der Haut des Sklaven, welche ihre Finger berührten, als sie ihn wusch, daran, dass er beinahe allein aus dem Badezuber heraussteigen konnte, dass sie ihn mit einer weichen Decke getrocknet und ihm die Tunika Argons gereicht hatte, daran, wie sie den Sklaven an sich gezogen hatte und eingeschlafen war.

„Iduna!", ertönte die Stimme des Königs. Er wollte aufbrechen. Sie warf einen letzten Blick zu dem schweren Eingangstor, dann wandte sie sich ab und lief auf ihr Pferd zu.

Dann vernahm sie die Schritte, die Schritte nackter Füße auf kaltem Schnee, sie wandte sich um, ein weiteres Mal, und erblickte Alvar, welcher durch den Schnee auf sie zu stapfte, sie direkt ansah und vor dem Eingangstor zur Burg stehenblieb. In seinen Armen hielt er Frey, welchen er nun sanft auf die Füße stellte und festhielt.

Der Jüngling sah sie nicht an, hielt den Kopf gesenkt. Seine Wangen waren verkrustet und seine Augen rot von den vielen Tränen, welche er vergossen hatte, doch waren diese versiegt.

Alvar sagte kein einziges Wort, erklärte nicht, warum er hier war, warum er Frey in die gnadenlose Kälte brachte, obwohl dieser sein Gemach nicht verlassen durfte.

Stolz stand er da, wirkte wie ein edler Krieger, sah mächtig und stark aus. In dem Licht der aufgehenden Sonne schimmerte seine dunkle Haut, und Iduna tat das Einzige, was in dieser Situation angebracht zu sein schien: Sie senkte ihr Haupt und verneigte sich tief vor dem Anführer der Sklaven, fiel vor ihm auf die Knie und senkte ihr Haupt noch tiefer.

„Du bist ein so edler Mann, dass ein jeder, sogar der König vor dir zu knien hat", sprach sie leise, als sie sich wieder erhob. Alvar nickte ihr zu und dann blickte Iduna den jungen Sklaven an, welche in der kalten Winterluft mit seinen fiebrig roten Wangen und der mit einer dicken Decke umschlungenen Gestalt noch zerbrechlicher wirkte als sonst.

„Vor so wenigen Wochen noch wünschtest du dir nichts sehnlicher, als einfach einzuschlafen und nicht mehr aufzuwachen. Und doch hast du dich dazu entschieden, zu kämpfen. Ich verspreche dir, Frey, dass du nicht umsonst kämpfst, dass es sich lohnt, zu leben und dass du Dinge erreichen kannst, welche wir alle uns nicht vorzustellen vermögen. Ganz egal, wer dir wehtut, ganz egal, wer bei dir ist, ganz egal, wo du dich befindest. Du bist so stark Frey, so engelsgleich …", Iduna verstummte. Die Tränen rannen dem Sklaven die Wangen hinab, seine Beine drohten einzuknicken, er zitterte.

Dann schloss Iduna ihn in ihre Arme, hielt ihn fest und ließ ihn weinen. Und mit einem Mal vernahm sie die leisen Geräusche, welche so traurig klangen, dass sie Iduna das Herz brachen, sodass sie ihn noch fester an sich drückte und ihre Augen schloss. „Ich werde wiederkehren, Frey", flüsterte sie so leise, dass nur er es vernehmen konnte, „Das schwöre ich."

Sie lösten sich voneinander, Iduna nahm das Gesicht des Jünglings in beide Hände, zwang ihn dazu, sie anzusehen. „Sei stark, Frey, hörst du? Versprich mir nur, dass du stark bleibst!"

Frey nickte, und schließlich beugte Iduna sich vor und küsste die Stirn des Sklaven. Sie ließ Frey los, fühlte einen Stich in ihrem Inneren, wusste, dass das, was sie nun tat, falsch war, und doch schritt sie zu ihrem Pferd und setzte ihren Fuß in den Steigbügel, schwang sich auf den Rücken des Schlachtrosses und blickte ein letztes Mal zu den fremden Welten in den blauen Augen des Sklaven.

Dann musste Iduna sich abwenden, sie passierten das Burgtor, ritten davon, während Alvar Freylion wieder in die Burg brachte. Sie wusste nicht, ob sie ihn je wiedersehen würde, doch begann sie in dem Moment, in welchem sie ihn aus den Augen verlor, zu beten, dass dieser Tag in nicht allzu weiter Ferne lag.

~

Als Iduna ihr Heimatschloss wiedersah, war dieses noch immer in Schnee gehüllt. Ihre Mutter empfing sie mit einem herzlichen Lächeln und einer liebevollen Umarmung, als die junge Frau von ihrem Pferd gestiegen war. Noch an diesem Abend berichtete Iduna ihrer Mutter alles, was geschehen war. Aufmerksam lauschte Almina den Worten ihrer Tochter, wartete geduldig, bis die völlig aufgelöste Iduna geendet hatte und blickte sie anschließend ernst an.

„Möchtest du ihn wiedersehen?", fragte sie mit fester Stimme. Ohne zu überlegen, nickte Iduna.

„Dann kämpfe darum!"

~

Wenige Wochen später eilte eine Wache durch die Gänge des Schlosses und überbrachte Iduna einen Brief. Als sie das Pergament in ihren Händen hielt, schlug ihr Herz schneller und schneller.

Frey hatte geantwortet!

Nach dem Gespräch mit ihrer Mutter verfasste Iduna einen Brief an Frey. Sie berichtete in diesem von der Reise, erzählte von ihrer Mutter und von dem, was sie beschäftigte.

Und nun erreichte sie ein Brief von Frey. Durch Sandulf, so schrieb er, gelang es ihm, ihr diesen Brief zukommen zu lassen. Frey berichtete, dass es ihm besser ging, und dass auch die Lage der Sklaven noch immer recht gut war. Sie alle waren gesund, und niemand war nach Xelmar verstorben.

Augenblicklich ließ Iduna sich an einem Tisch nieder, holte Feder und Tinte herbei und begann eine Antwort zu verfassen.

~

So vergingen die Monate. Der Schnee begann zu tauen, die ersten Knospen an den Bäumen bildeten sich, brachen kurz darauf auf, und der würzige Duft der Blumen und Sträucher erfüllte die Luft in Valaina.

Regelmäßig erreichte die zukünftige Königin ein weiterer Brief des Sklaven, regelmäßig saß sie an einem Tisch und schrieb diesem ebenfalls einen Brief.

Sie erfuhr, dass das Bein Freys verheilt war, dass es ihm wieder gelang zu laufen und dass er wieder arbeiten musste. Sie erfuhr, dass Adrik noch immer keine Gemahlin fand, dass Argon, Runa und Mímir sich häufiger um die Sklaven kümmerten und dafür sorgten, dass sie nie zu schwer verletzt wurden. Sie erfuhr, dass man Alvar hart bestraft hatte, es ihm jedoch wieder gut ging. Sie erfuhr, dass Jaro häufig zu den Sklaven kam, Frey als einen Freund bezeichnete und auch Kumani, die Mutter Alvars, vergötterte. Ebenfalls schrieb Frey, dass sich Sandulf darum bemühte, den Sklaven das Leben zu erleichtern, was Iduna mit Stolz erfüllte. Schien der junge Mann, welcher doch recht unscheinbar war und sich im Schatten seines großen Bruders befand, aus diesem hervorgetreten zu sein. Sie wusste, dass Sandulf etwas bewirken konnte. Er war der Sohn des Fürsten, konnte das Leiden der Sklaven verringern, ihm vielleicht sogar ein Ende setzen.

Und eines Tages, nachdem Iduna gerade einen Brief an Frey einer Wache übergeben hatte, betrat der König ihr Gemach, einen Umschlag aus Pergament in seiner Hand.

„Asilos, sei gegrüßt!", sagte Iduna und erhob sich. Der König lächelte und nickte ihr zu.

„Iduna, soeben erhielt ich einen Brief von Fürst Belial, in welchem er mich einlädt, meinen nahenden Geburtstag auf seiner Burg zu verbringen. Natürlich ist auch ihm die Tatsache bekannt, dass seit acht Jahren keine Feste mehr auf unserem Schloss gefeiert werden. Gerne würde ich dieser Einladung Folge leisten und bitte dich, mich zu begleiten", sprach der Mann zu der Kriegerin, welcher die Kontrolle über ihre Gesichtszüge entglitten.

„Gerne werde ich dich begleiten", stieß sie hervor, als sie sich etwas beruhigt hatte. Bedeutete diese Einladung doch, dass sie Frey wiedersehen, ihn in ihre Arme nehmen konnte.

~

„Sandulf!", rief Iduna lächelnd und trat auf den hochgewachsenen Bruder Adriks zu.

„Iduna!", antwortete dieser ebenso strahlend und verneigte sich vor ihr, küsste ihre Hand und erhob sich anschließend wieder, „Du siehst im Sommer, bei Tageslicht wahrlich noch viel hübscher aus als im kühlen Schimmer des Schnees!" Etwas verlegen lächelte die Kriegerin und knickste leicht vor dem jungen Mann.

„Auch dir tun die Farben des Sommers sehr gut, Sandulf", entgegnete die zukünftige Königin.

Einige Tage waren vergangen, seitdem der König Iduna mit der frohen Botschaft überrascht hatte. Bald würde zu Ehren des Königs ein Fest auf der Burg des Fürsten stattfinden. Nun waren sie angereist. Staunend hatte Iduna ihr Königreich in voller Pracht erleben dürfen. Doch als sie die Burg sah, spürte sie, dass ihr Herz schneller und schneller schlug. Dort war Frey.

„Darf ich dir die schönen Blumen in unserem Burghof zeigen? Ein jedes Jahr wachsen sie dort", bat Sandulf sie, „Dein Hab und Gut werden die Sklaven in das Gemach bringen, welches du schon im Winter bewohntest."

Iduna nickte und folgte dem Fürstensohn, welcher zielstrebig über den Burghof eilte.

„Wie geht es ihnen?", fragte Iduna, als sie Sandulf einholte. Mit einem Mal wich die überschwängliche Freude aus ihrem Gesicht einer Besorgnis.

„Seit man ihnen gestattet, sich zu pflegen und auch, seit Mímir sich um schwerere Verletzungen kümmert, geht es ihnen zwar körperlich besser, doch werden sie noch immer Tag für Tag gedemütigt und erniedrigt. Doch der eine Sklave, Xelmar war sein Name, er war der Letzte von ihnen, welcher diese Welt verließ. Freylion hat dir doch sicher berichtet, was auf dieser Burg geschehen ist in der Zeit, in welcher du uns nicht mit deiner Anwesenheit beglücken konntest?" Sandulf blickte Iduna an und zog eine seiner Augenbrauen nach oben.

„Weißt du denn nicht, was Frey mir schrieb?", fragte Iduna verblüfft.

„Ich las keinen der Briefe, welche er mir gab, sorgte lediglich dafür, dass sie versiegelt wurden und dich erreichten."

Iduna blickte den Mann erstaunt an.

„Freylion geschieht so viel Leid, da möchte ich nicht die Worte lesen, welche womöglich sehr persönlich sein könnten", erklärte Sandulf und begann nervös auf seiner Unterlippe zu kauen.

„Geschieht ihm noch immer so viel Unrecht?", fragte Iduna mit bitterer Stimme.

„Ein wenig hat es sich gebessert, doch wird er aufgrund der Tatsache, dass man sich nun um ihn kümmert, nur noch mehr verachtet. Iduna, Freylion geht es nicht gut. Kaum isst und trinkt er. Den Sklaven wird mehr und frischeres Essen zur Verfügung gestellt, doch Freylion rührt es kaum an. Er wäscht sich nicht, hat jedoch zumindest keine Läuse und keine Flöhe. Und zudem fürchtet er sich vor den Menschen in seiner Umgebung", antwortete Sandulf.

„Ist denn wenigstens einer von euch gerecht zu ihm?" Iduna fühlte ein unangenehmes Ziehen in ihrem Bauch und eine leichte Übelkeit.

In seinen Briefen berichtete Frey nicht darüber, dass es ihm so schlecht ging. Vermutlich wollte er vermeiden, dass Idunas Herz von Sorge erfüllt war?

„Argon, Runa, Mímir und die anderen Sklaven sind die Einzigen, welche gut mit ihm umgehen. Doch auch diesen Personen sind die Hände gebunden. Auch sie müssen sich an die Regeln halten", seufzte Sandulf und strich sich peinlich berührt einige Falten aus der Tunika, welche er trug.

„Warum nanntest du mir nicht deinen Namen? Bist du etwa nicht gerecht zu ihm?", fragte Iduna nun und blickte Sandulf erstaunt an. Dieser konnte ihren Blick nicht erwidern.

„Nein, Iduna ich bin nicht gerecht. So sehr bin ich es gewöhnt, die Sklaven wie Vieh zu behandeln. Ich bemühe mich tagtäglich, gut zu Freylion zu sein, doch fällt mir dies sehr schwer. Auch ich schlug ihn, nur um es Sekunden später zu bereuen. Ich …"

„Wo ist er?", unterbrach Iduna die Worte des anderen. „Er befindet sich in den Gemächern meines Bruders, soll dort die Kleidung sortieren und für Sauberkeit sorgen. Dies ist der Grund, warum ich dir die Blumen zeigen möchte. Eine Tür, welche beinahe vor den Gemächern Adriks liegt, befindet sich neben diesen", erklärte Sandulf und beschleunigte seine Schritte.

Iduna folgte ihm, so schnell sie konnte, und schon bald standen sie vor wunderschönen Blumen, welche die Farbe von Freys Augen hatten und im Sonnenlicht schimmerten.

„Frey fürchtet sich auch vor mir, Iduna. Er weiß zudem nicht, dass du am heutigen Tage angereist bist. Ich möchte ihm eine Freude bereiten und ihn einmal lächeln sehen, wenn er in dein Antlitz blickt. Ihn zu sehen, als du abreistest, hat einen jeden, welchem Freylion nicht gleichgültig ist, im Herzen geschmerzt", sagte Sandulf und öffnete die Holztür, welche neben den Blumen in die Wand eingelassen war.

Iduna ließ er den Vortritt, und schloss anschließend die Tür hinter sich, bevor er die Kriegerin durch die Gänge leitete.

~

Beinahe hatten sie die Gemächer Adriks erreicht, da rief eine Stimme den Namen Idunas. Es war Alvar, welcher seine Schritte augenblicklich beschleunigte und Iduna glücklich anblickte.

„Man beauftragte mich, Frey zu holen. Der König ist der Meinung, dass er dich sehen soll, doch wie ich sehe, bist du bereits beinahe bei ihm", lächelte der Hüne und küsste ebenfalls die Hand Idunas.

Alvar sah gut aus. Seine Haut glänzte und seine Haare waren frisch geschoren. Zwar sah man ihm an, dass sein Körper ausgezehrt war, dass die Arbeit ihn eines Tages töten würde, doch wirkte der Anführer der Sklaven nun voller Energie.

Iduna antwortete Alvar nicht, knickste jedoch vor ihm und schenkte ihm ein strahlendes Lächeln, während Sandulf die Tür zu den Gemächern seines Bruders öffnete.

„Freylion!", rief er mit strenger Stimme, „Einer deiner Herren verlangt nach dir, wir werden dich nun mitnehmen."

Der Sohn Belials bedeutete Iduna und Alvar ihm zu folgen und betrat die Gemächer. Beinahe ungeduldig folgte Iduna ihm und blickte in die von Licht durchfluteten Gemächer Adriks, welche aus drei Räumen bestanden, einem Arbeitszimmer, welches sie nun betraten, einem Gemach mit einem großen Himmelbett und einem Waschraum, von welchen diese Burg zahlreiche besaß.

„Frey?", rief nun Alvar verblüfft, als er den Sklaven nicht erblickte.

Iduna jedoch hatte ihn bereits erblickt. Sie kannte die nackten Füße und die schlanken Beine, welche unter dem Bette Adriks hervorlugten, nur zu gut.

Neben Frey befand sich ein Eimer gefüllt mit Wasser. Der junge Sklave schien den Boden unter dem Bette zu reinigen, so schien es, zumindest vernahm Iduna die Geräusche einer Bürste und sah, dass Frey sich bewegte.

„Halte dich noch zurück!", flüsterte Sandulf Iduna zu, „Freylion, wir stehen vor dir."

Der Sklave zuckte und kroch augenblicklich unter dem Bette hervor. Er blieb jedoch auf den Knien und senkte beschämt seinen Blick.

Diese Haltung kannte Iduna noch zu gut. Doch fehlte der Verband am rechten Bein des Sklaven. Stattdessen zierte ein breiter verschraubter Ring den Knöchel Freys, welcher durch eine Kette mit einem Ring an der Wand verbunden war.

„Sieh auf!", befahl Sandulf nun und musste widerwillig lächeln.

Da hob Frey den Blick und sah die Anwesenden zunächst etwas verständnislos an, bevor seine Augen groß wurden. Ein Zittern durchfuhr ihn und er stieß einen überraschten Laut aus. Es schien, als würde Frey neue Kraft erlangen, als er seinen Blick auf Iduna richtete und diese erkannte. Der Sklave presste die Hände in sein Gesicht und gab ein leises Schluchzen von sich.

„Du darfst gern zu ihr gehen, wenn du das möchtest", sagte Sandulf, welcher sich an dem Anblick des Sklaven erfreute.

Frey gehorchte augenblicklich. Er sprang nahezu auf, trat dann jedoch zögerlich auf Iduna zu. Doch diese ging ihm entgegen, blickte so glücklich drein, wie sie es noch nie zuvorgetan hatte, ergriff den Sklaven, bevor er vor ihr niederknien konnte, und drückte ihn an sich.

Frey war völlig wehrlos, jedoch spürte Iduna, dass er sich eng an sie drückte und seine Finger in ihr Gewand krallte.

Iduna legte ihre Stirn auf seine Schulter und hielt den Jüngling einfach fest. Sie benötigten keine Worte, um sich zu verständigen, kein Lächeln, um dem anderen seine Gefühle zu zeigen. Sie brauchten lediglich einander.

Der Leib Freys fühlte sich zart, dünn, ja, beinahe zerbrechlich an, wie er in ihren Armen lag. Sie sah bereits, wie krank Frey noch immer aussah. Seine Haare waren wieder strähnig und wirkten farbloser, aufgrund all des Staubes darin, ebenso seine Haut. Doch strahlten seine Augen so hoffnungsvoll, als sie die ihren erblickten, dass Iduna die dunklen Ringe unter den Augen, die eingefallenen Wangen und das Blut auf der Tunika vergaß.

Iduna vergaß alles um sich herum, als sie den Jüngling wieder in ihren Armen spürte, das Zittern, die Tränen, welche ihr Gewand durchnässten, die Finger, welche sich an ihr festhielten, als sie seinen Duft roch, welchen man immer unter dem von Schweiß, Schmutz und Blut vernehmen konnte. Frey roch nach dem seltenen Pfefferminz, welchen Iduna zu gern als Tee trank, nach frischem Stroh und nach … Glück.

Sie nahm sein Gesicht in beide Hände und schenkte ihm ein Lächeln, welches so zart und liebevoll war, wie Frey noch nie zuvor ein Lächeln sah. Vorsichtig küsste sie die Stirn des jungen Sklaven.

„Was geschieht hier?", fragte da eine scharfe Stimme. Iduna ließ Frey erschrocken los, welcher augenblicklich auf die Knie sank und sich klein machte.

Die Kriegerin blickte auf Adrik, welcher verblüfft auf das Geschehen blickte, dessen Miene sich jedoch schnell in Zorn umwandelte.

„Du hast zu arbeiten!", rief er und ging langsam auf Frey zu.

„Der König wünscht, dass ich Frey zu ihm bringe. Auch Iduna soll in den Rittersaal kommen", sagte da Alvar, trat neben Frey und zog diesen vorsichtig auf die Füße, „Eine Bürste über den Boden zu bewegen ist nicht schwierig, Adrik. Auch Ihr werdet dies können."

Alvar wandte sich ab und zog Frey mit sich aus den Gemächern Adriks heraus, nachdem Sandulf flugs die Kette von dem Ring an der Wand löste. Iduna und Sandulf folgten ihm und machten sich auf den Weg in den Rittersaal.

~

„Du kannst wirklich wieder laufen", sagte Iduna lächelnd zu Frey, während sie durch die Gänge der Burg gingen.

Verlegen nickte Frey und senkte den Blick.

„Iduna besteht noch immer darauf, dass du sie ansiehst, Frey", sagte da Alvar und drückte ermutigend die Schulter Freys.

Da atmete Frey tief ein und hob vorsichtig den Blick, sah Iduna an. Diese erwiderte den Blick mit funkelnden Augen und schenkte ihm ein fröhliches Lächeln.

Alvar lächelte leicht und öffnete die Türen, welche in den Rittersaal führten. Dort befanden sich Fürst Belial, sein Berater Adrastos und König Asilos von Valaina. Die drei unterhielten sich höflich miteinander und wandten ihre Köpfe der Tür zu, als Alvar diese öffnete.

„Hast du den kleinen Blonden gefunden?", fragte der König den Hünen und zog seine Augenbrauen nach oben.

Anstatt zu antworten, trat Alvar zur Seite und ließ Iduna, Sandulf und Frey eintreten.

„Seid gegrüßt!", sagte Sandulf und verneigte sich leicht, bevor er auf seinen Vater zuging und neben diesem Platz nahm. Die Kette ließ er fallen. Auch Iduna knickste und Frey fiel auf die Knie. Lediglich Alvar blieb geradestehen und musterte die Anwesenden. Noch immer verneigte er sich lediglich in der Kirche, vor seinem Gott.

„Erhebe dich!", befahl Adrastos seinem Sklaven, welcher augenblicklich gehorchte und mit gesenktem Kopf aufstand.

Die Gruppe näherte sich den bereits Anwesenden und Sandulf, welcher sich auf einen der Stühle gesetzt hatte. Iduna setzte sich ebenfalls, Alvar blieb, mit vor der Brust verschränkten Armen, stehen, und Frey blickte still auf den Boden, bevor er erneut auf die Knie sank und die Anwesenden mit einem Kuss auf deren Schuhwerk begrüßte.

„Frey, auch du darfst auf einem der Stühle Platz nehmen", sagte Iduna laut, doch Adrastos widersprach ihr mit strenger Stimme: „Du wirst so bleiben, wie du jetzt hier vor uns kniest!"

„Sagt, warum ist er so schmutzig? Mir sagte man, dass die Sklaven einmal in der Woche ein Bad nehmen, damit es nicht zu einem Ausbruch der Pest oder anderer Krankheiten kommt", fragte der König den Fürsten. „Dieser Sklave weigert sich, zu baden, mein König. Den Grund, warum er dies tut, kenne ich leider nicht", antwortete der Fürst.

„Er fürchtet sich vor Wasser. Ihr müsstet dies jedoch wissen, zumal Ihr und Adrastos dafür verantwortlich seid, dass er diese Angst in sich trägt", sagte Alvar da und blickte den Fürsten wütend an.

„Mir war nicht bewusst, dass du Teil dieser Unterhaltung bist, Alvar. Verschwinde nun! Arbeit gibt es genug, und die Gemächer meines ältesten Sohnes scheinen von deinem Liebling noch nicht fertig gereinigt worden zu sein", entgegnete der Fürst, und Alvar verschwand mit einem wütenden Schnauben.

„Nun, ist er also wieder dazu in der Lage zu arbeiten?", fragte Asilos interessiert.

„Ganz recht, mein König. Einen und einen halben Monat, nachdem Ihr uns verlassen habt, hat Mímir ihn aus seiner Obhut entlassen können, jedoch, an seinem Mangel an Geschick hat dies nicht das Geringste geändert. Das Einzige, was er wirklich gut kann, ist, hübsch aussehend zu schweigen", antwortete Adrastos, während er die Kette auflas und durch seine Finger gleiten ließ, „Aber wir werden ihn schon dazu bewegen, vernünftig zu arbeiten, habe ich recht, Sklave?"

Frey nickte leicht und senkte seinen Kopf noch ein wenig tiefer.

Mit einem Mal öffnete sich die Tür und ein kleiner Junge stürmte in den Raum. Es war Jaro, der jüngste Sohn Belials.

„Vater, sieh her! Ich habe mir einen Bogen gebaut!", rief er und wedelte mit der selbstgemachten Schusswaffe vor sich her, während er auf seinen Vater zueilte.

Der Fürst sowie Iduna, Sandulf und der König mussten lächeln.

„Nun, mein Sohn, da brauchst du aber noch ein paar Pfeile, damit du einmal ein guter Bogenschütze wirst", lächelte Belial, „Das hast du sehr gut gemacht. Aber nun mache dir noch ein paar Pfeile. Frage eine der Wachen, ob sie dir einige Federn geben kann, damit der Pfeil fliegen kann. Vielleicht zeigst du Runa die Pfeile. Bestimmt näht sie mit dir einen Köcher."

„Au ja!", lachte Jaro. Dann fiel sein Blick auf Frey. „Oh, du bist auch da, Frey! Schau mal, den habe ich ganz allein gebaut. Argon hat mir nur gesagt, was ich machen muss und den Knoten für die Sehne festgezogen."

Mit diesen Worten hielt der Junge dem Sklaven den Bogen hin, doch Frey ergriff diesen nicht. Stattdessen ergriff er einen Stift aus Kohle, welcher in dem Seil steckte, das als Gürtel fungierte und schrieb etwas auf seine Haut.

Verzeiht, Jaro. Dies ist eine wunderschöne Arbeit, doch ist es mir nicht gestattet, eine Waffe zu berühren.

Jaro begann die geschriebenen Worte hochkonzentriert zu lesen und blickte Frey nachdenklich an.

„Aber warum darfst du das denn nicht?", fragte er verwirrt.

Mir ist es nicht gestattet, Waffen zu berühren, da ich ein Sklave bin. Sklaven haben Regeln, an welche sie sich halten müssen, und eine dieser Regeln lautet, dass wir keine Waffen berühren dürfen.

„Aber warum gibt es diese Regel?", fragte Jaro weiter. „Mein Sohn, dies ist nichts, worüber du dir Gedanken machen solltest", sagte Belial sanft.

„Aber Frey ist doch mein Freund und er soll sich den Bogen ansehen!", nun begann der Junge zu quengeln.

„Dann soll er sich den Bogen auch ansehen dürfen. Zumal sich hier kein einziger Pfeil befindet, sollte es keine Gefahr für uns darstellen, wenn Frey den Bogen näher betrachtet", sagte Iduna bestimmt.

„So sei es", sprach der Fürst und seufzte leise auf.

Iduna wurde bewusst, wie anders der Fürst doch war, wenn dieser mit seinem jüngsten Sohn agierte.

Frey griff also scheu nach dem Bogen, welchen Jaro ihm noch immer aufgeregt lächelnd hinhielt. Er begutachtete die Waffe, seine Finger fuhren über die Sehne und über das Holz.

Es war kein sonderlich guter Bogen. Vielmehr ein Spielzeug als eine Waffe, selbst Iduna konnte dies erkennen, obwohl sie kaum mit Pfeil und Bogen umgehen konnte. Ihre Stärke war der Schwertkampf.

Freys Finger umschlossen Bogen und Sehne, dann spannte er den Bogen für kurze Zeit, bevor er nach dem Knoten der Sehne griff und diesen löste, die Sehne straffer zog und erneut befestigte. Anschließend gab er Jaro den Bogen zurück.

Der Bogen ist wunderschön, Jaro. Ich habe lediglich die Sehne etwas stärker gespannt, damit deine Pfeile weiter fliegen können.

„Dankeschön!", sagte Jaro, nachdem er diese Worte gelesen hatte, „Ich gehe jetzt Argon suchen, damit wir Pfeile machen können."

Der Junge sprang auf und rannte davon.

„Er wirkt so unbeschwert", sagte Asilos leicht gerührt, „Mein Sohn war dies nie."

„Freylen konnte sein Leben weder genießen, noch durfte er, er selbst sein. Er konnte nicht frei und unbeschwert sein. Man hat ihn in einen Käfig gezwängt, ihn hinter Büchern und Gesetzen versteckt, anstatt ihm das wahre Leben zu zeigen. Vielleicht wäre er nie entführt worden, hätte er die Möglichkeit bekommen frei zu sein."

„Iduna, bitte mache mir nun keine Vorwürfe! Ich weiß, dass ich nicht alles richtig machte, doch kann ich die Zeit nicht zurückdrehen", wandte der König ein.

„Du könntest ihn erneut suchen lassen, anstatt seinem Verschwinden jede Nacht in seinen Gemächern hinterher zu trauern.", sagte Iduna leise und erhob sich.

Der König senkte verlegen den Blick, die Worte der Thronfolgerin schmerzten.

„Frey, magst du mich begleiten? Ich würde gerne dafür sorgen, dass du nun ein Bad nimmst. Auch du darfst dieses genießen, sollst du doch begreifen, dass das Wasser in den richtigen Händen harmlos ist", sprach die Kriegerin und blickte den jungen Sklaven an. Dieser erhob sich zögernd, doch in diesem Moment stürmte eine Wache in den Rittersaal.

„Mein Fürst! Ein Sturm zieht auf! Die Ernte ist in Gefahr, wir werden im Winter verhungern, wenn wir nicht ernten! Was sollen wir tun?", rief der Mann aufgebracht und nervös.

Der Fürst dachte nach, warf seinem Berater einen vielsagenden Blick zu.

„Schicke die Sklaven auf die Felder. Sie alle sollen gehen und das ernten, was bereits gereift ist und was in der nächsten Woche reifen wird. Ich denke, dies wird reichen … Es muss reichen. Das Übrige ist wohl verloren", sprach der Fürst nun mit klarer Stimme.

Iduna fühlte sich, als habe man sie geohrfeigt, während Frey wieder auf die Knie fiel. Sie glaubte, sich verhört zu haben. Der Fürst wollte seine Sklaven der Gefahr eines Unwetters aussetzen!

„Das könnt Ihr nicht tun! Das werde ich nicht zulassen!", rief Iduna aufgebracht, „Schickt Ihr die Sklaven, so werde ich sie begleiten."

„Das wirst du nicht, Iduna!", sagte der König mit fester Stimme.

„Du wirst mich nicht aufhalten!", antwortete die Kriegerin wütend, „Sie könnten alle sterben!"

Sie blickte auf Frey, welcher ihr mit einem Mal seinen Arm hinhielt.

Iduna, ich bitte dich, die Entscheidung meiner Herren nicht zu bestreiten. Lieber würde ich sterben, als dich in diesem Gewitter sehen zu müssen, sei es, um mein Leben zu retten. Du bist dazu bestimmt, etwas in dieser Welt zu ändern. Wir Sklaven können nichts tun. Unser Tod ist nicht von Bedeutung. Bitte, Iduna, beuge dich dem Urteil, ich flehe dich an.

Adrastos erhob sich und ergriff den rechten Arm Freys. Schmerzhaft umschlangen die dürren Finger des Beraters den Unterarm und drehten ihn.

„So ein dummer Sklave, so eine kluge Bitte!", spottete der Berater, „Iduna, dein Frey hat hier einen entscheidenden Vorteil: Er kennt das Spiel und hält sich an dessen Regeln."

Iduna blickte den Mann vor sich an. „Ich werde mich dem Urteil beugen, wenn mir der Wunsch gewährt wird, dass die Sklaven anschließend in der Burg nächtigen dürfen, in einem Gemach mit Betten, von welchen es hier mehr als genügend gibt. Es ist zu gefährlich für sie, in dem Holzverschlag zu bleiben!", erklärte sie mit fester Stimme, „Wird mein Wunsch nicht erfüllt, so werde ich die Sklaven begleiten."

Frey zupfte entsetzt an Idunas Rock und schüttelte leicht den Kopf. Adrastos stieß ihn grob zu Boden.

„Freylion hat keine Befehle zu geben, doch in diesem Falle möchte er zumindest das Richtige vermitteln. Deine kaum vorhandene Kraft wird benötigt, Sklave. Nur aus diesem Grunde werde ich dich nicht strafen. Doch werde ich veranlassen, dass Euer Wunsch gewährt wird, um des Königreichs Willen!", seufzte Adrastos und blickte den König und den Fürsten an, welche nickten.

Der Berater beugte sich zu dem Jüngling herab, welcher noch immer regungslos dalag. Doch anstatt ihn zu schlagen, zog er einen Schlüssel hervor und löste die Fessel des Sklaven.

Freylion erhob sich vorsichtig und eilte zur großen Tür. „Frey!", rief Iduna da.

Der Sklave blieb stehen und wandte sich langsam um. „Gib auf dich acht!", sagte sie leise und hob eine Hand.

Der Sklave nickte und eilte von dannen.

„Du hast ihn gern, habe ich recht?", fragte Sandulf die Kriegerin, welche dem Sklaven noch immer hinterherblickte.

„Ich sorge mich um ihn", erklärte Iduna und kehrte zu der Gruppe zurück, „Warum ist er hier? Warum ist er ein Sklave?"

Noch nie hatte sie diese Frage gestellt.

„Ich habe ihn für Adrik erworben, Iduna. Auf einem Sklavenmarkt außerhalb Valainas. Da, wo sie alle herkommen. Doch er scheint ein Gefangener zu sein. Mehr ein Weib als ein Arbeiter. Er ist nicht seit seiner Geburt ein Sklave. Dazu ist er viel zu wehleidig. Kann er doch nicht sprechen und reagiert am stärksten auf die Strafen."

„Aber warum tut man so etwas? Warum hält man sich Sklaven und straft diese?", Iduna blickte den Berater Belials aufgebracht an.

In diesem Moment ertönte ein Donnerschlag, welcher alle Anwesenden zusammenfahren ließ.

„Die Sklaven sind der letzte Stand unserer Gesellschaft, Iduna. Ohne unseresgleichen würden sie nicht überleben. Und so werden die Arbeiten gehorsam getan", erklärte Adrastos und erhob sich, „Ich ziehe mich nun zurück."

~

Auch Iduna begab sich nach einiger Zeit in ihre Gemächer. Dort saß sie an ihrem Fenster und blickte hinaus in den Himmel, welcher von schwarzen Gewitterwolken verhangen war. Es war so dunkel, als wäre es tiefste Nacht. In unregelmäßigen Abständen zuckten Blitze über der malerischen Landschaft, welche von Donnerschlägen begleitet wurden.

Die Kriegerin dachte an Frey, wusste, dass dieser sich vor Gewittern fürchtete. So schnell es ihr gelang, wollte sie zu ihm laufen und ihn aus dieser Welt befreien, doch wusste sie, dass sie nicht die Macht hatte, dies tun zu können. Sie konnte lediglich hoffen, dass die Sklaven schnell wiederkehren würden.

~

Die Blicke, welche die Wachen den durchnässten Sklaven zuwarfen, sagten, dass sie mit dem Vorhaben, die Sklaven für diese Nacht in den Gemächern der Burg unterzubringen, nicht einverstanden waren.

Argon trat neben sie und blickte, nachdem er die Kriegerin begrüßt hatte, mit düsterer Miene auf die vielen Sklaven, welche zitternd in die Burg liefen und sich in der großen Eingangshalle sammelten.

Iduna suchte die Menge mit den Augen nach Frey ab, doch konnte sie den einzig blonden Haarschopf nicht erkennen.

„Ist dir die Anzahl der Sklaven bekannt?", fragte sie Argon nun, doch dieser schüttelte bloß den Kopf und warf den Sklaven besorgte Blicke zu.

Da trat Alvar auf die beiden zu, in den Armen hielt er einen blutüberströmten Sklaven und Iduna erstarrte, als sie ihn sah.

„Was ist geschehen?", rief Argon aufgebracht und berührte den Sklaven vorsichtig am Arm. Doch dieser regte sich nicht.

„Morogar wurde von einem Baumstamm getroffen, welcher durch einen Blitz fiel. Er ist der einzige Verletzte", sagte Alvar beunruhigt.

„Ich bringe ihn zu Mímir", erklärte Argon und nahm den mageren Körper vorsichtig auf seine Arme, ging davon, ließ Iduna und Alvar allein.

„Wo ist er?", fragte Iduna tonlos und blickte Alvar durchdringend an. „Es geht ihm gut", antwortete der Hüne und legte Iduna sanft eine Hand auf den Arm, „Sobald mein Auge ihn erblickt, werde ich ihm sagen, dass du ihn suchst."

„Er wird bei mir nächtigen", erklärte die Rothaarige bestimmt und blickte an Alvar vorbei, suchte die Menge ein weiteres Mal nach dem Jüngling ab. „Wenn er dies wünscht, werde ich es gewähren", beschloss Alvar und blickte die Kriegerin bestimmt an, „Auch du wirst ihm nicht vorschreiben, was er zu tun hat."

„Alvar!", rief da eine Stimme. Sie gehörte Kumani, der Mutter des Hünen, welche sich ihm und Iduna, dicht gefolgt von ihren Kindern Niam und Lavina, näherte. Und eng an Lavina geschmiegt, lief Frey, blass und zitternd vor Kälte, und doch wirkte er stark.

Iduna spürte jedoch einen Stich in ihrem Herzen, als sie Frey so dicht an Lavina geschmiegt sah. Er war doch *ihr*

Frey, ihr vermutlich bester Freund, um welchen sie sich im Winter so aufopferungsvoll gekümmert hatte.

Als sie bemerkte wie eigensinnig und wie herrisch ihre Gedanken waren, zuckte die Kronprinzessin zusammen und fluchte im Stillen. Sie wollte doch gar nicht, dass Freylion ihr gehörte, doch ertrug sie es nicht, ihn an der Seite von Lavina zu sehen, welche ihre Arme um ihn geschlungen hatte, gleich einer Gemahlin, welche ihren Liebsten nach vielen Jahren wiedersah. Wie so oft stellte sie sich die Frage, ob Frey ihr Geliebter war.

Zugegeben, er wirkte, nicht nur auf Lavina durchaus ansprechend. Iduna dachte an das Bankett zurück … Frey war wirklich ein begehrenswerter Jüngling. Zwar mehr ein Mädchen, als ein Ritter und doch, sah man von seiner Kraft ab, ein wunderbarer Geliebter. Allein seine Augen reichten schon aus, um Iduna völlig perplex zu machen.

Doch die blauen Augen taten nun das genaue Gegenteil: Der Jüngling löste sich von Lavina und trat vorsichtig vor Iduna, blickte sie fragend an, sodass diese aus ihren Gedanken aufschreckte, gleich einem jungen Reh, welches einen Wolf bemerkte.

„Gott sei Dank! Dir ist nichts geschehen!", stieß Iduna hervor und schloss den durchnässten Sklaven in ihre Arme.

„Ich möchte euch nun eine angenehme Nacht wünschen", sprach Alvar lächelnd und neigte leicht den Kopf, bevor er zu seiner Familie trat. „Kommt Frey denn nicht mit uns?", fragte Lavina verwundert und blickte ihren großen Bruder fragend an. „Nun, wenn er möchte, so kann er in Idunas Gemächern nächtigen. Die beiden haben noch gar nicht die Möglichkeit gehabt, sich auszutauschen", antwortete Alvar und strich seiner Schwester sanft über die Haare.

Die Entscheidung Freys fiel, ohne dass er diese verkünden musste. Er würde bei Iduna bleiben, während Alvar, Kumani, Lavina und Niam in eines der Gemächer geleitet wurden, wo sie die Nacht verbringen würden. Freylion hingegen folgte Iduna durch die Gänge der Burg bis hin zu ihrem Gemach, wo eine Magd bereits einen Badezuber mit heißem Wasser befüllt und ein Nachtgewand Argons herbeigeholt hatte.

„Na komm", flüsterte Iduna leise, als sie den ängstlichen Blick Freys bemerkte, welcher das klare Wasser musterte, „Du musst baden, sonst wirst du wieder krank. Außerdem ist das Wasser warm, sodass du nicht mehr frieren musst."

Frey wusste, dass Iduna recht hatte, und doch lähmte ihn die Angst vor dem Wasser. Mímir zwang ihn in den vergangenen Monaten einige Male, zu baden, doch war seine Angst vor dem mit Wasser befüllten Zuber so groß, dass er jedes Mal in Panik geriet, wenn sein Körper mit dem Wasser in Berührung kam.

„Ich weiß, dass du dich fürchtest, Frey. Aus diesem Grund möchte ich dir eine Frage stellen. Ist dir etwas passiert, als ich dich gewaschen habe?"

Frey schüttelte den Kopf.

„Geschah dir etwas Schlimmes, als Mímir dir half, zu baden?"

Wieder musste der Jüngling verneinen.

„Siehst du? Ich bin bei dir, werde dir helfen und verspreche dir, dass dir nichts passiert."

Zögernd löste Freylion seinen Gürtel, zog sich seine Tunika über den Kopf, legte Beinlinge, Bruoch und Flohfalle ab, blickte Iduna schüchtern, mit vor Scham geröteten Wangen, an, welche ihm einen Arm anbot und ihm half, in das warme Wasser zu steigen. Sein Körper war angespannt wie eine Bogensehne, als er das Wasser berührte, doch mit der Hilfe Idunas gelang es ihm, sich langsam auf dem Boden des Badezubers niederzulassen.

Iduna hielt seine Hand, ließ diese nicht los, bis Frey sich ein wenig entspannte. Dann griff sie vorsichtig nach einem Schwamm und begann Frey den Schmutz von seinem Körper zu waschen. Ihr gelang es, ihn dazu zu bewegen, seinen Kopf unterzutauchen, seine Haare zu waschen und sich ein wenig zu entspannen.

Schließlich war das Badewasser leicht bräunlich, doch Frey war nun wieder sauber und als Iduna ihm half, sich zu erheben, erhaschte sie einen Blick auf die Verletzungen an seinem Körper, welche deutlich besser aussahen als noch vor einem halben Jahr. Einige von ihnen waren recht frisch, doch Mímir schien jeden noch so kleinen Kratzer behandelt zu haben, schien verhindern zu wollen, dass der Sklave erkrankte.

Sie reichte ihm eine Decke, half ihm, sich in diese einzuwickeln und bat ihn anschließend, auf dem Bette Platz zunehmen. Während Freylion sich gleichzeitig enger in die Decke einwickelte und sich abtrocknete, kämmte Iduna die blonden Haare des Jünglings und genoss die stille Zweisamkeit mit ihm. Doch eine Frage brannte ihr auf der Zunge, seit sie Frey in den Armen Lavinas erblickte. Sie seufzte innerlich und legte den Kamm zur Seite.

„Lavina ...", begann sie zögerlich, „... Ist sie deine Geliebte? Seid ihr ein Liebespaar?"

Überrascht wandte Freylion ihr sein Gesicht zu. Dann schüttelte er leicht den Kopf. Der Sklave wandte sich seinen Habseligkeiten zu, welche auf dem Bette lagen, und ergriff seinen Stift aus Kohle. Gerade schob er seinen Arm unter der Decke hervor, um auf diesem schreiben zu können, da reichte Iduna ihm bereits ein Blatt Pergament und ein kleines Holzbrett als Unterlage.

Iduna, ich kann dir nicht sagen, was Lavina für meine Person fühlt, doch für mich ist sie wie eine Schwester, nicht wie eine Geliebte. Sie hegt und pflegt mich, seit ich bei den anderen bin. Vielleicht ist sie mir mehr zugetan als ich ihr, doch ein Liebespaar sind wir wahrlich nicht.

Iduna spürte, wie eine Welle der Erleichterung sie erfasste, und atmete erleichtert aus. „Hast du denn eine Geliebte?", fragte sie vorsichtig und ließ sich neben ihm nieder.

Frey schüttelte den Kopf und blickte Iduna nachdenklich an.

Bevor ich auf die Burg kam, da war es mein Glück, ein Teil eines Liebespaares zu sein.

Überrascht blickte nun Iduna den Jüngling an, wohlwissend, dass es diesem verboten war, über seine Vergangenheit zu sprechen. Doch, um den Sklaven nicht zu etwas Verbotenem zu zwingen, stellte sie keine weiteren Fragen über die Geliebte von Frey. Eine andere Frage stellte sich ihr jedoch, sie wurde immer lauter und schien ihren gesamten Kopf auszufüllen.

„Warst du einst frei?", sprach die Kriegerin, ohne es wirklich zu wollen.

Nein, Iduna, wirklich frei war ich nie. Sicher, ich lebte bereits an Orten, an welchen man mir nicht so viel Leid antat, wie an diesem, jedoch, ein Sklave war ich schon, seit ich das Licht dieser Welt erblickte.

Das folgende Schweigen der beiden wurde durch die Tür unterbrochen, welche sich öffnete und durch welche eine Zofe und zwei Wachen hereintraten. Frey erhob sich, fiel eiligst auf die Knie und senkte sein Haupt, während die Wachen den Badezuber aus dem Raum trugen. Die Zofe trug ein Tablett bei sich, auf welchem sie zwei Schalen, gefüllt mit Suppe und zwei Bechern, einer von ihnen war gefüllt mit Wasser, der andere mit heißer Milch, hereintrug. Auch ein Behälter, ebenfalls mit Wasser gefüllt, befand sich auf dem Tablett, sowie zwei Holzlöffel.

„Ich bringe das Abendmahl für ihre Hoheit und den Sklaven. Für Ihre Hoheit habe ich heiße Milch, damit Ihr Euch nach der anstrengenden Reise und dem kalten Gewitter ein wenig wärmen könnt. Für die Nacht bringe ich Euch etwas Wasser", Die Magd stellte das Tablett auf den Tisch in Idunas Gemach, nahm eine Suppenschale von diesem herunter und stellte sie, gleich dem Becher mit der Milch und dem Löffel, sorgfältig vor einen der Stühle, knickste und verließ den Raum.

Kaum war die Tür in ihr Schloss zurückgefallen, stieß Iduna ein wütendes Schnauben aus. „Frey, tu mir bitte diesen einen Gefallen und knie nie wieder in meiner Gegenwart vor einer Magd oder einer Wache nieder, welche dich in diesem Maße behandelt!", rief sie empört und erhob sich.

Iduna, dies sind die Regeln, an welche wir uns halten müssen. Wenn wir nicht auf die Knie fallen, so besagen die Regeln, dass wir für drei Tage in der nächsten Stadt an den Pranger gestellt werden. Anschließend müssen wir für einen Tag und für eine Nacht auf dem Burghof knien, ohne uns auch nur einmal zu erheben. Du weißt, dass ich einem jeden Befehl folge leiste, und so werde ich versuchen, mich deinem Wunsch zu beugen.

Iduna nickte und wandte sich dem gedeckten Tisch zu. Nachdenklich stellte sie das zweite Gedeck vor einen weiteren Stuhl und gebot Frey abwesend, sich wieder zu erheben. Dieser schlüpfte derweil in die saubere Tunika und näherte sich Iduna vorsichtig.

„Sag einmal, Frey, magst du Milch?", fragte die hochgewachsene Kriegerin da und wandte sich dem Jüngling zu. Dieser biss sich verlegen auf die Unterlippe und nickte, während seine Wangen rot wurden. „Dann darfst du die Milch trinken, wenn du möchtest."

Die Lippen Freylions formten ein lautloses Danke, bevor er einen der Stühle zurückschob, und Iduna gebot, auf diesem Platz zu nehmen. Dankend ließ sich die Kronprinzessin nieder und wartete, bis Frey sich ebenfalls hingesetzt hatte.

„Ich weiß, dass es dir schmerzt, zu essen. Wird es dir gelingen, etwas zu dir zu nehmen?", fragte Iduna leicht besorgt. Frey nickte ihr mit scheuem Blick zu. Er würde es versuchen.

Schweigend begannen beide zu essen und als Iduna sah, wie sich die Augen des jungen Sklaven genießerisch schlossen, als die warme Milch seine Zunge benetzte, wurde ihr warm um ihr Herz. Sie spürte, dass Freylion sich merklich entspannte, ruhiger wurde und begann die Zweisamkeit zu genießen. Wenig später lagen sie beide gut zugedeckt in dem warmen Bett und Frey, welcher bei jedem Donnerschlag heftig zusammenzuckte, rutschte, ohne es zu merken, immer dichter an Iduna heran, bis sein Kopf schließlich an ihrer Schulter ruhte. Und sein gleichmäßiger Atem, als er schlief, sorgte dafür, dass auch Iduna mit einem leichten Lächeln auf den Lippen in das Land der Träume entschwand.

Kapitel VI

„Er vermisst ihn so sehr"

Es war Freylion, welcher als Erster erwachte. Das Sonnenlicht konnte er spüren, obwohl es hinter den Vorhängen doch sehr dunkel war. Er konnte die Sonnenstrahlen förmlich riechen, welche den aufgewirbelten Staub sichtbar machten.

Doch dann zuckte Freylion erschrocken zusammen. Jeden Tag musste er bei Sonnenaufgang anfangen zu arbeiten! Erschrocken fuhr er hoch und suchte hektisch in den Vorhängen des Bettes nach dem Ausgang.

So schnell er konnte, entledigte er sich der Tunika Argons, schlüpfte in seine Kleidung und stürzte zur Tür. Dort blieb er zögernd stehen. Sollte er Iduna wecken?

Doch diese war bereits erwacht und blickte Frey verblüfft an.

„Was ist geschehen, Frey?", fragte sie und blickte den jungen Sklaven verschlafen an.

Hastig griff dieser nach einem Blatt Pergament und einem Stift, notierte der Kriegerin, dass man ihn strafen würde, zumal er bereits viel zu spät erwacht war und noch später zu seiner Arbeit erscheinen würde.

„Ich werde dich begleiten", sagte Iduna entschlossen und erhob sich. Lediglich warf sie sich rasch einen Umhang über ihr Nachtgewand und schlüpfte in ein Paar Schuhe.

„Komm! Ich denke, dass auch du in den Rittersaal gehen musst, um dort alles für die Geburtstagsfeier des Königs am morgigen Tage vorzubereiten, habe ich recht?", fragte Iduna und Frey nickte.

~

Die Thronfolgerin hatte den Sklaven noch nie so schnell laufen sehen. Sie war überrascht, dass dieser zarte Leib diese Kraft für solch einen schnellen Marsch aufbringen konnte, und doch tat er es.

Jedoch kam auch Freylion sehr erschöpft in dem großen Saal an, wo augenblicklich eine Wache auf ihn zustürmte.

„Pünktlichkeit ist eine Tugend, welche euch Sklaven bekannt sein sollte!", fauchte der dicke Mann, während Frey vor ihm auf die Knie fiel.

„Frey!", rief da Alvar und eilte auf den Blonden zu.

„Bleib zurück, Sklave!", schrie die Wache und blickte den Hünen zornig an, bevor er nach einem Messer griff.

„Gib mir deinen Arm!" Seine Stimme war beinahe ein Knurren.

„Nein! Ich verbiete Euch dies!", rief Iduna entsetzt, doch Frey gehorchte, und streckte dem Manne seinen linken Arm entgegen. Jedoch blickte nun die Wache auf.

„Du verbietest mir dies? Nun gut!", mit diesen Worten wandte die Wache sich ab und ging mit großen Schritten davon, kehrte jedoch an der Seite von Adrastos wieder, welcher die zukünftige Königin streng begutachtete.

„Iduna, Iduna! Wann beginnst du bloß zu begreifen, dass dieser Sklave mein Eigentum ist und du ihn nicht von seinen Aufgaben fernhalten kannst? Du wirst doch lästig. Also lass mich dir zeigen, dass ich allein über Freylion, wie Alvar ihn nannte, herrsche und du dies von diesem Tage an zu akzeptieren hast", schnarrte der Mann, während die Wache auf seinen Befehl hin, einen Krug mit Wasser herbeiholte und Frey unkontrolliert zu zittern begann.

„Tut dies nicht!", rief Alvar, welcher zu wissen schien, was nun folgen würde.

„Du hast mir keinerlei Befehle zu erteilen, Sklave!", zischte der Berater des Fürsten und schnitt dem Hünen kurzerhand in den Unterarm, doch dieser verzog keine Miene.

Adrastos jedoch wandte sich von Alvar ab, Frey und Iduna zu.

„Bitte, bleibe noch hier, mein Guter!", sagte er zu der Wache, welche den Kessel abstellen und verschwinden wollte, „Ich benötige doch Unterstützung."

Der Mann mit den grauen Haaren zog ein weißes Tuch hervor und gleichzeitig den Kopf Freys in den Nacken, sodass sein Gesicht nach oben ragte. Der Atem des Sklaven verflachte massiv und Iduna begann zu ahnen, was nun folgen würde.

So geschah es, dass Adrastos sein Tuch auf das Gesicht Freylions legte und den Sklaven grob festhielt, während die Wache langsam das Wasser aus dem Krug über das Gesicht des Jünglings goss.

Freylion geriet derweil in Panik. Er begann sich zu winden, wie er es zuletzt tat, als Adrastos ihn vor vielen Monaten betäubte. Frey hatte das Gefühl, nicht mehr atmen zu können, gar zu ertrinken. Das Wasser drang ihm in Mund und Nase. Er spürte kaum, dass seine Tunika von seiner linken Schulter herabrutschte.

„Iduna, ich hoffe, dir ist nun bewusst, dass Freylion mein Sklave ist und dass du es nun unterlassen solltest, ihn vor seiner Arbeit schützen zu wollen", sagte Adrastos mit drohender Stimme und gebot der Wache den Wasserfluss zu unterbrechen.

Erschöpft brach Frey zusammen, als man ihn losließ. In das klare Wasser mischten sich panische Tränen. Er verspürte das Verlangen, sich zusammenzurollen, doch tat er dies nicht. Er wagte es nicht mehr, sich zu bewegen.

Adrastos beugte sich leicht über den am Boden liegenden Körper, welcher noch immer zitterte. Seine Finger strichen vorsichtig über das Brandmal, welches kaum noch zu sehen war. Es war alt, fünfeinhalb Jahre schon zierte es seine Brust und verblasste nach und nach.

„Sieh her!", sagte der Berater des Fürsten zu der Wache, welche sich neugierig über den Sklaven beugte, „Bringe ihn zu unserem Schmied, damit man ihn wieder als Sklaven erkennt!"

Dann wandte er sich an Iduna, um sie mit wenigen gezielten Worten zu brechen.

~

Frey zitterte am gesamten Leib, als die Wache ihn packte und mit sich zog. Grob, ohne darauf zu achten, dass er ihm kaum folgen konnte, den verwunderten Blick Idunas ignorierend, zog er Freylion hinter sich her, unter freien Himmel, vor die Schmiede. Der Jüngling atmete von Sekunde zu Sekunde flacher, konnte sich noch genau an das erste Mal erinnern, als das glühende Metall auf seine Haut gepresst wurde.

Grob stieß ihn die Wache in die Schmiede hinein, drückte ihn auf die Knie und hielt ihn fest.

Der Schmied trat auf die Wache und den jungen Sklaven zu und blickte den Stehenden an.

Der Mann war groß, bullig und trug einen langen dunklen, von grauen Strähnen durchzogenen Bart. Sein Körper war bedeckt von Ruß und Schweiß. Unter seiner

Schürze trug er lediglich eine Hose, jedoch kein Oberteil. Frey kannte ihn kaum, jedoch gut genug, um zu wissen, wie sehr der Schmied ihn hasste und wie gerne er ihn quälte.

„Seid gegrüßt, Wache! Womit kann ich Euch dienen?", fragte der Schmied mit lauter Stimme und klatschte in die Hände.

„Seid gegrüßt, Schmied! Herr Adrastos wünscht, dass dieser Sklave erneut gebrandmarkt wird. Die Narbe ist verblasst, kaum noch zu sehen", erklärte die Wache und stieß dem Jüngling grob in den Rücken.

„Lange habe ich keine Schreie mehr vernommen, wenn ich das Metall auf die Brust von diesen Schelmen gedrückt habe." Der Schmied lachte kalt auf und spuckte auf den Boden, direkt vor den Sklaven, welcher erschrocken zusammenzuckte.

„Diese Freude werdet Ihr nicht verspüren können. Er ist der Stumme, der nutzloseste von ihnen. Hübsch aussehen kann er, seit Iduna Gefallen an ihm gefunden hat und sie und der Heiler ihn pflegen."

„Quälen wird er sich, da verlasst Euch drauf", knurrte der Schmied und griff nach einem Brandeisen, welches an der Wand lehnte, legte es in die glühende Kohle und hieß den anderen Sklaven, es war Niam, der Bruder Alvars, welcher unscheinbar und scheu dastand, das Feuer anzuheizen. Dieser warf Freylion einen traurigen Blick zu und betätigte angestrengt den Blasebalg.

„Ich schlage vor, dass wir ihn auf die Streckbank legen, so kann er sich nicht wehren und ich kann gut arbeiten, damit das Mal deutlich wird", sagte der Schmied und lachte. Es klang wie das Bellen eines Hundes.

„Den Arbeitstisch kann ich zur Streckbank machen, Gewichte habe ich zur Genüge."

„So sei es!", antwortete die Wache und stieß Frey grob an, „Du hast doch gehört, dass du den Arbeitstisch leeren sollst. Das nächste Mal wartet der gespickte Hase auf dich, wenn du nicht gehorchst!"

Freylion nickte und erhob sich.

Der Sklave begann zügig den Tisch zu leeren. Altes Metall füllte er in einen leeren, maroden Eimer und stellte diesen zur Seite. Die Werkzeuge hängte er an ihren Platz und fiel anschließend wieder auf die Knie.

Der Schmied holte derweil Ketten und Gewichte herbei und die Wache legte den Sklaven in Fesseln.

„Zunächst wirst du zwanzig Peitschenschläge empfangen, du hast Waffen berührt, ohne vorher um Erlaubnis zu bitten", lachte die Wache und bedeutete dem Schmied, den Sklaven zwischen zwei Balken zu binden.

„Zehn Schläge dürft Ihr ihm verabreichen, wenn Ihr dies wünscht. Eure Kraft ist größer als die meine und dies wird ihm eine Lehre sein." Die Wache lachte gehässig.

Frey musste seine Tunika ausziehen. Sie lag nun auf dem Boden, in all dem Ruß und Staub, während die Wache die Peitsche zückte.

Der zweite Sklave blickte Frey mitleidig an. Natürlich kannte er Frey. Die Sklaven standen sich bei, trösteten einander und sorgten sich um ihre Gefährten.

Es waren nicht die ersten Schläge, welche Frey empfing, er war an den Schmerz gewöhnt, und doch zerriss es ihn ein jedes Mal, äußerlich, wie innerlich, wenn seine Haut zerschlagen wurde. Doch er versuchte, ruhig zu bleiben. Die Wachen liebten es, wenn Frey sich vor Schmerzen wand und leise Geräusche von sich gab.

Doch seit seine Wunden gepflegt wurden, seit man sich um ihn kümmerte, wurde Frey ruhiger, wenn ihn eine Strafe ereilte. Er wand sich kaum in seinen Fesseln, blieb stumm und ließ die Strafe über sich ergehen.

Die Peitsche traf ihn und zerschlug seinen Rücken immer und immer wieder. Vielleicht war es die Angst vor dem, was ihm noch bevorstand, vielleicht war sein Körper jedoch lediglich nicht so stark, wie er glaubte. Zumindest begann Freylion sich in seinen Fesseln zu winden.

Es fühlte sich an, als würde ein Höllenfeuer auf seinem Rücken wüten, als der Wachmann seinen letzten Schlag tat.

Frey spürte das Verlangen, aufzuatmen, doch war ihm bewusst, dass die Qualen sich nun um ein Vielfaches verstärken würden. Der Schmied ergriff nun die Peitsche und ließ ein lautes Lachen hören.

Erst einmal hatte er Frey bestraft. Der Sklave war kaum in der Schmiede, war zu schwach, um den Blasebalg zu betätigen. Zudem schützte Alvar ihn davor, in die Nähe des Schmiedes zu geraten, der gleichsam ein begnadeter Folterknecht war, welcher sich an den Schreien seiner Opfer erfreute, diese gleich köstlicher Nahrung aufnahm und sich an ihnen sättigte. Er strafte Frey zuletzt, als man ihm vorgeworfen hatte, Adrik töten zu wollen, und ihn tagelang in den Kerkern folterte, ihn sogar öffentlich demütigte, ihn in der nächsten Stadt anprangerte. Zahlreiche Narben hatte der Schmied auf seinem Körper und auf seiner Seele hinterlassen und nun würden es mehr werden.

Der Schmied holte aus und schlug zu. Frey zuckte zusammen, wand sich und stieß Schmerzenslaute aus. Er spürte, dass ihm Blut über den Rücken floss. Es floss wie die Tränen über seine Wangen, als der Schmied zu einem zweiten Schlag ausholte und den Rücken ein zweites Mal aufschlug. Die Haut des Sklaven fühlte sich an, als würde der Schmied ihm das Fleisch von den Rippen schlagen, auch wenn besagtes Fleisch nicht vorhanden war. Trotz der besseren Pflege glich Frey mehr einem Skelett als einem gesunden Menschen. Ein dritter Schlag traf ihn, dieses Mal auf das linke Schulterblatt. Frey gab einen klagenden Laut von sich und wand sich in seinen Fesseln. Der vierte Schlag streckte sich quer über seinen Rücken, riss die Haut ein weiteres Mal auf. Ein fünfter Schlag folgte sogleich, traf nahezu dieselbe Stelle noch einmal. Auch der sechste und der siebte Schlag folgten dicht hintereinander. Die letzten drei Schläge waren die schlimmsten. Frey wusste, dass er in den nächsten Nächten nicht würde schlafen können.

Der Schmied lachte und warf die Peitsche zur Seite, während die Wache Freylion aus den Ketten löste und den Sklaven, welcher sich kaum noch auf den Beinen halten konnte, auf den Arbeitstisch des Schmiedes zuführte.

Gemeinsam mit dem Schmied begann die Wache den Sklaven mit der Hilfe von zahlreichen Gewichten zu fixieren.

Kalter Schweiß bedeckte die Haut des Jünglings, seine Brust hob und senkte sich schnell. Die Angst übertraf den Schmerz seines geschundenen Rückens, welcher sich verstärkte, als Frey sich auf den dreckigen Arbeitstisch des Schmieds legen musste. Rücklings.

„Mein Herr!", sagte da der andere Sklave und sank voller Ehrfurcht auf die Knie, „Ich erbitte die Erlaubnis, ihm beistehen zu dürfen."

„Hinausbegleiten darfst du ihn in wenigen Momenten! Du hast rein gar nichts zu erbitten, Sklave! Du hast zu gehorchen. Dein Herr wird nicht erfreut sein, wenn ich zu ihm gehen und dein Verlangen berichten werde! Das Feuer anheizen sollst du!", antwortete der Schmied barsch und griff nach dem Brandeisen, welches rot glühte und zischte, als der Schmied mit einem bösen Lächeln darauf spuckte.

Freylion konnte sich nicht bewegen, sein Körper wurde aufgrund der errichteten Streckbank weit gestreckt, auf seinem Bauch befanden sich ebenfalls schwere Gewichte, aber vor allem lähmte ihn die Angst.

Die schmutzige linke Hand des Schmiedes legte sich auf seine linke Schulter und drückte diese fest auf den Tisch. Dann presste der Schmied das glühend heiße Metall auf die vernarbte Haut der linken Brustseite Freys.

Der Sklave zuckte, stieß Schmerzenslaute aus, welche dem anderen Sklaven die Tränen in die Augen trieben. Frey wollte sich winden, dem Schmerz entziehen, doch konnte es nicht.

Fest wurde das Metall auf seine Haut gepresst, nagelte ihn nahezu auf die Tischplatte. Der Schmied wartete, bis das Brandeisen nicht mehr rot glühte, und nahm es anschließend von der Haut Freys.

„Bring ihn hier raus!", befahl der Schmied dem anderen Sklaven und griff nach einem Schwert, welches noch nicht fertig geschmiedet war, während die Wache den wimmernden Sklaven von seinen Fesseln erlöste. Selbst besagte Wache verspürte ein kleines Gefühl des Mitleides, als sie auf die ergebene, sich vor Schmerz zusammenkrümmende Kreatur blickte, deren Rücken zerschlagen war und deren Brust von einem frischen Brandmal geziert wurde.

Der zweite Sklave, Niam, hob vorsichtig die Tunika Freylions auf und half dem Jüngling, sich aufzusetzen, zog ihm die Tunika über den Kopf und ihn selbst anschließend auf die nackten Füße, legte dabei einen Arm um Frey, um ihm Trost und Liebe zu spenden.

„Frey, suche Iduna und Alvar, wenn du kannst und möchtest! Sie werden dir helfen", murmelte der Sklave leise, bevor er Freylion losließ und in die Schmiede zurückkehrte.

~

Doch Frey suchte die beiden nicht. Er fühlte sich so elend wie noch nie zuvor in seinem Leben.

Nun, wo alles nicht mehr so furchtbar war, nun, wo er beinahe keine Schmerzen mehr verspürte, nahezu frei war … Und jetzt kennzeichneten sie ihn ein weiteres Mal als ihr Eigentum.

All seine Narben waren Freylion egal. Manche mochte er, machten sie ihn doch zu dem, der er war. Doch eine Narbe war ihm verhasst: Das Brandmal, welches ihn als Gegenstand, als Eigentum auszeichnete, ihn auf einen Platz verwies, welchen niemand besetzen sollte.

So glücklich war er gewesen, als er sah, dass das Mal verblasste … Und nun war es wieder da, deutlicher und schmerzhafter als je zuvor.

Als dem Sklaven bewusst wurde, welch Gedanken er hegte, wie sehr sie sich um ihn selbst drehten, wie wichtig er sich selbst darstellte, zuckte der Sklave erschrocken zusammen. Er durfte solche Gedanken nicht hegen, durfte lediglich gehorchen.

Doch seit Iduna mit ihm zusammengestoßen war, seit dem vergangenen Winter, ertappte Freylion sich immer häufiger dabei, dass er nachdachte, wieder damit begann, alles in Frage zu stellen, sich immer öfter ausmalte, wie es ihm gehen würde, wenn all das nicht passiert wäre, wenn man ihn nie versklavt hätte.

Ihm war bewusst, dass er solche Gedanken nicht hegen durfte, dass er lediglich zu gehorchen hatte, doch schien er seine Gedanken nicht mehr kontrollieren zu können.

Er stellte sich vor, frei zu sein und verfluchte sich selbst für diesen Wunsch. Er veränderte sich von Tag zu Tag zu jemandem, der er nicht sein durfte und wollte.

Die Angst vor den anderen, vor der Welt, vor sich selbst wuchs, übermannte ihn und zwang ihn in die Knie.

Frey wollte kein Gefangener sein, wollte kein Brandmal auf seiner Brust tragen, er wollte frei und glücklich sein und dieser Wunsch ängstigte ihn. Er ängstigte ihn so sehr, dass er begann zu laufen, so schnell ihn seine Beine trugen.

Er sah nicht, was um ihn herum geschah, hörte nichts außer seinem eigenen Herzschlag und spürte lediglich den brennenden Schmerz von den Peitschenschlägen und dem Brandmal, welcher ihm einen Stich in sein Herz versetzte.

Frey schreckte erst auf, als Hände nach ihm griffen und ihn grob zurückrissen.

„Du hast die Burg nicht zu verlassen, Sklave!", schrie eine Wache und ohrfeigte ihn.

Frey sank auf die Knie. Aus Angst, Demut und zumal seine Beine ihn nicht länger tragen konnten.

„Dein Herr wird sich freuen, dich strafen zu können!" Die Wache lachte boshaft und zog Frey mit sich auf die Burg zu, öffnete die Tür und trieb den Sklaven anschließend vor sich her, jedoch ohne seinen Oberarm loszulassen, um welchen sich die Hand der Wache schmerzhaft gelegt hatte.

„Frey!", rief da eine Stimme und der Kopf des Sklaven fuhr schlagartig herum. Auch die Wache blieb stehen und wandte sich der Stimme zu, welche Iduna gehörte, die sich nun mit raschen Schritten näherte.

„Was ist geschehen?", fragte sie und schenkte der Wache einen Blick, welcher Wasser in Eis hätte verwandeln können.

Diese ließ Frey los, welcher augenblicklich auf die Knie sank und den Kopf senkte.

„Majestät, dieser Sklave wollte die Burg verlassen, unerlaubt! Ich bringe ihn nun zu seinem Herrn, damit er eine gerechte Strafe empfängt", erklärte die Wache und verneigte sich leicht vor Iduna.

„Ihr werdet nun verschwinden und Frey mir überlassen!" Die Stimme der Kriegerin klang gefährlich, gleich einem wütenden Bären, und veranlasste die Wache dazu, zuzustimmen und davonzulaufen, so schnell sie konnte.

Iduna fiel vor Frey auf die Knie und nahm seine Hände in ihre.

„Was ist geschehen, Frey? Deine Tunika ist blutig", fragte sie ein weiteres Mal und blickte Frey an, welcher ihren Blick jedoch nicht erwiderte.

„Frey, sieh mich an, ich bitte dich!", sagte Iduna und seufzte verzweifelt. Frey hob seinen Blick, sah Iduna in die Augen, und prompt verstärkte der Tränenfluss sich und Frey senkte sein Haupt wieder.

Iduna fragte sich, was geschehen war. Der junge Sklave war sehr sensibel, doch so aufgelöst hatte sie ihn noch nie erlebt.

Rasch hielt sie seine Hände fest, als dieser sie zurückziehen wollte, und blickte den Jüngling nachdenklich an.

„Magst du mir deinen Rücken zeigen?", fragte Iduna nun, doch Freylion schüttelte bloß den Kopf und schniefte leise.

„Ich bringe dich zu Mímir", beschloss Iduna, erhob sich und zog auch Freylion auf die Füße.

Sie setzte sich in Bewegung und schob den Sklaven sanft vor sich her, blickte ihn jedoch besorgt an. Die Blutflecke verhießen nichts Gutes.

Die Kriegerin fragte sich, was wohl geschehen war. Entweder hatte Frey einen schwerwiegenden Fehler begangen oder man tat ihm etwas an, was ihn mehr als nur körperlich verletzte.

~

Iduna öffnete die Tür zu dem Raum, in welchem Mímir heilte, und stutzte. Auf der Liege saß Adrik, welcher sich ein Tuch um die Hand binden ließ.

„Iduna!", rief er erstaunt, jedoch nicht unerfreut, „Was tust du hier?"

Dann fiel sein Blick auf Frey, welcher auf die Knie glitt, und sein Haupt senkte.

„Dein Sklave hat zu warten, bis ich fertig bin!", blaffte der Sohn des Fürsten.

Iduna jedoch beachtete ihn nicht, zog Frey wieder auf die Füße und schob ihn in den Raum hinein.

„Mímir, sein Rücken ist voller Blut und er verhält sich seltsam", sagte Iduna besorgt.

Der Heiler blickte den aufgelösten Sklaven an.

„Setze dich neben Adrik auf die Liege, Frey!", befahl er schließlich und wandte sich dem Sohn des Fürsten zu, „Iduna, bitte sieh dir den Rücken Freys an und reinige die Wunden. Er ist vermutlich ausgepeitscht worden. Ich denke, es war der Schmied. Auch ahne ich, warum er so aufgelöst ist. Ich werde dir zur Hand gehen, sobald ich Adrik behandelt habe."

Frey gehorchte schluchzend, setzte sich neben Adrik auf die Liege, welcher zu protestieren begann.

„Ich kann dich gern gehen lassen, Adrik. Als Heiler ist es meine Entscheidung, wo meine Patienten Platz zu nehmen haben", erklärte Mímir kühl und gebot dem Braunhaarigen, seinen linken Beinling auszuziehen, welcher einige Risse aufwies.

Auch Iduna wies Frey an, seine Tunika auszuziehen, doch der junge Sklave zögerte.

„Tu, was sie sagt, und sei ihr gefälligst dankbar!", fauchte Adrik den Sklaven an und entblößte ein blutendes Schienbein und Knie.

Frey schluchzte auf, schlüpfte jedoch aus der Tunika heraus und presste diese an seine Brust. Iduna griff vorsichtig danach, doch Frey ließ die Tunika nicht los. „Frey!", rief Iduna verblüfft und zog ihm die Tunika schließlich aus den Händen.

Dann erstarrte sie.

„Frey", flüsterte sie wieder, als der Sklave beschämt den Kopf senkte und ein weiterer Bach an Tränen seine Wangen herunterfloss.

Nun verstand Iduna, warum der junge Sklave so sehr weinte, warum er sich so traurig verhielt, so verletzt wirkte.

Ohne nachzudenken, trat Iduna auf ihn zu und schloss den Jüngling in die Arme, drückte ihn an sich, hielt ihn fest.

Nach einiger Zeit schlang auch Frey seine Arme um Iduna und drückte sein Gesicht an ihre Schulter. Leises Schluchzen kam über seine Lippen und der schmale Körper zitterte in ihren Armen. Doch Iduna ließ Frey nicht los, wusste, dass diese Umarmung wichtiger war als das Reinigen von Wunden.

„Iduna, die Wunden bluten stark. Ich bitte dich, diese nun zu versorgen", sagte Mímir und tupfte gleichzeitig das Bein Adriks mit einem feuchten Tuch ab.

Iduna nickte und Frey ließ sie vorsichtig los. Die Kriegerin trat nun hinter den Sklaven und griff ebenfalls nach einem feuchten Tuch, gab es jedoch Frey.

„Drücke dies auf das Brandmal!", sagte sie leise und nahm sich ein weiteres, mit welchem sie begann, das Blut von Freys Rücken zu waschen.

Bei jeder Berührung wurden die Geräusche, welche Frey von sich gab, herzzerreißender. Iduna jedoch war bewusst, dass sie ihre Tat nicht unterbrechen durfte, zumal die Wunden sehr stark bluteten.

„Lassen die Blutungen nach?", fragte Mímir besorgt, während er das Schienbein Adriks verband.

„Das tun sie, jedoch sehr langsam", antwortete Iduna mit besorgter Stimme.

„Er hat es verdient", sagte Adrik und schnaubte leise. „Adrik, Frey hat dir nicht ein Haar gekrümmt. Du siehst diese Wunden, siehst, dass er Schmerzen hat, und fügst ihm mit jedem Wort, das du von dir gibst, weitere zu, verstehst du das nicht? Nun sei still und gib lieber darauf acht, dass Frey das Brandmal kühlt!", rief Iduna wütend und fuhr damit fort, die Wunden zu waschen.

Der Sklave jedoch beruhigte sich nicht, seine Tränen flossen gleich Bächen seine Wangen hinab, und der zarte Leib wurde von dem leisen Schluchzen geschüttelt. Völlig verängstigt hockte er neben Adrik und winselte gleich einem geprügelten Hund.

Verzweifelt blickte Iduna den alten Heiler an, welcher leise aufseufzte.

„Adrik, ich bitte Euch, Euch für einen Moment zu gedulden und Euer Knie mit dieser Salbe einzureiben. Ihr kennt die schmerzenden Stellen am besten. Anschließend müsst Ihr einen Moment warten, damit die Salbe wirken kann, bevor ich ein Tuch um Euer Knie binden werde", sprach er zu dem Sohn Belials und reichte ihm einen kleinen Behälter mit einer gut duftenden Salbe, „Ich werde derweil deine Wunden versorgen, Freylion."

Mímir erhob sich und trat neben Iduna. Diese reichte ihm das Tuch und setzte sich ebenfalls auf die Liege, zog Frey auf ihren Schoß, hielt ihn fest, gab ihm Halt.

Vorsichtig drehte sie den Jüngling ein wenig, sodass sein Rücken weiterhin von Mímir behandelt werden konnte.

Nach einigen Momenten begann Frey sich an Iduna festzuhalten. Seine Finger krallten sich nahezu in ihre Tunika. Der Sklave wimmerte noch immer, von Sekunde zu Sekunde schienen seine Tränen mehr zu werden, sein Wimmern und Schluchzen intensiver.

Der Heiler arbeitete so vorsichtig, wie er nur konnte, doch war es schier unmöglich, den Sklaven zu beruhigen.

Schließlich gelang es ihm, die Blutungen zu stoppen, und er wandte sich dem Brandmal zu. Adrik war völlig vergessen. Mímir kühlte das Brandmal, wusch und salbte es.

„Iduna, ich bitte dich, seine Tunika auszuwaschen. Sauber muss sie sein, damit die Wunden sich nicht entzünden. Kümmere dich ein wenig um ihn und lenke ihn etwas ab!", sprach Mímir und widmete sich erneut der Verletzung des Fürstensohns.

„Hab Dank!", antwortete Iduna und zog Frey vorsichtig auf die Füße.

~

Gemeinsam liefen sie zu dem großen Brunnen in der Mitte des Burghofes. Frey begann, sich langsam zu beruhigen, als Iduna einen Eimer mit Wasser befüllte und die Tunika Freys hineintauchte.

„Frey!", rief da die Stimme Alvars, und Iduna sah den Hünen auf sich und Freylion zulaufen. Ohne auch nur ein Wort zu verlieren, nahm er den Jüngling in die Arme.

„Dieser Mensch gehört erhängt!", stieß der Anführer der Sklaven hervor, als er das Brandmal betrachtete, „Er hat dies nur veranlasst, um Iduna zu zeigen, dass du ihm gehörst. Lasse dich von diesem Menschen nicht zerstören Frey, hörst du? Hier sind so viele Menschen, die für dich kämpfen und sich um dich kümmern. Sieh nur zu diesen, nicht zu Belial, nicht zu Adrik und nicht zu Adrastos!"

Iduna nickte, während Frey sich die letzten Tränen von den Wangen wischte. Dann versuchte sie, die Tunika Freys zu waschen, vergeblich.

Alvar begann zu lachen.

„Frey wird dir hoffentlich zeigen, wie man Kleidung reinigt, Iduna. Ich muss nun meinen Aufgaben nachgehen." Mit diesen Worten wandte der Hüne sich ab und eilte davon.

Frey ergriff derweil vorsichtig den Eimer und ging wieder auf die Burg zu.

Erlaubst du, dass wir in dein Gemach gehen?

Der Kohlestift formte erneut Worte auf der blassen Haut des Unterarmes des Sklaven.

Iduna nickte und folgte Frey, welcher geduckt durch die Gänge huschte, jedoch stehen blieb, als Adrastos seinen Weg kreuzte.

„Wie ich sehe, hat der Schmied sein Werk vollbracht", sagte der kleine Mann leise, während Freylion auf die Knie fiel, „Und bestraft hat man dich auch."

„Und nun fordert Mímir seinen Dienst. Gehabt Euch wohl!", zischte Iduna, zog Frey auf die Füße und schob ihn vor sich her in ihr Gemach.

Dort angelangt blickte Frey sie dankbar an, formte ebenfalls dankende Worte mit den Lippen und hockte sich anschließend, zu Idunas Überraschung, vor den Kamin.

„Was tust du da?", fragte die Kriegerin verwundert, als Frey eine Hand voll Asche aus diesem entnahm und auf den Eimer zusteuerte.

Frey kniete sich vor den Eimer und goss die Asche auf die Tunika. Anschließend begann er diese zu waschen. Staunend beobachtete Iduna den Sklaven.

„Nutzt man keine Seife, um Kleidung zu reinigen?", fragte sie vorsichtig. Frey nickte, deutete jedoch stumm auf seinen Halsring und Iduna verstand. Jedoch entfaltete auch die Asche ihre Wirkung, und nach einiger Zeit drückte Frey den triefenden Stoff über dem Eimer zusammen.

„Möchtest du mir vielleicht dabei helfen, den morgigen Geburtstag des Königs vorzubereiten?", fragte Iduna, die die Tunika Freys vorsichtig auf ihr Bett gelegt hatte. Zu ihrer Überraschung nickte Frey und Iduna öffnete eine Truhe, in welcher sie die Geschenke für den König verwahrte.

Neugierig hockte Frey sich neben sie und blickte die zahlreichen Dinge an.

„Sieh dir die Geschenke ruhig genauer an", sagte Iduna lächelnd, während sie einige Stoffe aus der Truhe zog, in welche sie die Geschenke einschlagen wollte.

Neugierig griff Frey also nach einem Lederbuch und öffnete es. Dreizehn Seiten waren mit Bildern gefüllt. Jede Seite zeigte ein Gemälde des Prinzen. Jedes Jahr am Tage seines Geburtstages wurde er einst gemalt.

„Asilos vergaß, dass es dieses Buch gibt, doch war er beinahe jeden Abend seit unserer Rückkehr in den Gemächern seines Sohnes. Er vermisst ihn so sehr."

Frey lauschte den Worten Idunas aufmerksam, während er durch die Seiten blätterte. Das letzte Bild blickte er lange an. Neben Frey war auch Iduna auf dem Pergament abgebildet.

„Wenige Stunden, nachdem dieses Bild entstanden ist, war er fort", sagte Iduna traurig, „Zu gern wüsste ich, wo er ist, wie es ihm geht und ob er noch lebendig ist."

Vielleicht denkt er in genau diesem Moment an dich, Iduna. Vielleicht hofft auch er darauf, dir eines Tages gegenüberzutreten zu können, so, dass du dir sicher bist, dass er vor dir steht und nicht ein doch so fremder Mann, welcher sich als der Prinz ausgibt.

„Danke, Frey!", flüsterte Iduna, als sie diese Worte las und drückte den Sklaven zärtlich an sich.

~

Auch in der folgenden Nacht blieb Frey bei Iduna, doch verließ er ihr Gemach noch vor Sonnenaufgang, um seiner Arbeit nachzugehen.

Iduna hingegen betrat nach einem üppigen Mahl die Gemächer des Königs, um ihn allein beglückwünschen zu können.

Lächelnd drückte der König sie an sich, als er die ersten Geschenke aus dem Stoff befreite. Dann hielt er das Buch in seinen Händen. Beinahe ehrfürchtig schlug er Seite für Seite um.

„So glücklich wie an diesem letzten Tag habe ich ihn nie erlebt. Ich kann ihn nicht finden, Iduna, doch du wirst ihn eines Tages wiedersehen", sagte der König und ergriff ihre Hand.

„Und welche Überraschung erwartet mich in diesem Umschlag?", fragte der König Iduna nun lächelnd.

„Frey gab ihn mir mit den Worten, dass er den Brief im Auftrag einer ganz bestimmten Person überbringe", erklärte die Kriegerin, selbst voller Spannung, von wem der Brief wohl war.

Der König öffnete vorsichtig den Umschlag und zog sorgfältig gefaltetes Pergament aus diesem hervor. Er zog es vorsichtig auseinander, entfaltete es behutsam und begann, die geschriebenen Zeilen zu lesen. Bei jedem Wort schienen seine Augen größer zu werden, ebenso wie die Neugier Idunas.

„Was steht in dem Brief? Wer verfasste ihn?", fragte Iduna nun neugierig. Ohne ein Wort zu sagen, reichte Asilos ihr den Brief und schritt zur Tür. Die Kriegerin vernahm seine Stimme, er schien einen Befehl an eine der Wachen zu geben. Dann blickte sie auf die Worte.

Mein König,

ich denke, nun, wo Ihr diese Worte lest, beginnt Ihr zu ahnen, wer ich bin. Ich bin Freylen, Euer Sohn. Ich möchte Euch auf diesem Wege meine herzlichsten Glückwünsche zu Eurem Geburtstag überbringen. Viele Jahre blieb Euch der Anblick meiner Wenigkeit verwehrt und ich muss Euch leider mitteilen, dass es mir nicht möglich ist, Euch unter die Augen zu treten, so sehr ich es auch wünsche. Ich erfuhr, dass Ihr Euch verändert habt, und bin gewillt, diesen Nachrichten Glauben zu schenken. Ich weiß, dass Ihr nicht mehr nach mir sucht, mich für tot haltet, doch bin ich am Leben, auch wenn man mich nicht mehr als Prinzen erkennt. Der Sklave Frey kennt mich, doch bitte ich Euch, ihn nicht nach mir zu fragen. Er wird Euch keine Antwort auf Eure Fragen geben. Ich schreibe diesen Brief, um mich von Euch zu verabschieden, hoffe doch so sehr, dass Ihr glücklich seid und dieses Glück in Euer Königreich strahlen lasst.

Prinz Frey

Iduna blickte auf das Pergament, als habe man sie geschlagen. Nach mehr als acht Jahren gab der Prinz ein Lebenszeichen von sich!

Sie sah auf, blickte in die Augen ihres Königs.

„Frey?", fragte sie vorsichtig.

„Nach all den Jahren verabschiedet er sich", antwortete der König leise, „Ich habe nach dem blonden Sklaven schicken lassen. Er soll uns verraten, wo mein Sohn sich aufhält."

„Frey schrieb, dass Freylion uns kein Wort sagen wird", entgegnete Iduna.

Da klopfte es zaghaft an der Tür zu den Gemächern des Königs. Dieser ging schnellen Schrittes auf diese zu und öffnete sie. Vor der Tür stand, klein, in schmutziger Kleidung und unterwürfiger Haltung, Freylion. Den Blick hielt er gesenkt und, sobald der König die Tür öffnete, fiel er auf die Knie.

„Komm herein!", sagte der König und zog die Tür vollständig auf. Frey erhob sich und lief geduckt an Asilos vorbei, betrat den Raum und blickte sich scheu in dem Gemach um.

„Frey", sagte Iduna da leise, um den Sklaven nicht zu erschrecken. Augenblicklich waren die blauen Augen auf sie gerichtet.

„Nimm doch Platz!", sagte da der König und wies auf einen bequemen Stuhl. Iduna sah, dass Freylion spürte, dass etwas nicht stimmte. Dennoch folgte der junge Sklave der Anweisung und ließ sich langsam auf dem Stuhl nieder.

„Wenn du ihm weh tust, werde ich es dir nie verzeihen", sagte Iduna leise zu Asilos, welcher sich vor den jungen Sklaven gestellt hatte. Der König schien die Worte Idunas nicht zu vernehmen.

„Sieh mich an!", sprach er mit strenger Stimme zu dem Sklaven. Zögernd folgte der dem Befehl, richtete seinen Blick auf die Augen seines Königs, schien ihn augenblicklich wieder senken zu wollen.

„Am gestrigen Tage wurdest du gebrandmarkt?", fragte der König nun und Frey nickte. „Zeige mir das Brandmal!", befahl er nun und wieder gehorchte der junge Sklave.

Das Mal war gerötet und geschwollen, doch Mímir schien es am heutigen Tage bereits mit einer Salbe bestrichen zu haben.

„Mímir soll dich weiterhin behandeln. Und du wirst mir nun verraten, wo mein Sohn sich aufhält", sagte der König harsch.

Mein Herr, bitte verzeiht, jedoch ist es mir nicht gestattet, über diesen Menschen zu sprechen. Ganz gleich, was Ihr tut, ich kann und darf nicht sagen, wer er ist und wo er sich aufhält.

Diese Worte notierte der Jüngling auf etwas Pergament. Wutentbrannt ohrfeigte der König den Sklaven und blickte ihn zornig an.

„Asilos!", rief Iduna erschrocken und zog den König zurück, „Wage es ja nicht, Frey noch ein Haar zu krümmen!"

„Lieber solltest du mir helfen als ihm! Dir sollte bewusst sein, dass du dich am heutigen Abend mit Adrik verloben wirst, sollte mein Sohn nicht wiederkehren!", rief Asilos wütend.

„Er kennt Freylen! Dies heißt nicht, dass er weiß, wo er sich aufhält", entgegnete Iduna, ebenso wütend wie der König. Beide wandten sich dem Stuhl zu, doch dieser war leer. Die Tür stand auf und von Freylion war keine Spur mehr zu sehen.

~

Iduna machte sich auf die Suche nach dem Sklaven, doch fand sie ihn nicht. So kam es, dass sie sich auf das Fest und ihre Verlobung vorbereiten musste.

Die Zofen in ihrem Heimatschloss packten ihr edelstes Kleid in die Truhe, ein Gewand aus dunkelrotem Stoff mit weiten gefütterten Ärmeln, einem edlen Rock und einem eckigen Ausschnitt. Es war ein Kleid, das einst ihrer Mutter gehörte.

Vorsichtig schlüpfte Iduna in ihr Gewand und eine Zofe schloss die Schnürung am Rücken. Anschließend zähmte die junge Frau die langen Haare ihrer zukünftigen Königin und setzte ihr ein goldenes Diadem auf ihr Haupt. Dazu passend erhielt Iduna eine Kette, Armreifen und Ringe.

Als die junge Frau sich in dem Spiegel erblickte, wurde ihr Blick jedoch traurig. Selten war es, dass Iduna sich in solch einem Kleid wohlfühlte. Nun war es der Fall, doch trug sie dieses Kleid, um zu verhindern, dass Adrastos Freylion töten ließ. Noch zu gut erinnerte sie sich an den kühlen Blick und die harten Worte, welche der Berater zu ihr sprach, nachdem die Wache Frey fortgebracht hatte, um, wie sie nun wusste, das Brandmal Freys zu erneuern.

~

„Iduna, gut seht Ihr aus!", rief da eine der Damen, welche Iduna bei dem Dinner, bei welchem Frey sie begleitete, kennengelernt hatte.

„Habt Dank und lasset mich sagen, dass ich dieses Kompliment nur zurückgeben kann", antwortete Iduna und zwang sich zu einem Lächeln.

„Sagt, wo ist denn der junge Mann, welcher Euch im Winter begleitete?", fragte sie neugierig und blickte Iduna an.

„Iduna ist heute mit mir als Begleitung auf diesem Feste erschienen", sagte da Adrik und legte einen Arm um die Thronfolgerin.

„Er ist nicht anwesend", antwortete Iduna und wandte sich eiligst, jedoch mit einem höflichen Lächeln ab. Adrik folgte ihr lächelnd.

„Dein Frey ist hier, Iduna", flüsterte er mit einem gemeinen Unterton in seiner Stimme. Augenblicklich wandte Iduna den Kopf und blickte sich suchend nach dem blonden Haarschopf um. Doch sie erblickte ihn nicht. „Mein Sohn!", rief da der Fürst und Adrik nickte Iduna zu, bevor er verschwand.

Der Kriegerin war es recht, allein zu sein. Sie bahnte sich einen Weg durch die Menge und suchte mit den Augen nach Frey. Sie ahnte nicht, dass dieser sie beobachtete, sein Blick, der voller Verzweiflung war, klebte an ihr.

Frey war so unaufmerksam, dass er nicht mehr darauf achtete, wo er entlangging. In seinen Händen trug er ein Tablett mit einem Fasan. Mit einem Mal jedoch stolperte er und prallte gegen eine der anwesenden Damen. Das Tablett rutschte aus seinen Händen und kam mit einem lauten Krachen auf dem Boden auf. Die anwesende Menge fuhr herum.

Frey fiel auf die Knie, spürte die Blicke so vieler Menschen auf sich, wollte sich verstecken, fort von diesem grausamen Ort.

„Du bist das?", fragte eine der Damen. Vor wenigen Monaten noch saß sie gegenüber von ihm an einem Tisch und speiste, „Mit solch Abschaum saß ich speisend an einem Tisch!"

Entsetzt griff die Frau nach dem Arm ihres Gemahls. Doch die Dame, gegen welche Frey stolperte, welche vor einigen Monaten ebenfalls an diesem Tisch gesessen hatte, die älteste der Anwesenden, hob beschwichtigend die Hände, bückte sich sogar und half Frey auf die Füße.

„Es ist alles in Ordnung", sagte sie beschwichtigend, „Ein jeder von uns stolpert einmal."

Doch da bahnte sich Adrik einen Weg durch die Menge und Frey ließ sich augenblicklich wieder auf die Knie fallen.

„Dieser Fasan war dem König vorbehalten. Du allein trägst die Schuld an all dem, was geschehen ist!", fauchte der Sohn des Fürsten und holte zu einem Schlag aus.

„Adrik, halte ein!", rief Iduna da. Die Kriegerin bahnte sich nun ebenfalls einen Weg zu Frey. „Es ist die Wahl der Dame, ob sie verlangt, dass man Frey bestraft!", rief sie und baute sich vor den Männern auf. Besagte Dame schüttelte derweil sachte den Kopf. Iduna nahm dies mit einem Nicken zur Kenntnis.

„Steh auf, Frey!", sagte sie zu dem jungen Sklaven, welcher ihren Befehl befolgte, sie jedoch nicht ansah. „Diese Worte richte ich nun an alle Anwesenden!", begann Iduna, „Frey ist einer von 56 Sklaven auf dieser Burg, doch lasset mich sagen, dass auch er ein Mensch ist. Als er gut gekleidet und frisiert an einem Tisch saß, haben einige der heute anwesenden Gäste ihn gelobt, mit ihm gesprochen, als sei er ein Fürst, obwohl er ein Sklave ist. Und auch als solcher hat er Empfindungen und Bedürfnisse, welche gestillt werden müssen. Und um allen zu zeigen, dass ich als zukünftige Königin weiß, dass ein jeder von uns ein Mensch ist, fordere ich dich, Frey, dazu auf, mit mir zu tanzen!"

Schlagartig durchlief ein Raunen die Anwesenden. Adrik ließ von Frey ab, blickte Iduna wie erschlagen an, ebenso die anderen Anwesenden. Sie alle schienen wie erstarrt, außer Frey. Dieser wich erschrocken zurück, Schritt für Schritt. Dann wandte er sich um und begann zu rennen. Er rannte so schnell, wie er es noch nie getan hatte, fühlte sich, als würde man sein Herz zerbrechen, fühlte sich noch elender als am Vortag.

„Wachen! Haltet ihn!", rief da Adrastos aus dem Saal heraus. Iduna eilte sich, den Sklaven einzuholen, doch war dieser schneller, als sie glaubte. Als sie ihn erreichte, konnte sie noch sehen, wie zwei Wachen ihn packten und zu Boden warfen.

„Lasst ihn!", rief die Kriegerin und fiel neben Frey auf die Knie. Dieser rutschte augenblicklich von ihr fort. Blut tropfte von seinen Knien und seinen Handflächen. In seinen Augen spiegelten sich Angst, Verzweiflung und etwas, das Iduna an Wut erinnerte.

„Frey?", fragte sie verwundert und wollte nach seiner Hand greifen, doch Frey zog diese fort.

„Frey, ich bitte dich, tanze mit mir! Tanze mit mir nur dieses eine Mal. Einmal nur möchte ich noch mit jemandem tanzen, den ich mag. Einmal möchte ich, dass du mit jemandem tanzt, dem du vertraust. Einmal nur, bevor sie auch mich in Ketten legen", flüsterte Iduna ihm zu. Frey hob den Blick, verstand ihre Worte, dann ergriff seine Hand vorsichtig die ihre. Iduna lächelte ihm aufmunternd zu, bevor sie sich erhob und Freylion mit sich zog.

Gemeinsam liefen sie zurück in den Rittersaal. Frey hielt den Blick gesenkt, während Iduna erhobenen Hauptes neben ihm her schritt und den Sklaven auf die Tanzfläche führte.

„Aufstellung zum nächsten Tanz bitte!", rief eine Männerstimme und einige andere Paare versammelten sich um die zukünftige Königin.

„Kannst du tanzen?", fragte Iduna, bevor die Musik einsetzte. Frey gelang es gerade noch, zu nicken, bevor die ersten Töne den Saal erfüllten und die Menge sich zu bewegen begann.

Noch nie hatte Iduna es zu tanzen gemocht, doch in diesem Moment fühlte sie sich wie am dreizehnten Geburtstag des Prinzen. Nur an diesem Tage hatte sie einen Tanz genießen können, war sie doch selbst keine gute Tänzerin. Doch der junge Sklave, welcher ihre Hände hielt, zeigte sich sehr geschickt und führte Iduna sanft über den Boden.

Alles schien gleich den Stunden vor der schicksalhaften Nacht zu sein und doch war das Gefühl so anders. Iduna war traurig, sich dessen bewusst, dass sie einen Tanz nie wieder so genießen würde wie diesen einen. Sie liebte Adrik nicht, in keiner Weise, fand den jungen Mann abscheulich, doch wollte sie, dass es Frey nicht noch schlechter ging, hallten die Worte des Beraters, welche er an sie gerichtet hatte, nachdem die Wache Frey fortbrachte, noch immer in ihren Gedanken wider. Sie genoss es, dass seine Hände die ihren umschlangen und festhielten, war ihr doch bewusst, dass dieser Sklave immer für sie da sein würde. Sie konnte es fühlen, ebenso, wie die Sehnen seiner Hände sich bewegten, wie sich das Blut auf ihren Fingern verteilte, wenn seine Finger ihre Hände fester umschlossen oder sie führten.

Als der Tanz endete, standen Iduna und Frey unbewegt da, keiner von beiden wollte diesen Moment enden lassen. Vorsichtig zog Iduna den Sklaven in eine liebevolle Umarmung.

„Danke!", flüsterte Iduna in sein Ohr und löste sich vorsichtig von dem Jüngling, welcher vor seiner zukünftigen Königin niederkniete.

„Verzeih mir!", sagte Iduna ebenso leise und bedeutete Frey, sich zu erheben.

Der Sklave zog sich zurück und Iduna nahm an der reich gedeckten Tafel Platz, wohlwissend, dass sich etwas zwischen Freylion und ihr verändert hatte. Die Kriegerin dachte nach. Drei Männer gab es in ihrem Leben. Einer war verschwunden, den zweiten liebte sie nicht und der dritte war ihr so nahe und doch so unerreichbar. War es

Verrat, wenn sie sich eingestand, wie sehr sie den jungen Sklaven liebte? War es Verrat, wenn sie den Sohn des Fürsten heiratete? Was hätte Freylen getan, gesagt, wenn er sie nun sehen könnte?

Ihre Gedanken wanderten zu dem Tage, an welchem Frey vor ihr niederkniete und ihr seine Liebe gestand.

„Nie mehr will ich dich missen müssen, Iduna, mein Herz ist dein seit so vielen Jahren, doch solltest du mir das deine nicht schenken wollen, so werde ich dir nicht böse sein. Alles, was ich mir wünsche, ist, dass du dein Glück findest."

Diese Worte sprach er einst zu ihr und mit einem Mal wusste sie, dass es kein Verrat an dem Prinzen war, wenn sie sich eingestand, dass ihr Herz dem jungen Sklaven gehörte.

~

Frey stand einsam und voller Kummer abseits der Gruppe in dem großen Saal. Seine Gedanken konnte er nicht mehr kontrollieren. Er fragte sich, wie so oft, was nun geschehen würde, wäre all dies nicht passiert. Er schreckte erst wieder auf, als Adrik sich von seinem Platz erhob und vor Iduna trat. Noch immer klebte das Blut des Sklaven an ihren Händen, sie wollte dieses nicht fortwaschen.

„Iduna. Vor einem halben Jahr nun, da sah ich dich das erste Mal. Du stiegst von deinem Pferd, dein Haar war wirr und deine Wangen vor Kälte gerötet. Ich sah dich an und wusste, dass du eine besondere Person bist. Dein

Wesen, dein Mut und die Gerechtigkeit in deinem Herzen. All dies ist einzigartig, das begriff auch ich. Ich denke an dich, bevor ich einschlafe und wenn ich erwache, wünsche mir, dass du an meiner Seite bist. Nun möchte ich dich und den Manne, welchem du folgst, den König, darum bitten, dass du, Iduna, Thronfolgerin von Valaina, zu meiner Gemahlin wirst."

Die Kriegerin blickte Adrik an. Den jungen Mann, welchen sie mehr als nur verabscheute. Sie wollte verneinen, wollte nichts, als ihren Kopf zu schütteln und davonzulaufen. Doch dann vernahm sie die Stimme des Beraters in ihrem Kopf, die Stimme von Adrastos: *„Er ist mein Sklave, Iduna und nicht der deine! Somit bestimme ich allein über sein bestehen, sein Leben, seinen Tod und seinen Werdegang. Und damit du, kleines Mädchen, nun endlich lernst, dass er dir zugeneigt, jedoch nicht dein ist, muss ich dir dies wohl noch beweisen. Somit sage ich dir: Wenn du dich der Hochzeit mit Adrik noch länger widersetzt und dieser am morgigen Tage nicht zustimmt, bringe ich deinen lieben Frey eigenhändig um."*

Als Iduna die Frage mit einem leichten Nicken beantwortete, spürte Frey, wie sein Herz brach. Seine Finger tasteten sich zu der großen Tür, öffneten diese und der Jüngling rannte davon.

Keine Wache hielt ihn auf, als er das Gebäude verließ und über den Burghof auf den Verschlag zulief. Kumani, die Mutter Alvars, erblickte den Sklaven zuerst, wusste augenblicklich, was geschehen war, und schloss den Jüngling sogleich in die Arme.

„Höre niemals auf zu hoffen, Frey! Sie ist dir ebenso zugetan wie du ihr, vergiss das nie und halte daran fest!", flüsterte Kumani und küsste die Stirn des Jüngeren. Doch ahnte sie nicht, welche Folgen diese Heirat für den Thron Valainas haben würde, ahnte nicht, dass der junge Prinz, dessen Herz noch immer schlug, alles verlieren würde.

Für Freylion brach eine Welt zusammen, die Welt, welche ihn am Leben hielt. Doch für Valaina würde diese Hochzeit alles verändern.

Kapitel VII

„Verzeih, dass ich dich nun verlassen muss"

Iduna und Frey sahen sich nun einige Tage lang nicht. Frey versteckte sich nahezu in dem Verschlag der Sklaven, lief nach der Feldarbeit häufig fort und blieb auf der Lichtung. Dort ließ er seinen Tränen freien Lauf, hatte er doch alles verloren, was ihn am Leben gehalten hatte.

Nun, da man Iduna und Adrik verlobt hatte, sollte die Hochzeit möglichst bald stattfinden. Alles wurde vorbereitet, der König wollte die Thronfolge nun, so schnell es ging, sichern. An seinen Sohn verschwendete er nicht mehr den geringsten Gedanken, war er ihm doch so nahe, ohne dies zu wissen.

Frey hoffte darauf, dass die Strafen, welche sein Ungehorsam mit sich brachte, den Schmerz in seinem Herzen verdrängen würden, doch war sowohl diese Hoffnung vergeblich als auch sein Widerstand. Noch immer folgte Frey jedem Befehl.

Nun saß er wieder auf der Lichtung und vergoss seine Tränen. Hatte er doch vor wenigen Stunden erfahren, dass Iduna am morgigen Tage zur Gemahlin Adriks werden würde. Er mied sie, sah sie nicht einmal, seit sie im Rittersaal die Frage Adriks beantwortet hatte. Ein Teil von ihm hoffte, sie nie wiederzusehen. Ein anderer jedoch wollte, dass sich ihre Arme um ihn legten, und dass sie ihm sagte, dass all dies bloß ein böser Traum sei.

Doch die Wünsche des jungen Sklaven waren Iduna recht gleichgültig, als sie sich einen Weg durch die tiefhängenden Zweige bahnte, um auf die Lichtung zu gelangen. Sie wusste, dass der Jüngling vor ihr floh, doch war ihre eigene Sehnsucht nach ihm viel zu groß.

Als Iduna die schmale Gestalt auf der Lichtung erblickte, wurde ihr gleichzeitig so wohlig und doch so elend. Beinahe lautlos trat sie auf die Lichtung und ging auf Frey zu, welcher seine Stirn auf seine, eng an den Körper gezogenen, Knie gebettet hatte und weinte.

Vorsichtig hockte die Kriegerin sich neben ihn und nahm ihn in die Arme, bevor er flüchten konnte. Auch sie selbst war den Tränen nahe, so stellte sie fest. War ihr doch bewusst, dass sie ihre Freiheit gegen das Leben Freys eintauschen würde.

„Ich kann dir nicht sagen, wie leid es mir tut, dass ich dein Herz breche", flüsterte sie ihm zu, „Doch lass mich dir sagen, dass ich es dir überlassen werde, ob du am morgigen Tage in der Kapelle erscheinst und bei mir bist."

Für einen Moment schmiegte Frey sich eng an Iduna und vergaß alles um sich herum. Doch dieser Moment währte nur kurz. Iduna nahm sein Gesicht in beide Hände und blickte ihm sanft in die Augen. Ihre Gesichter kamen sich näher, die Augen der Kriegerin schlossen sich und gerade, als sie ihre Lippen mit denen des Sklaven vereinen wollte, zuckte dieser zurück, sprang auf und blickte Iduna entgeistert, verletzt, traurig an.

Auch Iduna erhob sich und schickte sich nach der Hand des Jünglings zu greifen. Dieser ließ sie gewähren, doch begann er zu zittern.

All das, was die frischen Wunden, welche die Wachen ihm in den vergangenen Tagen zufügten verdrängten, all der Schmerz in seiner Seele strömte nun zurück in sein Herz, als Iduna ihn von der süßen Frucht der Liebe wollte kosten lassen.

Nun wusste er, welche Gefühle Iduna für ihn hegte, wusste, dass er diese teilte. Doch dieser Abschied, diese Zärtlichkeit, diese Berührung würde sein Herz endgültig zerfetzen.

Er konnte sie nicht länger ansehen, spürte, dass auch er sie verletzt hatte.

Sanft fuhren die Finger der Thronfolgerin über seine Hand. Der Blick Idunas war auf eben diese gerichtet.

„Verzeih, dass ich dich nun verlassen muss!", sagte sie leise, zog ihre Hand zurück und huschte davon, so schnell, wie sie gekommen war.

~

Dann war er gekommen, der Tag der Hochzeit. Iduna musste sich früh für die Feier vorbereiten. Zofen eilten herbei und flochten Blumen in ihr Haar, sorgten dafür, dass sie perfekt aussah. Sie brachten ihr das Kleid, welches reich bestickt und von violetter Farbe war. Iduna war diese Farbe verhasst, doch war sie gleichsam die teuerste Farbe, welche es gab, und verlieh demjenigen, der sie trug, Macht und Ansehen.

Seit der Entführung des Prinzen hatte es keine Feste mehr im großen Palast des Königs gegeben. Ein jedes Fest wurde in einer anderen Unterkunft gefeiert, so würden auch die zahlreichen Gäste dieser Hochzeit nicht das Schloss, sondern die Burg des Fürsten bereisen. Es würden zahlreiche Gäste erscheinen. König Eduard II von England mit seiner Gemahlin Königin Isabelle, deren Bruder König Karl IV von Frankreich mit seiner Gemahlin Johanna von Évreux, der römisch-deutsche König Ludwig IV mit seiner Gemahlin Elisabeth von Thüringen, Waldemar III Herzog von Schleswig mit seiner Gemahlin Richardis von Schleswig und noch zahlreiche andere Könige und Fürsten. Sie alle wollten sehen, wie die Thronfolge in Valaina gesichert wurde. Nur die Mutter Idunas war nicht geladen. Die Kronprinzessin war allein.

Iduna besah sich in einem Spiegel. Sie trug ein goldenes Diadem, ihr Haar war teils offen, teils waren Blumen hereingeflochten. Das Rot der Haare biss sich mit dem grellen Violett.

„Ihr seht zauberhaft aus, Majestät", sagte eine der Zofen und öffnete die Tür des Gemaches. Sie ließ Iduna allein.

~

Frey saß derweil auf einer Sitzgelegenheit in einem der Gänge. Hier hatte Iduna vor so vielen Monaten sein Bein geschient und ihn in den Arm genommen. Er fühlte sich, als habe man sein Herz aus seiner Brust gerissen. Seine Finger schlossen sich verängstigt um den Griff des kleinen Gegenstands, welchen der Herr ihm gab. So sehr hoffte Frey, dass er sich würde kontrollieren können, dass er dies nicht würde tun müssen.

Da trat der König auf ihn zu und nahm neben ihm Platz. Der Sklave spürte das Verlangen, sich zu erheben, davonzulaufen, doch der König hielt ihn auf.

„Du siehst meinem Sohn sehr ähnlich", begann er leise, „Ich denke, Iduna sagte dir, dass ich niemals ein guter Vater war. Und nun bist du hier und erinnerst mich an meinen Sohn. Ich glaube, du hättest ihn gemocht, würde er mich begleiten. Gefleht hat er, dass er Iduna zur Frau nehmen darf. So hart haben die beiden gekämpft und nun muss ich sie mit einem anderen vermählen lassen. Sie hasst mich für diese Entscheidung, doch möchte ich sie glücklich sehen. Und so biete ich dir an, sie bei unserer Reise in unser Schloss zu begleiten. Du wirst dort ein warmes Gemach bekommen und nicht mehr länger als Sklave leben. Mit deinen Herren sprach ich bereits am gestrigen Tage. Sie sind einverstanden, dass du uns begleitest. Nun liegt es an dir, ob du Iduna begleiten möchtest oder lieber hier verweilst."

Mein Herr, ich weiß Euer Angebot und die Mühe, welche Ihr Euch gebt, sehr zu schätzen, und möchte mich herzlichst dafür bedanken. Doch denke ich nicht, dass ich nach der Hoch-

zeit im Palast erwünscht bin. Die Sklaven sind meine Familie. Lieber lasse ich mich hier quälen, gehe hier zu Grunde, anstatt die erste Familie zu verlassen, welche mich nie allein ließ. Verzeiht, doch ich kann dieses Angebot nicht annehmen.

Der König verstand die Worte Freys, und doch begannen sich nun die Fragen in seinem Kopfe zu formen.

„Wo kommst du her, Freylion?", fragte er so und blickte den Sklaven an.

Verzeiht, mein Herr, doch ist es mir verboten, über meine Vergangenheit zu sprechen.

Der König nickte und erhob sich.

„Ich muss nun die Gäste empfangen. Wenn du es möchtest, darfst du die Trauung mit ansehen", sprach er und schritt von dannen.

Kapitel VIII

„Nie mehr will ich dich missen müssen"

Frey fühlte sich wie betäubt, als er die Türen der Kapelle öffnete und lautlos hindurchtrat. Die Menschenmenge beachtete ihn nicht, als er mit gesenktem Kopf Reihe um Reihe passierte und auf das Brautpaar zuschritt.

Das Kleid Idunas war wunderschön, ebenso wie sie selbst, doch sah Frey augenblicklich, dass Iduna sich nicht wohlfühlte. Ihr Körper war angespannt und ihre Hände zitterten. Der König stand vor ihr und Adrik, ein Geistlicher war ebenfalls anwesend. Frey erblickte seinen obersten Herren, sah Alvar, welcher mit seiner Familie in einer der Reihen stand. Es war der Wunsch Idunas gewesen, dass die Sklaven zu ihrer Hochzeit erscheinen durften.

Wie in Trance bahnte er sich einen Weg zu Iduna, bis er direkt hinter ihr stand. Sein ganzer Leib zitterte vor Angst, als seine Hand unter seine Tunika wanderte und er den Gegenstand hervorzog. So sehr wünschte er sich, dass Iduna ihn bemerken würde, doch niemand schien ihn zu sehen. So sehr hoffte er, dass man ihm diese Tat unterbinden würde. Er musste doch gehorchen!

Wieder sprangen Frey die Tränen in die Augen, als er mit dem Dolch ausholte, um ihn in den Rücken Idunas zu schlagen.

~

Beinahe eine Minute später vernahm Iduna einen entsetzten Schrei. Königin Isabelle, die Gemahlin des englischen Königs, schrie auf und deutete entsetzt hinter Iduna. Die Thronfolgerin fuhr herum und blickte in das so wunderschöne Gesicht Freys, der sie traurig ansah. Dann sah sie den Dolch in seiner Hand, ahnte, was er tun wollte, doch es griffen bereits die ersten Hände nach ihm und zogen ihn zu Boden.

„Er wollte Iduna töten!"

„Mörder!"

„Tötet ihn!"

Die Stimmen wurden laut, während einige Rittersleute den jungen Sklaven in Ketten legten. Iduna sprach kein einziges Wort, glaubte noch nicht daran, was geschehen war. Doch war es der König, welcher nun die Stimme erhob.

„Du wolltest Iduna töten, nach alldem, was sie für dich tat!", stieß er hervor. Sein Gesicht war so weiß wie frisch gefallener Schnee, er zitterte.

Die Wachen zerrten ihn vor den König und zwangen Frey auf die Knie. Die Tränen flossen seine Wangen herab wie zwei Bäche nach wochenlangem Regenfluss.

„Hiermit verurteile ich dich zum Tode durch das Rädern! Am morgigen Tage sollst du zunächst Höllenqualen durch das Richtrad erleiden und anschließend, in ein Rad geflochten, enthauptet werden!", sprach der König und schlug dem jungen Sklaven in das Gesicht.

„Haltet ein, mein König!", rief da Adrastos, „Ich möchte Euch gern eine Information kundtun, welche sicherlich in Eurem Interesse ist."

Der König blickte auf und fixierte den Berater Belials. „Worum geht es?", fragte er kühl.

„Es geht um Euren Sohn." Die Stimme des Beraters war ebenso kühl.

Die Blicke aller anwesenden richteten sich auf den kleinen Berater. Schlagartig wurde es still.

„So sprecht!", sagte der König nun.

„Vor wenigen Tagen erreichte Euch ein Brief Eures Sohnes Freylen. Er verriet Euch, dass er noch am Leben sei. Dies entsprach der Wahrheit. Jedoch bloß wenige Stunden. Nachdem das große Fest beendet war, an welchem Iduna sich mit Adrik verlobte, kehrte der Mann, welcher den Prinzen gefangen hielt, wutentbrannt zurück zu ihm und verbrannte ihn bei lebendigem Leibe. Der Prinz ist tot und ich werde Euch nun den Namen seines Mörders verraten."

Ein Raunen erfüllte den Raum. Frey und Iduna waren nun beide wie erstarrt.

„Der Mann, welcher Euren Sohn tötete, ist der Anführer der Sklaven Belials, Alvar lautet sein Name. Er begleitete den Fürsten vor mehr als acht Jahren auf den Geburtstag und die Verlobung Freylens, schlich sich, als dieser zu Bett ging, in dessen Gemächer und betäubte ihn mit einem Schlag."

Fassungslos blickten die Anwesenden auf den grauhaarigen Berater des Fürsten.

„Mein Sohn ist tot?", fragte der König. Mit einem Mal war er so ruhig.

„Es tut mir sehr leid", antwortete der Berater mit einem Nicken. Ihm entging, dass Frey verzweifelt den Kopf schüttelte, er sah nicht, dass Alvar fassungslos dreinblickend ebenfalls in Ketten gelegt wurde.

„Du hast Frey getötet?", fragte Iduna fassungslos.

„Und du wolltest mich töten? Sagt mir, dass dies nicht wahr ist!"

„Es ist leider wahr, Iduna. Sieh her! Dies fand ich in dem Verschlag der Sklaven, eingewickelt in einen Fetzen der Tunika Alvars", sagte Adrastos und reichte Iduna eine Brosche. Die Brosche, welche den Umhang Freys an seinem dreizehnten Geburtstag einst zusammenhielt.

Die Kriegerin wich zurück, stolperte beinahe in die Arme des Königs, welcher sie auffing.

„Ich habe euch vertraut! Ich habe euch beiden vertraut. Mein Leben hätte ich in eure Hände gelegt. Ich habe um euch gekämpft, alles dafür getan, damit es euch besser geht. Frey, warum wolltest du mich töten?", rief Iduna.

Sie zitterte, blickte Freylion verzweifelt an. Doch dieser schüttelte bloß den Kopf.

„Alvar!", rief Iduna nun verzweifelt.

„Er lügt", antwortete der Anführer der Sklaven ruhig. Zu ruhig.

„Führt sie ab! Ich verlange, dass diese beiden Sklaven ihre letzte Zeit auf der Burg in den Kerkern verbringen werden. Der Blonde hat Iduna so schamlos ausgenutzt, dass ich nun befehle, dass seine Folter sofort beginnen wird."

Noch nie sah Iduna, dass Frey sich wehrte. Seit sie den jungen Sklaven kannte, tat er alles, was man von ihm verlangte, doch nun begann er, sich in seinen Fesseln zu winden. Sein Blick wanderte über Adrastos zu Iduna. Frey blickte sie so durchdringend an, dass Iduna ihren Blick nicht abwenden konnte. Der Sklave warf sich nach vorn, versuchte, den Wachen zu entgehen, doch war er zu schwach. Gemeinsam mit Alvar, welcher völlig ruhig neben Frey her schritt, wurde der Jüngling aus dem Saal geführt.

~

„Fahren wir fort!", sagte der König, als wieder Ruhe einkehrte. Iduna blickte derweil auf die Brosche in ihrer Hand. Sie hatte gehofft und gebangt, dass sie den Prinzen eines Tages wiedersehen würde, doch nun war er tot. Der junge Sklave, welcher Freylen so ähnlichsah, versuchte sie zu töten, ohne dass Iduna wusste, warum. Und nun sollte sie den Mann heiraten, welcher sie in Ketten legen, ihr ihre Freiheit nehmen würde.

Freylen war tot, Freylion würde sterben!

„Niemals werde ich diesen Manne zu meinem Gemahl nehmen!", zischte die Thronfolgerin, drehte sich um und eilte auf den Ausgang zu. Sie öffnete die Türen und eilte über den Burghof in ihr Gemach, wo sie sich so sehr eilte, aus dem Kleid zu schlüpfen, dass der teure Stoff riss. Sie zog sich die Blumen aus dem Haar und öffnete die Zöpfe.

Erst, als sie in ihre grüne Tunika gekleidet dastand, bemerkte sie, dass sie weinte. Tränen der Verzweiflung flossen ihre Wangen herab. Die Kriegerin ließ sich auf ihrem Bette nieder und blickte auf die Brosche in ihren Händen, welche aus Silber bestand, das einen Saphir umfasste. Er war so blau wie die Augen Freys.

~

Dieser wusste nicht, wie viel Zeit vergangen war, als er endlich Schritte vernahm. Die Wachen hatten ihn in das dunkelste Verlies dieser Burg geworfen und sich nicht weiter um ihn gekümmert. Die Dunkelheit und die Stille nahmen Frey den Atem, krochen in seine Glieder, gleich der feuchten Kälte in diesem Kerker.

Trotz des Bewusstseins, dass man ihn nun foltern würde, verspürte Frey eine große Erleichterung, als er den Schein einer Fackel erblickte. Sein Herr, einer der vielen, steckte die Fackel in einen der Halter und betrat das Gefängnis des Sklaven, welcher es nicht wagte, sich zu rühren.

Der Mann beugte sich zu dem Jüngeren herab und begann dessen Fesseln zu lösen.

„Du hast sie nicht getötet", sagte er kalt und schlug den Sklaven mit einer der Ketten, „Schon wieder hast du nicht getötet. Und zudem hast du dafür gesorgt, dass Iduna ihren Ruf verlieren wird. Sie ist davongelaufen. Aus freien Stücken stimmte sie der Heirat zu. Ich versprach ihr dich am Leben zu lassen, sollte sie Adrik zu ihrem Gemahl nehmen!", Der Mann zog Frey auf die Füße und stieß ihn von sich, „Doch da du mir nun geholfen hast, dass auch dein Anführer verenden wird, wird deine Strafe nicht allzu schmerzhaft. Ich habe bloß einen kleinen gespickten Hasen und ein paar spanische Spinnen bei mir. Hättest du die Brosche nur nicht da versteckt, wo die Wachen sie finden konnten. Sie wurde Belial gebracht. Zum Glück jedoch hat der König erst heute von der Brosche erfahren. Der oberste Berater des Fürsten kann auch ihn lenken, wenn er denn will. Und nun möchte ich dich dazu auffordern, deine Tunika auszuziehen, damit du bestraft werden kannst."

Frey gehorchte zitternd vor Angst. Er kannte sämtliche Foltergeräte, welche die Burg besaß, und wusste, wie schmerzhaft die folgenden Stunden für ihn werden würden. Noch immer brannten die Wunden der Peitsche und das Brandmal, doch heilten diese und die Schmerzen begannen zu schwinden.

~

Nach etwa einer Stunde spürte der junge Sklave die Schmerzen der Peitschenhiebe des Schmieds und das heilende

Brandmal kaum noch. Er kauerte wimmernd auf dem Boden, spürte die spanischen Spinnen an seinen Flanken und das Brennen seines Bauches durch den gespickten Hasen. Sein Herr hatte begonnen auf ihn einzuschlagen und griff nun nach einem Messer, mit welchem er Frey beinahe sanft in die Wange schnitt.

„Du liebst sie noch immer, das sehe ich in deinen Augen. Manchmal, da denke ich darüber nach, was gekommen wäre, hätte ich gestattet, dass ihr euch näherkommt. Hätte Iduna gezögert, weil du nicht ihr Frey bist? Oder hätte sie verlangt, dass man dich freilässt? Was hätte sie wohl über dich herausgefunden?"

Der Mann schenkte Frey ein kühles Lächeln, während er ihn mit seinen Worten demütigte. Seine Finger schlossen sich eng um Freys Gesicht.

„Adrik ist schwach. Ihn kann man lenken, wenn er erst auf dem Thron sitzt. Und du wirst sterben, Frey. Du hast deinen Wert verloren, bist niemandem mehr von Nutzen. Mit deinem Leben kann man Iduna nicht mehr lenken."

Während der Mann sprach, schnitt er langsam in den Oberarm des Sklaven, welcher leise wimmerte.

„Wärest du kein Sklave, so würden die Frauen dir zu Füßen liegen, drum betteln, dass du sie umwirbst", lachte er und ließ den Jüngling los, welcher stürzte und sich verängstigt zusammenrollte.

~

Idunas Schritte hallten an den Wänden des Ganges wider, während sie die Treppen zu den Kerkern entlangschritt. Der Zorn über die Brutalität, die Ignoranz der Männer loderte in ihr gleich einem Höllenfeuer. Niemand hatte ihr Gehör geschenkt. Niemand hatte ihr geglaubt, dass Frey jedem Befehl folgte. Aber er hatte gezögert. Sie hatte den König angeschrien und sich schließlich in ihren Gemächern eingeschlossen, doch hatte sie sich so sehr nach dem jungen Sklaven gesehnt, dass es sie schmerzte.

Ohne dass sie nach links oder rechts blickte, eilte sie den Gang entlang. Sie versuchte, sich noch im Gehen wieder zu beruhigen und tat das, was sie immer tat, um zur Ruhe zu kommen: Sie dachte daran, was Frey wohl getan hätte. Jedes Mal, wenn sie an diesen dachte, wurde die Sehnsucht nach ihm noch größer, bohrte sich, gleich einem Speer, in ihr Herz und brachte die Trauer, die Angst und die Fragen mit sich. Doch es half, ihr sich zu beruhigen.

Stellte sie sich die Frage, was Freylion an ihrer Stelle getan hätte, so kam sie meist auf eine gerechte Lösung. Ihre Hand schloss sich um den Stift aus Kohle, welchen sie in ihrer Rocktasche bei sich trug, bevor sie die schwere Holztür öffnete, hinter welcher die Kerker lagen.

Keine der Wachen hielt sie auf, auch wenn es ihr eigentlich verboten war, die Kerker bis zu der kommenden Hinrichtung aufzusuchen. Ein jeder wusste, dass er sie gewähren lassen musste.

Mit versteinertem Gesicht schritt Iduna an den leeren Gittertüren entlang, blickte in ein jede hinein, sah sich um, hoffte, dass sie das Gesicht von Alvar erblicken würde ... Oder von Frey.

Die Zellen waren sehr klein, dafür gab es jedoch zahlreiche von ihnen.

Doch Iduna entdeckte niemanden. Beinahe stiegen ihr die Tränen in die Augen. Sie wollte Frey und Alvar finden, wollte die Wahrheit erfahren, wollte, dass sie ihr sagten, dass sie unschuldig seien.

„Iduna!", rief da eine Stimme. Die Kriegerin zuckte zusammen und wandte sich erschrocken um. Dann erblickte sie ihn. Schmutzig, blass, in Lumpen gekleidet und in Fesseln gelegt, stand er da: Alvar.

Augenblicklich vernahm Iduna die Worte Adrastos' in ihrem Kopf, sah vor ihrem inneren Auge einen jungen Mann, welcher Freylion recht ähnlichsah, der von Alvar gepackt, gefesselt, geknebelt und verbrannt wurde.

Die Kriegerin überkam eine hilflose Wut. Sie wollte den Sklaven anschreien, ihn verletzen, gar töten, doch konnte sie nicht.

„Alvar", stieß sie lediglich hervor. Schweigend sahen Sklave und Kriegerin sich an.

„Dreißig Jahre lang lebe ich bereits im Unrecht. Dreißig Jahre lang gab es nicht den geringsten Hoffnungsschimmer, und nun kommst du, ein Weib voll Unschuld, welches nie wahres Unrecht sah, und lässt meine Hoffnungen wieder aufleben. Es gibt kaum Frauen, welche sich trauen, so stark zu sein wie du, Iduna. Ich weiß nicht, ob dein Innerstes mich nun hasst, ich weiß nicht, ob du den Worten Adrastos' Glauben schenkst. Doch solltest du dies tun, so bin ich nicht mehr gewillt, deine Meinung zu ändern, will ich dir nicht panisch erzählen, dass ich unschuldig bin. Ich habe den Prinzen gesehen, nach dessen Entführung, so glaubte ich. Du weißt, dass ich falsch lag. Einmal nur riss ich ein Stück Stoff aus meiner Kleidung. Ich nutzte es, um eine Wunde Freys zu kühlen, als dieser herkam. Ich war im Glauben, das Tuch sei verbrannt worden. Auch hörte ich von dem Brief, welchen der König zu seinem Geburtstag erhielt. Es gibt nur einen, welcher dir die Wahrheit berichten kann, Iduna. Nur einen, welchem du vertrauen kannst. Er ist im dunkelsten aller Verliese, wird seit Stunden gefoltert. Nur er kann dir die Wahrheit berichten."

Die Kriegerin nickte bloß.

„Iduna, Frey führt einen jeden Befehl aus, ohne dass er sich weigern kann. Einen jeden, bis auf den Befehl zu töten. Befiehlt man ihm, zu töten, so zögert er, sonst wärst nicht nur du, sondern auch ich nicht mehr am Leben. Er sollte mich mit dem Dolch erstechen, welcher dich heute beinahe getötet hätte. Der Dolch heißt Marvol Loki und gehört jemandem, welcher Frey befahl, dich und auch mich zu töten. Dieser Mensch kann Frey das Leben retten, lediglich musst du seinen Namen herausfinden. Frey ist vielleicht nicht dein Prinz, Iduna, aber er ist unser Prinz. Erfülle mir diesen letzten Wunsch und rette ihn. Zeige ihm, dass es außerhalb dieser Burgmauern eine bessere Welt gibt, ich flehe dich an!"

Mit diesen Worten wandte Alvar sich ab.

„Du hast dich nicht hier herumzutreiben!", schnarrte da mit einem Mal eine Stimme. Die Kriegerin fuhr herum und blickte in die kalten Augen von Adrastos. Der Berater Belials trug eine Fackel in seiner rechten Hand und blickte Iduna böse an.

„Ihr habt mir keine Befehle zu erteilen!", entgegnete Iduna. Ihre Augen schienen Funken zu sprühen.

„Nun, Frey gehört mir und ich kann dafür sorgen, dass er leben darf. Du musst lediglich der Hochzeit zustimmen, dann werde ich verraten, wer ihn befehligt und er wird freigesprochen", sagte Adrastos und blickte Iduna aus seinen stechenden Augen böse an.

„Ihr lügt!", rief diese mit einem Mal, „Auch ich kann erkennen, wenn jemand nicht die Wahrheit spricht!"

Sie griff nach der Fackel und zog sie dem Berater aus der Hand.

„Euch sollte man hinrichten lassen, nicht Frey! Er tat mir niemals weh und er wird dies auch nie tun!"

Mit diesen Worten öffnete Iduna die schwere Holztür, welche den Zugang zu einer Treppe verbarg, die zu dem Kerker ohne Licht führte.

~

So schnell sie konnte, sprang Iduna die Treppe hinter der schweren Tür herab. Nun war sie im untersten Stockwerk dieser Burg angelangt. Dort befand sich lediglich ein einziges Verlies.

Dann sah sie ihn. Schmutzig, blutend, vor Schmerzen gekrümmt, allein. So kauerte Frey auf dem Boden der Zelle.

„Frey!", rief Iduna. Ihre Stimme klang hoch, beinahe erleichtert. Sie befestigte die Fackel an einem Halter an der Wand und lief auf die Gittertür zu. Da wandte Frey den Kopf und kroch mehr, als dass er lief, auf die Tür zu.

Die schlanken Finger schlossen sich um die Gitterstäbe, so fest, als könnten diese sein Leben retten, wenn er sich nur lange genug daran festhielt.

Idunas Hände umschlossen die seinen. Endlich spürte sie seine Hände, endlich roch sie seinen Duft, endlich sah sie die blauen Augen, in welchen sie, nebst dem Schmerz und der Angst, einen Funken Hoffnung fand.

Frey weinte nicht, seine Wangen waren trocken, lediglich ein schmaler Schnitt zierte sein hübsches Gesicht. Ohne ein Wort zu verlieren, zog Iduna den Jüngling ganz auf die Füße und anschließend in eine Umarmung.

Minutenlang stand Iduna da, dann schlang Frey seine Arme um sie, klammerte sich an ihr fest, versuchte sein Gesicht an ihrer Schulter zu verstecken, vergeblich. Das Gitter, welches sich schon immer zwischen ihnen befand, war nun wahrhaftig vorhanden, trennte sie voneinander.

Doch mit einem Mal befreite Frey sich aus der Umarmung und wich zurück. Wortlos schob Iduna Pergament und den Kohlestift durch das Gitter. Augenblicklich griff Frey danach.

Es tut mir leid, Iduna.

Iduna wusste augenblicklich, worüber der Sklave sprach. Er entschuldigte sich nicht für seine Tat, er entschuldigte sich dafür, dass sie an Adrik gebunden war, dass er sie allein ließ.

„Noch gibt es Hoffnung, Frey. Nenne mir einen Namen, dann wirst du leben", flüsterte sie.

Wozu sollte ich leben, Iduna? Ich fürchte mich vor dem morgigen Tag, doch weiß ich, dass ich nach den nahenden Qualen frei sein werde. Wenn ich lebe, muss ich tagtäglich an dich denken, daran, dass du an einen Mann gebunden bist, welcher dich quält, wie meine Herren mich.

„Ich bin nicht an Adrik gebunden. Als ich erfuhr, dass Freylen tot ist, dass du sterben sollst, lief ich davon. Ich war bereit, mich mit Adrik zu vermählen, um dein Leben zu retten. Sonst hätte ich dieser Hochzeit niemals zugestimmt."

Iduna hockte sich vor die Tür, um Frey in die Augen blicken zu können, der Jüngling konnte nicht länger stehen.

Nun, da mein Schicksal besiegelt ist, wage ich, es dir zu sagen, dass mir mein Tod lieber als dein Unglück ist.

Der junge Sklave hob den Blick und sah Iduna traurig an. Sie sah noch immer keine Tränen, spürte jedoch, dass sie die ihren kaum noch zurückhalten konnte, gab Frey ihr doch zu verstehen, dass er sein Schicksal annahm, nicht mehr kämpfen wollte.

„Dein Tod bedeutet mein Unglück Frey. Wenn du nicht für dich kämpfen willst, dann kämpfe für die Sklaven, für Alvar, für Sandulf und Jaro … für mich. Bitte, nenne mir den Namen des Mannes, welcher dir befahl, mich zu töten!"

Bitte, ich kann nicht, Iduna. So gern ich alles beenden würde. Es ist unmöglich. Das Schicksal des Königreichs hängt davon ab, dass ich still bleibe.

Frey wich zurück.

„Das Königreich ist mir gleichgültig, Frey. Was ist es, wenn du nicht mehr da bist? Bitte, ich möchte dich nicht auch noch verlieren."

Entweder verlierst du mich oder alles andere. Wenn ich spreche, ist Valaina dem Untergang geweiht. Menschen werden den Thron stürzen, sie werden die Macht übernehmen, es wird zu Kriegen kommen, welche das Land in Asche verwandeln. Die Königslinie wird gänzlich versagen.

„Die Königslinie hat versagt, Frey. Vor acht Jahren schon. Ich schwöre dir, dass ich niemandem die Wahrheit berichten werde, doch solltest du sterben, so will ich wissen, wer du warst."

Iduna spürte, dass die Tränen ihre Wange herabliefen.

Ich bin Frey, ein Sklave auf dieser Burg.

„Ich möchte wissen, wer du bist, nicht, was du bist", sprach Iduna.

Warum?

„Weil ich weiß, wer du bist", antwortete Iduna leise.

Mit großen Augen blickte Frey sie an.

„Du bist ein Mensch mit einem so reinen Herzen, dass du ein Engel sein könntest. Du bist mir teurer als Gold. Freylen ist tot, aber du bist es nicht. Er wollte, dass ich glücklich werde. Doch das kann ich doch bloß an deiner Seite."

Da ergriff Frey ihre Hand. Iduna war so verblüfft und verzweifelt, dass sie seine Tränen erst gar nicht bemerkte. Seine Augen blickten sie so flehend an, dass ihr heiß und kalt zugleich wurde.

Solch schöne Worte hat mein Ohr schon lange nicht mehr vernommen. Doch bin ich der einzige Mann auf dieser Welt, welchen du nicht lieben kannst.

„Du bist der Prinz der Sklaven ... Alvars Prinz ... mein Prinz."

Ich bin ein Sklave, Iduna. Nicht mehr als eine wertlose Ware.

„Du bist der Sklave, welcher mein Herz stahl. Nie mehr will ich dich missen müssen, Frey, mein Herz ist dein seit so vielen Tagen, doch solltest du mir das deine nicht schenken wollen, so werde ich dir nicht böse sein. Alles, was ich mir wünsche, ist, dass du dein Glück findest."

Da gab Frey einen leisen Laut von sich, welcher Iduna durch Mark und Bein ging. Solch ein Geräusch hatte sie noch nie vernommen. Es klang so herzzerreißend, dass Iduna schwindelig wurde.

„Freylen wollte, dass ich glücklich bin. Und ich wünsche mir nichts sehnlicher, als dich glücklich zu sehen."

Das Schluchzen von Frey schien ihr Herz zu zersprengen. Seine Hand klammerte sich immer fester an die ihre.

Bitte, Iduna.

Doch Frey wusste, dass die Worte Idunas nicht mehr in ihm wachriefen, als nicht ohnehin erwacht war. So gerne wollte er ihr alles erzählen, doch konnte er nicht.

„Frey, wenn du nicht mehr da bist, so will auch ich nicht länger am Leben bleiben. Noch einen Tod ertrage ich nicht."

Er musste es tun, allein um ihr Leben zu retten. Sein Herz war gebrochen, doch das ihre sollt verschont bleiben.

Ich kann dir den Namen nicht nennen, doch gibt es einen anderen Weg. Der Prinz von Valaina ist am Leben. Finde ihn und ich werde leben können.

„Das werde ich, doch was soll ich tun, wenn er neben dir steht?" Aus der Kriegerin sprach die pure Angst.

Wenn du ihn findest, so wird dir die Entscheidung, vor der du dich so fürchtest, sehr leichtfallen. Er ist hier auf dieser Burg, nicht weit weg. Du sahst ihn schon oft, doch erkanntest du ihn nicht. Mir ist es verboten, ihn dir zu offenbaren.

„Wo soll ich ihn suchen, Frey?"

Höre auf dein Herz, Iduna. Es wird dich zu ihm führen.

Frey wollte seine Hand vorsichtig zurückziehen, doch hielt Iduna diese fest.

Da fiel ihr Blick auf die Narbe an seinem Unterarm. Sie erinnerte sich daran, sah den kleinen Prinzen vor sich herlaufen, durch den Wald, verbotenerweise. Sie sah ihn stolpern, fallen, sah die Dornen, das Blut, die unterdrückten Tränen. Nie war der Prinz ein harter Krieger gewesen. Schon immer reagierte er sehr sensibel. So oft hatte er geweint, wenn sein Vater ihn anschrie, wenn sein Erzieher ihn ohrfeigte.

Die Kinder der Angestellten verspotteten den Prinzen häufig, er sei schwächer als ein Mädchen. Er war schon immer recht klein gewesen, erst im Alter von zwölf Jahren begann er, langsam zu wachsen.

Eines Tages, da wollte er den anderen beweisen, dass er genauso stark war wie sie, begleitete sie in den Wald, obwohl es ihm verboten war, das Schloss zu verlassen. Dieser Ausflug endete, als er sich den Arm an einem Dorn aufriss und die Kinder ihn schuldbewusst zurück in das Schloss brachten. Freylen berichtete Iduna später, dass er anschließend Schläge mit der Rute von seinem Vater und seinem Erzieher erhalten hatte. Sardasot war sein Name gewesen. Ein strenger, disziplinierter Mann, welcher Frey in allem unterrichtete, was dieser als Regent brauchen würde. Er war hart zu ihm, beinahe beherrschend. Ein jedes Kind im Schloss des Königs fürchtete sich vor ihm, blickte der Mann sie doch an, als würden sie für ihn gleich einer Speise sein.

Der junge Prinz war ihm hörig, tat alles, was dieser von ihm verlangte. Er folgte ihm willenlos. Und nie verlor er ein Wort darüber, wie sehr die Behandlung des Erziehers ihm zusetzte. Er verlor seinen Übermut, schien immer kälter und gefühlloser zu werden, als sauge man alle Emotionen aus ihm heraus.

Doch das dem nicht so war, wenn der Prinz allein war, wurde Iduna bewusst, als sie sich eines Nachts bei einem Gewitter in das Gemach des Prinzen stahl, um diesen nicht allein zu lassen. Geweint hatte er, ohne ein Wort über den Grund für seine Tränen zu verlieren.

Dieser Mann, Sardasot, wirkte allem so überlegen, beinahe hinterhältig, doch verhinderte er mit seinem Rat den Ausbruch eines Krieges, verließ das Schloss jedoch einige Tage, nachdem der Prinz verschwunden war, gab sich die Schuld an dessen Verschwinden, trat dem König nicht mehr unter die Augen. Er verhinderte, dass ein Heiler die Wunde an Freylens Arm behandelte, reinigte und verband diese selbst, wollte Freylen strafen, sorgte dafür, dass die Wunde schlecht heilte und eine deutliche Narbe hinterließ. Eine Narbe, wie Freylion sie zu unzähligen auf seiner Haut trug. Eine Narbe, welche der auf seinem Unterarm glich, wie er selbst dem Prinzen.

Diese Narbe jedoch schien älter zu sein als die anderen, welche seine Haut zierten, sie war blasser, beinahe unsichtbar, musste noch vor der Zeit bei Fürst Belial entstanden sein.

„Woher kommst du, Frey?", fragte Iduna, doch Frey schüttelte bloß den Kopf, „Wieso ziert deine Haut diese Narbe, jedoch nicht der Fleck?"

Frey sah sie nur an. Seine Augen wirkten wie ein Sternenhimmel, blickten so durchdringend, dass Iduna den Blick nicht abwenden konnte.

„Du verstecktest die Brosche, nur wenige Wochen, nachdem du hergekommen bist", sagte sie leise. Frey nickte. Lügen war ihm verboten.

„Dein Arm hat eine Narbe, welche der von Frey gleicht, wie der Halsring Alvars dem von Niam."

Wieder nickte Frey, als Iduna schwieg.

„Du siehst Frey sehr ähnlich, kamst nach dessen Entführung auf diese Burg, bist laut deinen Herren nicht dein

Leben lang versklavt gewesen, kannst nicht gut arbeiten, jedoch trägst du den Fleck Freys nicht auf deinem Bauche. Du könntest Freylen sein, doch was geschah mit diesem Fleck? Vielleicht siehst du ihm sehr ähnlich, bist der Sohn eines Bauern, welcher seinen Sohn verkaufte, um seinen Hof nicht zu verlieren. Seit acht Jahren suche ich ihn und nun, da er mir so nahe ist, will ich ihn nicht finden."

Du musst ihn nicht finden. Du sahst ihn, sprachst mit ihm, berührtest ihn. Er ist dir so nahe und doch unerreichbar. Du bist klug, Iduna. Nur du kannst ihn finden. Finde ihn mit deinem Herzen, nicht mit deinem Verstand.

Das Pergament war nun bis auf den letzten Zentimeter beschrieben. Frey schloss erschöpft die Augen. Um die Schrift in der Dunkelheit entziffern zu können, hielt Iduna das Pergament gegen das Licht der Fackel. Dann sah sie es. Ganz fein waren in das Papier Worte geritzt. Sie erkannte die Schrift und die Worte. Dieses Blatt Pergament musste unter dem gelegen haben, auf welchem Freylen den Brief verfasst hatte. Sie hatte es von ihrem Schreibtisch genommen. Es war eines der Blätter, welches sie Frey gab, nachdem dieser in der Gewitternacht bei ihr geblieben war.

Iduna ließ das Blatt Pergament fallen und wandte sich um. Frey blickte sie an, streckte seinen Arm ein letztes Mal durch die Gitterstäbe. Verwischte Kohlereste zierten ihn, vier Worte waren noch zu lesen. Die Kriegerin blickte den Sklaven an, welcher mit einem Mal so anders wirkte. Seine Haltung hatte sich verändert, er blickte sie nun an wie einen ihm ebenbürtigen Menschen, er sah nicht mehr aus wie ein Sklave. Noch immer konnte sie seine Scheu, seine Angst lesen, doch vor ihr war nicht Freylion. Es war Freylen, welcher ihr seinen Arm entgegenstreckte, sich ihr mit nur vier Worten offenbarte, im Glauben alles verloren zu haben.

Er ist noch da.

Diese vier Worte waren in Runenschrift auf seinen Unterarm geschrieben worden.

Iduna sah in seine Augen, erkannte ihn.

Dann ließ sie den Sklaven los und weinte.

~

„Frey!", rief da eine helle Stimme. Iduna fuhr erschrocken herum und blickte wenige Sekunden später in die dunklen Augen von Lavina, der Schwester Alvars. Doch diese beachtete die Kriegerin nicht, sondern bewegte sich so schnell sie konnte auf den Sklaven zu.

„Ich darf nicht lange bleiben. Zumal du nicht sprechen kannst und ein jeder, welcher hingerichtet wird, vor seinem Ableben einige letzte Worte verkünden darf, ist es dir gestattet, diese aufzuschreiben. Mich schickte man, dir Pergament zu überbringen. Die Fackel darf bei dir bleiben, damit du schreiben kannst", sprach die Sklavin, schob das Pergament durch das Gitter und eilte von dannen.

Frey blickte ihr nach, traurig, verzweifelt.

„Bevor ich nun gehe, Frey, um zu verhindern, dass man dich exekutiert, möchte ich dir sagen, dass du mir teurer bist als ein jedes Wunder dieser Welt", sagte Iduna leise. Ihre Hände schoben sich durch das Gitter, legten sich um das Haupt Freys, zogen es zu sich heran. Sanft legte Iduna ihre Lippen auf die Stirn des Sklaven. Einige Zeit lang verweilten sie in dieser Position, ohne sich zu bewegen, dann eilte Iduna davon, geradewegs in ihre Gemächer, wo sie ihre Gedanken fortführte, wie sie den Prinzen retten konnte.

Sie wusste nicht, dass auch Frey damit begann, zu kämpfen, ahnte nicht, was er tat, glaubte, dass er warten und weinen würde.

Kapitel IX

„Sieh mich an"

Am nächsten Morgen wurde Iduna von einer leichten Übelkeit heimgesucht. Sie schlüpfte in ihre dunkelste Tunika, ließ ihre Haare offen und bekleidete ihre Füße mit einfachen Lederschuhen.

So gekleidet eilte sie in den Rittersaal, wo sie sich nach einem Knicks als Gruß neben ihrem König niederließ.

Sie aß und trank kaum etwas, blickte still auf das Stück Brot vor sich und dachte nach.

„Iduna, am morgigen Tage werden wir die Hochzeit wiederholen, in der Hoffnung, dass niemand dich bedrohen wird und ..."

„Frey wollte mich nicht bedrohen", unterbrach Iduna den Fürsten mit bitterer Stimme.

„Er wollte dich meucheln, abstechen, gleich einem Schwein!", warf Adrik empört ein, „Doch du brauchst dich nicht zu fürchten, meine Geliebte, ich werde dich beschützen und in wenigen Stunden wird dieser Sklave dir kein Haar mehr krümmen können."

Idunas Blick fuhr in die Höhe, ihre Augen schienen Funken zu sprühen.

„Frey wollte mich nie töten! Er folgt einem jeden Befehl! Ein jeder hätte ihm dies befehlen können. Frey selbst trägt keinerlei Schuld an dem, was geschehen ist!", rief sie und sprang auf.

„Iduna, ich bitte dich", mahnte der König und seufzte, „Noch vor der Hochzeit bot ich ihm an, ihn mitzunehmen, doch er lehnte ab, schrieb, dass er bei den anderen Sklaven bleiben wolle, da diese seine Familie seien. Ich konnte nicht ahnen, was er gedachte zu tun. Doch am morgigen Tage wirst du, Iduna, nun endlich heiraten. Wenden wir uns den schönen Dingen des Lebens zu und vergessen wir diesen Sklaven!"

Die zukünftige Königin schnappte nach Luft.

„Du willst mich nach all dem, was geschehen ist, noch immer in die Hände dieses Mannes legen? Vergaßt du, wem du mich einst versprachst? Vergaßt du, dass du einen Sohn hast, welchen du finden könntest, würdest du bloß deine Augen öffnen? Nie werde ich Adrik heiraten! Verliebt habe ich mich in einen anderen Mann!", rief Iduna aufgebracht.

„Nun, Iduna, bitte, denke an das Königreich! Mein Sohn Freylen ist nicht mehr unter uns. Ich kenne dich nun schon, seit du ein kleiner Säugling warst. Du hast dich in den Sklaven verliebt, habe ich recht? Um des Königreichs Willen bitte ich dich, mich zu verstehen und Adrik, einen Mann von hohem Stand, zu heiraten", sprach der König und legte seiner Nachfolgerin sanft eine Hand auf den Arm.

„Ich verliebte mich in einen Mann, welcher einen weitaus höheren Stand hat als Adrik. Er ist der Sohn eines Königs, Asilos. Zudem ist er freundlich, gebildet und gerecht. Wahrlich ist er kein Krieger, jedoch wird er Valaina ein besserer Regent sein, als du es jemals warst, als Adrik es je sein könnte!"

„Iduna! Nun setze dich hin! Nachdem wir uns mit den Unannehmlichkeiten dieses Tages befasst haben, darfst du mir den Prinzen vorstellen. Dann werde ich entscheiden, ob er ein besserer Mann an deiner Seite sein wird, ob er dich zügeln kann. Dein Temperament muss von einem Manne beherrscht werden", entschied der König.

„Nun sprecht, Iduna, wie lautet der Name des Prinzen, woher kennt Ihr ihn und woher kommt er?", fragte Adrastos freundlich und beugte sich etwas vor.

„Dies werde ich zu gegebener Zeit verkünden, ebenso werde ich versprechen, dass er, wenn die Turmuhren am heutigen Tage zum zwölften Male schlagen, bei mir sein wird", während Iduna sprach, ignorierte sie die Worte des Königs.

„So sei es!", sprach Asilos, „Und nun sollten wir uns zurechtmachen lassen. Wir werden in der Öffentlichkeit erscheinen, uns dem Volke präsentieren."

Iduna tat wie ihr geheißen, sie erhob sich und verließ den Speisesaal, um ihre Gemächer aufzusuchen, wo eine Zofe begann, sie herzurichten. In ihre Gedanken versunken ließ Iduna dies einfach geschehen.

Lange dauerte es, sie herzurichten, sodass Iduna sich fühlte wie die Königin, welche sie einmal werden sollte. Sie fühlte sich nicht wie sie selbst, wie sie dastand, die Haare geflochten, in ein langes schweres Gewand gehüllt.

Die Glocken der Kapelle schlugen elf Mal. Nun würden sie aufbrechen, um den Prinzen und dessen vermeintlichen Mörder zu verabschieden.

Iduna schloss die Augen, dachte an das Lächeln Freys und verließ die Gemächer.

Der König wartete bereits vor der königlichen Kutsche und bot ihr mit einem zarten Lächeln seinen Arm an, damit Iduna in die Kutsche steigen konnte.

Im Hof der Burg befanden sich bereits einige Kutschen. Der Fürst und seine Söhne waren bereits mit Adrastos in die des Hauses eingestiegen. Mímir betrat derweil eine weitere, Runa folgte ihm, begleitet von ihrem Gatten. Ihre Haare waren unter einer Haube verborgen und ihr Kleid schien weniger Glanz zu haben als sonst. Auch erblickte Iduna Kumani mit ihren Kindern Niam und Lavina, welchen man gestattete, in eine dritte Kutsche zu steigen.

Und da war noch eine vierte Kutsche, welche kaum edel aussah. Sie bestand aus einem festen Material, vermutlich Metall, hatte schwere Türen und nur ein kleines vergittertes Fenster. Rittersmänner in Rüstungen bewachten diese.

Dort waren Frey und Alvar.

Der junge Sklave spürte, dass Iduna in der Nähe war, richtete sich auf, soweit es seine Fesseln zuließen und umschloss, wie bereits am Vortag, das Gitter mit seinen Händen, versuchte, einen letzten Blick hinauszuwerfen, doch gelang es ihm nicht. Die Folter der vergangenen Stunden zehrte an ihm.

„Frey", sagte da Alvar, welcher auf dem Boden der Kutsche saß, und streckte eine Hand nach dem verängstigten, noch immer hoffenden Sklaven aus, „Komm zu mir! Alles wird so kommen, wie es kommen soll."

Da ließ Frey die Stäbe los und kroch mehr, als dass er lief, zu Alvar. Vorsichtig schmiegte er sich an diesen und legte seinen Kopf auf die starke Brust des Hünen.

Dessen Herz schlug gleichmäßig und ruhig. Er war vollkommen ruhig, vertraute darauf, dass der Heilige Vater die richtige Entscheidung treffen würde.

Iduna erblickte die Hände, welche sich um die Stäbe des kleinen Fensters schlossen, und augenblicklich schlug ihr Herz schneller.

So gerne würde sie die Türen dieser Kutsche öffnen und den jungen Sklaven herausholen, ihn von all seinen Fesseln befreien.

„Iduna, nun steige bitte ein! Die Menschen möchten sehen, wie die beiden leiden, möchten ihre Laute hören, wenn der Henker ihnen die Knochen bricht, bevor sie getötet werden", sprach der König und drängte sie sanft in die Kutsche.

Doch in dieser setzte Iduna sich nicht augenblicklich. Ihr Blick fiel auf das gefaltete Pergament, welches auf der Sitzbank lag und mit wenigen Runen beschriftet war. Verwundert griff sie danach und ließ sich gegenüber ihrem König nieder.

„Was fandest du in der Kutsche, Iduna?", fragte dieser verwundert.

„Dies sind die letzten Worte Freys, welche vor seiner Hinrichtung verlesen werden", erklärte die Kriegerin kühl.

Ich, Prinz Frey von Valaina, erlaube mir, zumal mein Schicksal besiegelt ist, dich, Iduna, zu bitten, dem Geistlichen die letzten Worte des Sklaven Freylion zu überbringen.

Iduna lächelte bei diesen Worten, schöpfte Hoffnung, begann zu begreifen, dass Frey noch immer kämpfte.

„Nun, was erheitert dich so, Iduna? Ist dies eine Nachricht deines Prinzen?", fragte der König.

„Dies sind die letzten Worte von Frey, mit dem Auftrag deines toten Sohnes, dass ich sie an den Geistlichen übergeben soll", erklärte Iduna und zeigte ihrem König die Schrift.

„Das ist in der Tat die Handschrift meines Sohnes, wenn er die Runenschrift verwendet", sagte Asilos verblüfft, „Erkläre mir, wie diese Schrift auf die letzten Worte eines Sklaven kommt!"

„Ich kann es dir nicht sagen. Der Einzige, der dies kann, ist wohl Frey", antwortete die zukünftige Königin und blickte Asilos ernst in die Augen.

„Von welchem Frey sprichst du?", fragte dieser verwundert.

„Nun, einer von ihnen wird für tot gehalten, dabei stellt sich jedoch die Frage, wie seine Handschrift auf dieses Pergament gelangen konnte. Der andere ist seit meiner Hochzeit eingesperrt und du hast ihn dazu verurteilt zu sterben. Selbst wenn mir bewusst wäre, was hier im Gange ist, würde ich es dir nicht sagen!", schnaubte Iduna aufgebracht.

„Iduna, du musst mich verstehen. Ich regiere ein Königreich. Die Thronfolge muss gewahrt werden, damit es nicht untergeht", wandte Asilos ein.

„Hast du Frey dies auch gesagt? Hast du einmal mit ihm über etwas anderes als Thronfolge, Regentschaft oder Etikette gesprochen? Du hast ihn eingesperrt! Er war völlig wehrlos ... und unglücklich. Sardasot war er hörig, wie Freylion einem jeden seiner Herren. Er konnte sich nicht verteidigen. Ihn zu entführen ist kinderleicht gewesen. Er war sich seiner Pflichten mehr als bewusst, doch hat ihm die Liebe gefehlt, die du ihm hättest schenken müssen, zumal seine Mutter dies nicht kann. Dir ging es immer nur um den Thron, nie um ihn. Und nun schickst du unschuldige Menschen in den Tod, versuchst mich, mit diesem Bastard zu verheiraten, und scheinst Frey kaum zu vermissen. Einmal wollte er hören, dass du ihn liebst und dass du stolz auf ihn bist."

Iduna verstummte und wandte ihren Blick ab, sah aus dem Fenster, wo die sommerliche Landschaft an ihnen vorüberzog.

„Du weißt, wo Freylen ist, habe ich recht?", fragte der König nach einer Weile.

„Der Einzige, welcher dir diese Frage beantworten kann, ist beinahe tot", antwortete Iduna und beobachtete zwei Vögel, welche über den wolkenlosen Himmel schwebten.

Dieser Tag war so freundlich. Nichts wies auf die Grausamkeiten hin, welche Frey und Alvar ereilen würden. Nichts verriet die Lügen, welche man über sie verbreitet hatte. Und doch kam die Sonne Iduna heute weniger warm, die Luft weniger würzig, die Farben der Wiesenblumen dunkler und der Himmel grauer vor.

In einer der anderen Kutschen jedoch erlebte Frey die Sonne wärmer, die Luft würziger, die wenigen Farben, welche man durch das Fenster erblicken konnte, kräftiger und den Himmel noch blauer als an jedem anderen Tag in seinem Leben, während er blass und still auf der Brust Alvars lag und dessen Herzschlag lauschte, während der ihm sanft über die Haare strich.

~

Dann waren sie da. Eine Kutsche nach der anderen hielt an und sowohl Iduna als auch Frey konnten die lauten Rufe des Volkes vernehmen, welches nach dem Tod der beiden Mörder dürstete, gleich einem Tier in der Wüste.

Für den König und sein Gefolge hatte man eigens eine Plattform errichtet, auf welcher bequeme Stühle standen und welche einen guten Blick auf das Schafott boten, auf dem bereits der Henker wartete.

Die ersten Kutschen wurden verlassen, und schließlich traten auch Iduna und der König an die frische Luft der Stadt und schritten auf die große Plattform zu.

Ein Geistlicher hatte eine der Kutschen verlassen und bewegte sich ebenfalls auf das Schafott zu. Sie alle warteten darauf, dass man Frey und Alvar der Öffentlichkeit präsentieren würde.

Schließlich öffneten die Rittersleute die schwere Tür und einer von ihnen Griff in die Kutsche, zog Frey grob heraus und stieß ihn unsanft vor sich her. Ein anderer packte Alvar, welcher dem Jüngling widerstandslos folgte.

Das Volk schrie, verfluchte die beiden Sklaven, einige spien auf sie nieder, warfen altes Brot oder schlechte Früchte.

Noch nie wollte Iduna Frey so sehr von einem Ort befreien als in diesem Moment. Mit Tränen in den Augen folgte sie dem letzten Marsch der beiden Sklaven. Lavina, welche mit ihrer Familie zwar auf der Plattform stehen durfte, jedoch angekettet war, war bereits in Tränen aufgelöst.

Beide Sklaven waren nun an dem letzten Ort, welchen sie in ihrem Leben sehen würden, angelangt und mussten sich auf jeweils eine Vorrichtung legen, auf welcher man sie fesselte.

Zunächst würde man die untere Körperhälfte behandeln, anschließend durften beide Sklaven ihre letzten Worte sprechen, bevor der Henker sich der oberen widmete und beide Opfer schließlich in die Wagenräder flocht, um sie zu enthaupten.

„Wertes Volk! Wir haben uns heute zur Hinrichtung der beiden Sklaven Freylion und Alvar, im Beisein des Königs und seiner Thronfolgerin, versammelt. Verurteilt wurden sie zum Tode durch das Rädern, zumal der Sklave namens Freylion versuchte, die zukünftige Königin Iduna am Tage ihrer Hochzeit mit einem Dolche zu erstechen, und zumal Alvar vor einigen Jahren den rechtmäßigen Thronfolger, Prinz Freylen von Valaina, entführte und bei lebendigem Leibe verbrannte. Heute nun soll ihr Schicksal sie ereilen und sie werden sterben, ohne in das Paradies einziehen zu können. Sie sind in unserer Welt Verdammte und werden dies auch immer bleiben!", sprach Fürst Belial mit klarer Stimme.

Die lauten Rufe des versammelten Volkes klangen unangenehm in Idunas Ohren, jedoch gab zunächst keiner der beiden Sklaven einen Laut von sich, als der Henker begann, ihnen die Knochen zu brechen. Alvar lag ganz ruhig da, atmete ebenso und blickte beinahe gelassen in den Himmel.

Frey hingegen begann sich nach kurzer Zeit in den Fesseln zu winden, Iduna glaubte, das leise Wimmern zu hören und die Tränen auf seinen Wangen zu sehen.

Auch das Volk sah die Reaktion des Jünglings und begann immer lauter zu johlen.

Idunas Augen fielen auf Adrastos, welcher dem Spektakel mit Freuden zusah. Jedoch wandte sie ihren Blick, so schnell sie konnte, wieder von Freys Herren ab und blickte zu den beiden Sklaven, welche noch immer unter der schlimmsten Pein in dieser Welt litten.

Die Kriegerin hoffte, dass der Henker seine Folter beenden würde, sie ahnte, dass Frey mit den geschriebenen Worten die Wahrheit berichten würde, was dieser Grausamkeit ein Ende setzen würde.

Der Körper Freys zuckte wieder und wieder unter den Schlägen mit dem Metall verstärkten Richtrad, welches sich nun zu seinen Beckenknochen vorgearbeitet hatte.

Auch Alvars Hüften mussten nun der Wucht des Schlages nachgeben, doch trug der Hüne die Schmerzen mit Würde, ja, mit Stolz.

Und dann senkte der Henker seine Waffe, trat zur Seite, ließ den Geistlichen nun seines Amtes walten.

Wenige Minuten später erhob Alvar seine Stimme: „Zu behaupten, dass ich den Prinzen nicht tötete, wird mich nicht retten, auch wenn ich nun unschuldig sterben soll. Gott wird mir gnädig sein. Alles, was ich in meinem Leben tat, tat ich, um die Sklaven, welche mir folgen, zu retten. Jeden Tag betete ich, dass sie freikommen. Jeden Tag kämpfte ich für sie. Und nun, da ich sterben soll, so hoffe ich, dass sie weiterkämpfen. Ich weiß, wie sich die Folter durch einen anderen Mann anfühlt, weiß, wie mein eigenes Blut schmeckt, weiß, wie es ist, wenn meine Freunde sterben. Gott ist kein Mensch. Er denkt nicht wie wir. Ich weiß nicht, warum er mich zu dem machte, der ich bin, doch hinterfrage ich dies nicht. Er wird einen Grund haben und dies genügt mir. Doch nun, da ich sterbe, möchte ich ein einziges Mal, nun, da ein jeder mir zuhört, sagen, dass ein jeder, der einem meiner Gefährten Schmerzen zufügt, dies büßen wird, doch nicht durch meine Hand. Der Zorn Gottes wird ihn treffen, da die Nächstenliebe in diesem Königreich versagt hat. Auch ich bin nicht perfekt, doch will ich dies nicht sein. Alles wird kommen, wie es kommen muss, und noch immer glaube ich fest daran, dass meine Gefährten eines Tages frei sein werden."

Für einen Moment herrschte Schweigen auf dem Marktplatz.

„Und du, Freylion, nun verkünde uns deine letzten Worte!", sprach da der Geistliche und durchbrach die Stille.

Iduna atmete tief durch und erhob sich vorsichtig. Elegant schritt sie die Treppen ihrer Plattform herab, durch die Gasse, welche sich in der Menschenmenge gebildet hatte, und betrat das Schafott.

Alle Augen richteten sich auf die zukünftige Königin, als diese ihre Stimme erhob: „Seit Frey als Sklave lebt, ist er des Sprechens nicht mehr mächtig. Drum verfasste er bereits am Vortag die Worte, welche er heute sagen würde, würde er denn sprechen können."

Iduna übergab dem Geistlichen das Pergament und begab sich anschließend neben den jungen Sklaven, welcher sie mit tränenverschleiertem Blick ansah.

Ohne zu zögern, ergriff sie seine Hand, welche noch immer in Fesseln lag, während der Priester sich räusperte, um die letzten Worte Freys zu verkünden.

Doch sein Blick fiel auf das Pergament und dann auf Frey und Iduna.

„Bitte, ich bin der Runenschrift nicht mächtig, meine zukünftige Königin, wenn Ihr diese Worte verlesen mögt", sprach er und übergab Iduna das Pergament, während der König verblüfft den Kopf hob.

Diese ergriff die Seiten, jedoch ließ sie die Hand Freys nicht los, während sie begann die Runen vorzulesen: „Verehrtes Volk, dort wo ich herkomme, nennt man mich Frey. Euch werde ich am heutigen Tage als Mörder präsentiert, ihr werdet mich verfluchen wollen, doch bitte gewährt mir diese letzten Worte!

Seit nunmehr sechs Jahren lebe ich als Sklave auf den Ländern Belials und verrichte dort schwere körperliche Arbeiten. Nicht nur einmal stellte ich mir die Frage, warum man mich aus meinem doch sehr ermüdenden, schwachen Leben riss, mich für eine unbestimmte Zeit lang in eine Kammer ohne Licht und Fenster sperrte und anschließend auf diese Burg brachte. Auf einmal war ich ein Niemand. Bitte, wertes Volk, ein Jemand war ich wahrlich nicht, doch war ich auch kein Niemand. Ich wurde gequält, bestraft und erniedrigt, habe tagtäglich solch große Pein erlitten, wie es sich keiner von euch vorzustellen vermag. Jedoch habe ich nie aufgehört, zu hoffen, dass alles wieder gut wird.

Und dann traf ich auf diese Frau, auf Iduna, welche mich augenblicklich in ihr Herz schloss, mich vor dem Tode bewahrte und dafür sorgte, dass all meine Verletzungen heilen konnten. Nun, da ihr dies wisst, werdet ihr im Glauben sein, dass meine Tat noch weitaus schlimmer zu sein scheint, als wenn ich lediglich ein Sklave gewesen wäre, welcher versucht, sich und seine Gefährten auf solch einem unfeinen Wege zu befreien. Nun muss ich jedoch verdeutlichen, dass ich, seit ich mich erinnern kann, einem jeden Befehl Folge leiste. Ich verbrannte mich selbst auf einen Befehl hin mit einer Pechfackel, ertrank beinahe in einem See, weil man mir befahl hineinzuspringen. Einem jeden Befehl leiste ich Folge. Bis auf einem.

Nun, wertes Volk, müsst ihr wissen, dass ich Befehle ohne das leiseste Zögern ausführe, und als man mir befahl, Iduna zu töten, so glaubte ich, dass jemand mich geohrfeigt hatte, sodass ich aus diesem Rausch erwachte, zumindest gelang es mir nun, über diesen Befehl nachzudenken. Minuten lang stand ich da, trug den Dolch in meiner Hand und rang mit mir, immer in der Hoffnung, dass man mich sehen und mir diese Tat unterbinden würde.

Natürlich werdet ihr nun denken, dass ich lüge, jedoch habe ich diese Worte aus einem einzigen Grund in der Runenschrift der Vorfahren des Königshauses verfasst. Mir verbot man, es zu sagen, wer ich wirklich bin, und so gehorchte ich. Noch immer wage ich es nicht, mich diesem Befehl zu widersetzen, ebenso wenig, wie den Namen des Mannes zu nennen, welcher mich am Tage meines dreizehnten Geburtstages entführte und in diese dunkle Kammer sperrte.

Und so ist Alvar unschuldig, denn ich kann sagen, und gelogen habe ich zuletzt in meiner jüngsten Kindheit, dass Alvar meine Wenigkeit weder entführt noch getötet hat. So bitte ich um seinen Freispruch. Ich weiß nicht, ob ich sterben werde, doch bevor dies geschieht, möchte ich dir, Iduna, sagen, dass ich dich nie um Verzeihung bitten werde, für das, was ich dir auf deiner Hochzeit antun sollte. Ich möchte dir lediglich sagen, dass du es warst, die mich all die Jahre am Leben hielt, dass du der Grund bist, warum ich bis zu dieser Sekunde gebangt, gekämpft und gehofft habe. Nie war es meine Absicht, dich zu töten. Mein Herz und meine Seele sollen dir gehören und solltest auch du daran festhalten, dass wir einander versprochen sind, so wird es einen Weg geben, uns zu vereinen."

Das Volk begann zu murmeln, der König und all die anderen sprangen erschrocken auf, blickten mit Entsetzen auf den Sklaven, welcher erschöpft die Augen geschlossen hielt.

„Und solltet ihr an mir zweifeln, so stellt mir fünf Fragen, welche nur der Prinz beantworten kann, und blickt auf das Mal, welches mich als mich selbst auszeichnet, welches man kaum noch erkennen kann, zumal mein Entführer mir als erste Handlung mit einer Pechfackel den Bauch verbrannte, um dieses Mal verschwinden zu lassen", beendete Iduna den Text Freys mit tränenden Augen.

Die Kirchturmuhr begann zu schlagen. Einmal, zweimal, dreimal, viermal, fünfmal, sechsmal, siebenmal, achtmal, neunmal, zehnmal, elfmal. Und als die Uhr ihren letzten Schlag tat, öffnete Freylen seine Augen und blickte Iduna an.

„Hochwürden, sagt mir, was geschieht, sollten diese Worte die Wahrheit sein?", fragte Mímir, welcher langsam die Plattform der adligen Gäste verließ und auf das Schafott zuschritt.

„Den Sklaven mit der dunklen Haut wird man freisprechen. Jedoch hat der Prinz versucht, einen Mord zu begehen. Sollte er uns nicht den Namen des Mannes nennen, welcher ihm befahl, Iduna zu töten, so werden wir ihn enthaupten müssen. Es sei denn, der König verlangt, dass er lebendig bleibt und so den Bußgang oder einen Eselsritt antreten wird, sobald seine Knochen wieder verheilt sind", erklärte der Geistliche mit klarer Stimme.

„Bevor ich über dies entscheiden werde, lasset mich fünf Fragen an diesen Sklaven richten. Beantwortet er eine von ihnen falsch, so ist er dem Tode geweiht", erklärte der König und gebot dem Volk mit einer Handbewegung, zu schweigen.

„Man reiche Frey etwas Pergament und löse die Fesseln seines rechten Armes, damit er schreiben kann. Er wird nicht in der Runenschrift schreiben und Ihr, Hochwürden, werdet die Worte, welche er schreibt, verkünden. Iduna wird kein einziges Wort zu ihm sprechen, solange er die Frage beantwortet", befahl der König nun.

Iduna zog etwas Pergament und den Kohlestift aus ihrer Rocktasche, während der Henker den rechten Arm und auch den Hals Freys von seiner Fessel befreite. Die Kriegerin sah, dass er noch immer mit dem Halsring bestückt war.

Frey atmete schwer, konnte den Kohlestift nur mit großer Anstrengung halten, doch war ihm die Tatsache bewusst, dass es nun um sein Leben ging.

„Wie heißt die einzige Waffe, welche mein Sohn beherrscht?", begann der König und blickte den Sklaven durchdringend an. Frey begann so schnell und so sorgfältig er konnte zu schreiben.

„Die einzige Waffe, welche Frey beherrscht, sind Pfeil und Bogen", las der Geistliche die Worte des Jünglings.

Mímir betrat derweil das Schafott und schob die schmutzige, mit Blut befleckte Tunika Freys nach oben, besah sich die große Brandnarbe auf seinem Bauch.

„Was tat Frey, wenn seine Füße im Winter in der Nacht zu frieren begannen?", fragte der König nun.

„Er drehte sich so, dass er seine Füße unter das Kopfkissen stecken konnte", las der Geistliche.

Mímir löste derweil die Fessel, welche über Freys Bauch lag, um diesen besser betrachten zu können.

„Wann gestattete ich meinem Sohn, Iduna zu heiraten?", fragte der König nun.

Iduna hielt weiterhin die linke Hand Freys fest in der ihren und strich sanft mit ihrem Daumen über seinen Handrücken.

„Am dreizehnten Juni vor acht Jahren billigtet ihr die Hochzeit von Frey und Iduna.

Frey zuckte zusammen, als Mímir seine Hände auf den Bauch des Sklaven legte.

„Was war die schlimmste Körperstrafe, welche ich meinem Sohn je antat?", fragte der König nun mit ruhiger Stimme.

„Dreizehn Schläge mit der Rute", las der Geistliche und hob den Kopf.

Mímirs Hände fuhren derweil suchend über die vernarbte Haut.

„Und nun stelle ich meine letzte Frage an dich: Wie lautete der Name des Erziehers und was geschah mit ihm?", rief der König.

Verwundert blickte Iduna zu ihm herüber. Dann fiel ihr Blick auf Frey, welcher gequält die Augen schloss.

„Frey!", hauchte Alvar da und wandte sich, so gut er konnte zu dem Sklaven um, „Versprich mir, nicht zu lügen!"

Da begann Frey wieder zu schreiben. Zeile für Zeile füllte er. Wort für Wort wurde niedergeschrieben und schließlich entglitt der Stift seinen Fingern, sein Arm erschlaffte und er ließ auch seinen Kopf zurück auf das Holz der Hinrichtungsstätte sinken.

„Bevor ich diese Frage beantworten werde, lasset mich sagen, dass der erste Befehl, welchen ich erhielt, lautete, niemals zu lügen. Und diesen gab man mir nicht nur einmal. So werde ich nun die Wahrheit verkünden, selbst wenn ich dadurch eine andere Regel verletze.

Der Erzieher wurde bei Hofe Sardasot genannt, doch dies ist nicht sein wahrer Name. Am Tage meines dreizehnten Geburtstages war es seine Aufgabe, mich in meine Gemächer zu geleiten. Er blieb bei mir, bis ich in meinem Bette lag, holte mit einem Mal aus und betäubte mich mit einem Schlag. Als ich aufwachte, befand ich mich mit Fesseln bestückt in einer Kleidertruhe, einige Seile und Stoffstücke verhinderten, dass ich um Hilfe rief. Nach einiger Zeit drangen die Stimmen von ihm und die meines Vaters an meine Ohren. Sardasot behauptete, nicht mit dieser Schuld leben zu können.

Er verließ meine Heimat, brachte mich an einen mir unbekannten Ort und sperrte mich für eine endlos lange Zeit in einen dunklen Raum. Kaum Nahrung brachte er mir, legte mir nach einiger Zeit den Halsring an. Schließlich verlor ich meine Stimme. Noch heute bin ich ihm hörig.

Mein Herr brachte mich nun, es mussten einige Jahre vergangen sein, auf eine Burg, wo ich als Sklave diente. Er lehrte mich, niemandem etwas über die vergangene Zeit zu sagen. Gehorchen tat ich von selbst. Ich sei sein wertvollster Schatz, sagte er immer. Auch ist er gealtert, sein einst dunkles Haar ist nun von grauer Farbe und sein Gesicht wird nun von einer Narbe anstatt von einem Bart geziert. Er ist der erste Berater Belials, welcher den Namen Adrastos trägt. Er verbot mir, dies jemals auszusprechen, vergaß jedoch, dass ich nicht mehr sprechen kann."

Ein Raunen ging durch die Menge. Sie alle wandten sich der Plattform zu, auf welcher der Adel stand. Asilos trat nun auf Adrastos zu und blickte ihn an. Argon tastete nach dem Griff seines Schwertes, während Alvar begann, sich in seinen Fesseln zu winden.

Mímir wandte sich derweil Iduna zu und gebot ihr, den Fleck, welcher unter der dunkel wirkenden Brandnarbe sichtbar wurde, näher in Augenschein zu nehmen.

Dieser war blass, fiel in der Narbe nicht auf und doch erkannte Iduna ihn. Sie nickte Mímir zu und wandte sich anschließend der Plattform zu, auf welcher der König Adrastos soeben als den Erzieher Freylens erkannte.

„Er ist der Prinz!", rief da Mímir laut aus.

Die ersten Rittersleute bahnten sich einen Weg auf das Schafott zu, während Mímir augenblicklich begann, die Fesseln Freys zu lösen. Iduna tat dies bei denen von Alvar ebenso. Sie verspürte eine nahezu unendliche Erleichterung in sich aufsteigen, ergriff, so schnell es ihr möglich war, wieder die Hand Freys.

„Hörst du, Frey, nun wird alles gut", wiederholte sie immer und immer wieder.

Sie achtete nicht länger auf Alvar, welcher seine Versuche, sich aufzusetzen, stöhnend aufgab, achtete nicht auf

Mímir und den Henker, blickte nicht herüber zu Asilos und seinem adligen Gefolge, sondern konzentrierte sich voll und ganz auf Frey.

Dieser blickte sie mit halb geöffneten Augen an und gab ein leises Seufzen von sich. Seine Hand lag noch immer in der ihren, war kraftlos und unbewegt.

Doch mit einem Mal war die Unruhe aller Anwesenden wieder da. Iduna bemerkte dies jedoch erst, als jemand sie grob zur Seite stieß.

Als sie sich wieder aufrichtete, fiel ihr Blick auf Frey, welcher sie mit weit aufgerissenen Augen anblickte. Ein Dolch lag an seinem Hals, dicht über dem Halsring. Adrastos stand hinter ihm und blickte den Sklaven böse an.

„Dich strafen werde ich, wenn all das hier vorbei ist", zischte er wütend, „Nun denn, mein König! Das Leben Eures Sohnes liegt in meinen Händen und Ihr werdet nun das tun, was ich von Euch verlange, damit Ihr ihn nicht zu Grabe tragen müsst. Und nun wollen wir meine Feinde beseitigen, nicht wahr, Freylen?"

Entsetzt beobachtete Iduna, wie Adrastos einen weiteren Dolch hervorzog. Sie kannte diesen, hätte er sie doch beinahe getötet.

„Du hast nun die Möglichkeit, um Verzeihung zu bitten, Freylen. Ich befehle dir hiermit, Iduna zu töten, und zwar jetzt!"

Die Menge schrie auf, als Frey gleich einer Marionette nach dem Dolch griff und diesen mit seinen Fingern umschloss.

Alvar versuchte, sich ein weiteres Mal aufzurichten, brach jedoch mit einem Aufschrei wieder zusammen, die Rittersleute wagten nicht, sich zu rühren, und Iduna blickte Frey wie versteinert an, welcher stark zitterte.

„Frey! Nein!", rief Alvar mit weit aufgerissenen Augen. „Oh doch, Frey. Tu es!", schnarrte Adrastos und gab dem Jüngling einen Stoß mit dem Dolch, welcher am Hals des Prinzen lag.

„Du musst ihm nicht gehorchen, Frey!", schrie die sonst so ruhige Runa von der Plattform aus.

„Das muss er! Die richtige Mischung der richtigen Kräuter macht ihn gefügig, obwohl er diese nun mehrere Tage nicht erhielt. Und wenn er nicht möchte, dass ich nebst Iduna auch jeden anderen töten lasse, der ihm nahesteht, dann wird er diesen Dolch nun benutzen", entgegnete Adrastos mit einem Lächeln auf den Lippen.

Da schloss Frey die Augen und holte mit dem Dolch aus. Das Volk begann zu schreien, sie alle wurden nun panisch, einige liefen verängstigt davon oder drückten ihre Kinder an sich.

Und dann stieß Frey zu. Der Dolch durchdrang Haut, Muskeln, Sehnen und Knochen.

Sein Opfer schrie schmerzgepeinigt auf, sank zu Boden, riss den Jüngling herum, welcher regungslos auf den Holzplatten des Schafotts liegenblieb.

Alvar nahm all seine Kräfte zusammen und warf sich auf Adrastos, welcher den Dolch umklammerte, der in seiner Schulter steckte.

Iduna sprang auf und kniete sich, so schnell sie konnte, neben Frey, drehte ihn auf den Rücken und nahm sein Gesicht in ihre Hände. Blut quoll über dem Halsring hervor, Frey atmete flach.

„Sieh mich an!", flehte Iduna und hob seinen Kopf etwas an.

Da flackerten Freys Augenlider ein letztes Mal, das hoffnungsvolle Blau schimmerte ein letztes Mal im Sonnenlicht und seine Lippen formten ein einziges Wort: Iduna.

Die Tränen überkamen die Kriegerin, als sie seinen Kopf auf das Holz bettete und sanft seine Stirn küsste.

Die ersten Rittersleute betraten das Schafott und legten Adrastos in Ketten.

Der König eilte nun auf sie zu und kniete sich neben Iduna. „Man bringe uns Bahren!", rief Mímir derweil, welcher Alvar in eine für ihn angenehmere Position brachte, ihn auf den Rücken drehte und darauf achtete, dass die gebrochenen Knochen nicht zu sehr verschoben wurden. „Was ist mit Frey geschehen?", fragte der Hüne besorgt. Mímir wandte sich diesem nun zu und legte vorsichtig seine Hand an den Hals des Sklaven.

„Er ist nicht tot. Lediglich ist er sehr schwach. Das Atmen fällt ihm von Tag zu Tag schwerer. Wir werden ihn auf die Burg bringen und ihn sowie Alvar heilen. Mein König, Ihr müsst jedoch hier verweilen und das Urteil über Adrastos sprechen, bevor Ihr zurückkehrt. Meine Tochter, Argon und die drei Sklaven werden Iduna, Alvar, Freylen und mich begleiten", erklärte Mímir.

Frey lebte! Dieser Gedanke ließ Iduna nun nicht mehr los. Sie hielt seine Hand, lächelte ihn an, obwohl er in einer tiefen Ohnmacht lag.

Man brachte zwei Bahren und zunächst betteten Mímir und Niam, welchen man von seinen Ketten gelöst hatte, Alvar auf die erste Bahre und brachten ihn in eine der Kutschen. Seine Familie blieb bei ihm.

„Iduna, gehst du mir zur Hand?", fragte Mímir nun und beugte sich herab, um Freys Körper ebenfalls auf eine Bahre zu betten.

Diese nickte und hob Freys Oberkörper nun vorsichtig an. „Sei bedacht, Iduna. Auch seine Knochen sind gebrochen. Zudem hat ein Mensch Organe, welche durch diese Schläge ebenfalls verletzt sein könnten. Wir müssen nun sehr vorsichtig sein", sagte Mímir leise und bettete die untere Körperhälfte ebenfalls auf die Bahre, „Du und Frey, ihr werdet gemeinsam mit meiner Tochter und ihrem Gemahl fahren", erklärte Mímir freundlich und hob die Bahre an.

Iduna tat es ihm gleich und sie trugen den Prinzen von dem Schafott auf die Kutsche zu.

Kapitel X

„Du kannst die Vergangenheit nicht ungeschehen machen"

Stunden schien es zu dauern, in welchen Argon den Halsring Freys mit einer Feile malträtierte. Stunden, und Iduna konnte bloß dasitzen und hoffen. Hoffen, dass Frey aufwachen würde.

Sie hielt seine Hand, seit sie in die Kutsche gestiegen waren, doch war der junge Prinz nicht erwacht. Niemand hatte es ausgesprochen und doch war allen bewusst, dass er nun frei war.

Auch wenn Mímir im Glauben war, dass Frey lediglich gebrochene Knochen und Blutergüsse hatte, aufgewacht war er noch immer nicht.

Nach seiner Behandlung war auch Alvar vor Erschöpfung eingeschlafen. Den Hünen hatte das Rädern mehr mitgenommen, als er ihnen allen zeigen wollte. Kumani saß an seinem Bett und hielt seine Hand fest umklammert, ebenso wie Iduna die Hand Freys.

Hüften und Beine waren geschient und verbunden. Alvar hatte Mímir zudem ein Mittel aus Arnika auf die Beine gestrichen und ihm Baldrian verabreicht, um seinen Schmerz zu lindern.

Noch war es ihnen nicht gestattet, die Halsringe der übrigen Sklaven zu entfernen, noch waren sie nicht frei.

Um den Halsring zu entfernen, musste Argon ihn an zwei Seiten durchtrennen. Eine Seite war nun geöffnet und vorsichtig weitete der Rittersmann die Öffnung, sorgte dafür, dass der Hals Freys langsam befreit wurde, dass er besser atmen konnte.

Und tatsächlich wurde das leise Röcheln von Freys Atem immer weniger, bis Iduna es nicht mehr vernehmen konnte.

„Bald bist du frei", flüsterte sie dem Jüngling zu und schenkte ihm ein Lächeln.

Sie blickte in seine blauen Augen und wieder floss eine Träne über ihre Wange. Dann begriff sie, was sie sah. Sie sah in Freys Augen, welcher sie anstarrte, ohne sich zu bewegen.

„Du bist erwacht!", rief sie, so leise es in ihrer Freude nur möglich war.

Augenblicklich unterließ Argon seine Arbeit und musterte den Jüngling Sein Gesicht wurde von einem Lächeln erhellt.

„Sei gegrüßt, Frey!", sagte er höflich und seufzte erleichtert auf. Seine Hand legte sich auf die Stirn des Prinzen. „Kein Fieber", erklärte der Rittersmann und Iduna schloss erleichtert die Augen, all die Anspannung fiel von ihr ab, fort war die Angst um den Jüngling, dessen

Augen zwar dunkel vor Schmerz waren, die ihren Blick jedoch erwiderten.

Mímir trat nun neben das Bett und blickte Frey ebenfalls sehr erleichtert an.

„Nachdem Argon den Halsring entfernt hat, werde ich dir einen Trunk verabreichen, welcher deine Schmerzen etwas betäuben wird, Frey. Ich habe dich untersucht und bin voller Hoffnung, dass du in einigen Wochen wieder völlig genesen wirst, ebenso Alvar", sprach der Heiler lächelnd, während Argon sich räusperte.

„Würde es funktionieren, wenn ich den Ring lediglich so bewege, dass die Öffnung sich weitet, ja, dass der Ring zerbricht?", fragte der Rittersmann nun und blickte auf den schweren Halsring, „Es würde Stunden benötigen, um ihn mit der Feile zu entfernen."

Da rührte sich Frey, welcher sich vor lauter Schmerz kaum bewegen konnte. Seine Hand ergriff die von Argon, führte sie zu seinem Hals und legte sie an eine Stelle des Halsringes, über welcher eine kleine Brandnarbe zu sehen war.

„Hier ist eine Naht!", stellte der Braunhaarige erstaunt fest.

„Adrastos musste den Halsring nun einmal an Freys Hals anbringen, Argon. Zudem solltest du ihn nicht brechen, da dieser von innen vermutlich mit Dornen bestückt ist und seine Haut zerfetzen würde", erklärte Mímir und nickte dem Gemahl seiner Tochter ermutigend zu.

Während Mímir sich abwandte, um Tuch, Wasser und Salben herbeizuholen, ergriff Argon erneut die Feile.

„Gleich bist du ihn los, Frey", flüsterte Iduna und drückte ermutigend seine Hand, während Argon die Feile an die Naht setzte.

Bereits nach wenigen Minuten stieß er auf einen Stift, welcher zu einer der Hälften des Ringes gehörte und in die andere hineingeschoben worden war, bevor das Metall mit der Hitze einer Flamme verbunden worden war. Iduna wollte sich nicht ausmalen, wie stark dies geschmerzt haben musste.

„Ich werde dir den Ring nun abnehmen, Frey", sprach Argon und ergriff die beiden Hälften der Fessel. Mímir hob den Kopf Freys etwas an und legte ein festes Tuch unter seinen Hals.

Dann zog Argon die Halbringe auseinander, löste sie von dem Hals, welcher beinahe acht Jahre lang keine Freiheit verspürt hatte. Die Augen des Sklaven ließen Iduna nicht aus den Augen, als die Dornen an der Innenseite des Ringes aus seiner Haut gezogen wurden, den Hals, welcher unter dem Ring blau verfärbt war, zum Bluten brachten. Und doch begannen seine Augen in diesem Moment, in welchem Argon ihn von seiner Fessel befreite, eigenartig zu leuchten. Sein Atem veränderte sich, war nun beinahe lautlos, viel tiefer und ruhiger.

„Du bist frei, Frey!", flüsterte Iduna und wischte sich vorsichtig die Tränen von den Wangen.

Mímir verband die Wunden derweil, nachdem er den Hals gesalbt hatte, mit einem leichten Tuch und begann nun den Hals abzutasten.

„Von außen werden wir den Hals nun kühlen, damit der Bluterguss abklingt. Die Wunden der Dornen sind nur oberflächlich und werden in wenigen Stunden aufhören zu bluten. Doch du solltest nun viele warme Getränke zu dir nehmen, Frey, damit du schnell wieder sprechen kannst. Der Kehlkopf ist nicht beschädigt. Du wirst wieder sprechen können", lächelte Mímir, „Doch nun, trinke zunächst diesen Trunk, welcher die Schmerzen in Hüften und Beinen lindern wird!"

Frey wollte nach dem Tonbecher greifen, jedoch glitten seine Hände kraftlos zurück. Iduna blickte ihn an.

Mímir nickte der Kriegerin leicht zu, bevor er sich Alvar zuwandte, um zu überprüfen, ob dieser von Fieber geplagt wurde. Argon erhob sich ebenfalls und begann damit, die anderen anwesenden Sklaven zu begutachten, diejenigen, welche am schwersten verletzt waren, auf die Liegen zu bitten, um sie ebenfalls zu behandeln.

Iduna legte derweil eine Hand auf die Schulter Freys. Erstaunt blickte dieser sie an.

„Deine Kraft wird zu dir zurückkehren, stärker als je zuvor. Doch musst du dich nun gedulden, damit du sie vollständig entfalten kannst. Ich werde dich nicht mehr allein lassen, hörst du? Ich bleibe für immer bei dir, wenn du dies wünschst. Doch nun genieße den ersten Schluck

Flüssigkeit, welcher durch keine verengte Kehle gleiten muss, dir, so hoffe ich, kaum unangenehm sein wird. Versuche es noch einmal, denn aufgeben sollst du wahrlich nicht."

Frey sah Iduna an, welche seinen Blick aufmunternd erwiderte. Er konnte ihre Hoffnung sehen und schwor sich in diesem Moment, alles dafür zu tun, um gesund zu werden. Wieder streckte er die Hand aus und dieses Mal umschlossen seine Finger den Tonbecher. Langsam hob er denselben an und führte den Becher an seine Lippen, den Blick Idunas, welcher freudiger und freudiger wurde, spürte er noch immer auf seiner Haut.

Frey begann zu trinken. Einen Schluck. Einen zweiten, einen dritten. Seine Augen waren geschlossen, sein Gesichtsausdruck verdeutlichte die Pein, welche er empfand und doch sah Iduna, wie sehr er es genoss, frei und unbeschwert trinken zu können. Wie sehr er sich daran erfreute, frei atmen zu können, wie sehr er sich freute, frei zu sein.

Der Jüngling öffnete seine Augen erst, als der Becher vollends geleert war. Das warme Getränk schien ihm gutzutun. Gestärkt blickte er Iduna wieder an, welche sich nahezu augenblicklich in den blauen Tiefen verlor.

Als Mímir ihr sanft eine Hand auf die Schulter legte, schreckte Iduna auf und blickte den Heiler etwas verwirrt an.

„Iduna, ich möchte dich bitten, in den kommenden Tagen bei Frey zu nächtigen." Die Stimme Mímirs war gedämpft, während er sprach, er beugte sich zu Iduna herab, „Er soll sich sicher und geborgen fühlen. Zudem befürchte ich, dass das Volk nun alles dafür tun wird, den Prinzen zu Gesicht zu bekommen. Auch denke ich, dass man euch nun so oder so nicht mehr voneinander trennen kann."

„Deine Bitte werde ich dir mit Freuden erfüllen, wenn du, Frey, mir gestattest, das Bett neben dem deinen zu beziehen", antwortete Iduna lächelnd.

Sie fühlte sich so glücklich wie vor vielen Jahren zuletzt. Frey war frei, bei ihr und er würde wieder gesund werden.

Dieser tastete ein weiteres Mal nach einer Hand, nach der Hand Idunas, und ergriff diese, hielt sich an ihr fest. Gleichzeitig nickte er Iduna schwach zu, als Zeichen dafür, dass er ihren Wunsch, den anderen nicht allein zu lassen, teilte. Anschließend schloss Freylen die Augen. Er war mehr als bloß erschöpft. Die Erschöpfung und der Schmerz machten ihn schläfrig, und auch der Trunk begann nun zu wirken.

Bevor Frey im Land der Träume versank, stellte er sich die Frage, wie es wohl sein würde, ohne Schmerzen zu schlafen ... zu leben, und wann er keine Pein mehr ertragen musste, wann er wirklich frei war, frei von all der Pein und der Angst, wann er glücklich sein würde. Und eine kleine Stimme in seinem Kopf, welche ein wenig wie seine eigene klang, flüsterte ihm zu, dass dieser Tag bald da sein würde.

~

Laute Stimmen rissen den Prinzen aus dem Schlaf. Vor wenigen Minuten noch wandelte er über eine herrlich, nach Blumen duftende Wiese auf einen dunkelgrünen Wald zu, ohne auch nur den geringsten Schmerz zu verspüren, an der Seite Idunas ... Hand in Hand ... glücklich.

Doch nun war der Schmerz wieder da und diese Stimme rief noch immer so laut, dass es ihn ängstigte: „Wo ist mein Sohn? Ich muss zu ihm! Ich muss sehen, dass er lebt, dass es ihm gut geht!"

„Du hast ihn vor Jahren schon aufgegeben, hast ihn wie Vieh behandelt! Nun kannst du nicht so tun, als wäre all das Vergangene ungeschehen! Frey schläft und ich kann dir sagen, dass er zwar lebendig ist, es ihm jedoch nicht gut geht! Besser zwar, jedoch nicht gut. Seine Wunden brauchen viel Zeit, um zu heilen, und besonders die seelischen benötigen viel Liebe! Liebe, welche du ihm niemals gegeben hast! Hättest du ihn damals zu Bett geleitet, so wäre all dies niemals passiert! Und jetzt hast du ihn nicht einmal erkannt! Weder ihn noch Adrastos! Du warst kein guter Vater! Du hast ihn angeschaut, wie man ein Pferd betrachtet, welches man kaufen will. Weshalb sollte er dir vertrauen?" Dies war die Stimme Idunas, aus welcher Angst, Verzweiflung und Wut sprachen.

Frey schlug vorsichtig die Augen auf, das Tageslicht blendete ihn zunächst, er musste die Augen zusammenkneifen. Doch dann erblickte er die blutroten Haare Idunas, welche mit geballten Fäusten vor ihrem König, seinem Vater, stand und diesen anschrie.

Frey wollte sich bemerkbar machen, wollte, dass Iduna das Vergießen von Tränen unterließ. Er versuchte, sich zu bewegen, seinen Körper zu drehen, doch da durchfuhr ein solch heftiger Schmerz seine Beine und Hüften, dass er geschrien hätte, wenn er dies denn gekonnt hätte.

Die Tränen sprangen ihm in die Augen und nur mit der größten ihm möglichen Selbstbeherrschung gelang es ihm, diese zu unterbinden.

Der König jagte ihm Angst ein. Nie war er ein liebender Vater gewesen, hatte ihn nie in den Arm genommen, ihm nie gesagt, dass er ihn liebte, oder gar stolz auf ihn sei. Nie sah Frey Asilos als seinen liebenden Vater an. Für ihn war er in seiner Kindheit ein beherrschender Vater, mehr ein König gewesen. Doch das kleine Gefühl des Vaters, welches Freylen als Junge verspürte, war nun vollends verschwunden. Asilos war einer seiner Herren, wenn nicht sogar der mächtigste, sah man von Adrastos ab.

Auch dem König gefiel es, ihn zu quälen, das verspürte Frey noch immer an seinem eigenen Leib. Auch diese Narben würden für immer bleiben.

Er hatte ihn nicht als seinen Sohn erkannt, sah in ihm ein Nutztier, bis er begriff, wer er wirklich war.

Doch Frey wollte nicht behandelt werden wie der Prinz, der er war, wenn er wusste, dass man andere Menschen schlug und in Armut leben ließ. Er lernte, dass lediglich der Titel des Prinzen ihn vor all dem Leid der Welt geschützt hatte. Er machte ihn zu einem Sklaven der anderen Art, hielt ihn in einem Käfig aus Gold gefangen, doch schützte er ihn vor schwerem körperlichem Leid.

Frey öffnete den Mund, wollte etwas sagen, doch noch immer kam nicht mehr als ein klägliches Wimmern über seine Lippen. Doch reichte dies aus, um die Köpfe der Anwesenden herumfahren zu lassen.

Erschrocken blickte Frey in die verwunderten Gesichter. Ihn überkam mit einem Mal große Angst. Noch nie hatte er die anderen Menschen auf sich aufmerksam gemacht. Noch nie hatte er in einen Streit eingegriffen. Noch nie hatte er sein Wohlergehen vor das eines anderen geschoben.

„Freylen!", rief der König da und bewegte sich auf den jungen Prinzen zu, welcher augenblicklich zurückzuckte und Asilos voller Angst anblickte.

„Mein König!" Mímir versuchte, ihn zu stoppen, jedoch reagierte Asilos nicht, sondern ließ sich auf dem Bette Freys nieder und legte seinem Sohn eine Hand auf die Schulter.

Diesem war bewusst, dass man ihm bereits vor vielen Tagen gestattet hatte, dem König in die Augen blicken zu dürfen, jedoch senkte Freylen augenblicklich seinen Blick, zuckte verängstigt zusammen und versuchte, seine Schmerzen ignorierend, von seinem Vater, seinem König, fortzurücken.

„Verrate mir, was ich tun muss, damit alles so wird wie früher!", befahl der König, doch Frey antwortete nicht. Lediglich begann er zu zittern.

„Antworte mir! Soll ich die Sklaven freilassen? Soll ich die Menschen, welche dich quälen, einsperren, strafen oder gar hinrichten lassen? Freylen, antworte mir!" Die Stimme des Königs klang nun beinahe wahnsinnig, er schrie mehr, als dass er sprach.

Sein Sohn wurde immer panischer, als Asilos die Schulter nun fester packte und leicht schüttelte.

„Du kannst die Vergangenheit nicht ungeschehen machen, Asilos! Frey möchte zudem vermutlich gar nicht, dass sein Leben so wird wie vor seiner Entführung. Er soll frei sein, ungezwungen und vor allem glücklich. In seinem gesamten Leben war er weder frei noch ungezwungen oder gar glücklich. Du kannst nichts tun, Asilos, lediglich kannst du ihm beweisen, dass du ihn liebst. Frey hat mehr als genug Pein ertragen müssen. Und nicht nur er benötigt nun viel Zeit, um sich an diese Zeiten zu gewöhnen. Du musst ihm diese Zeit geben und nun wirst du dich von ihm entfernen und ihm erst wieder unter die Augen treten, wenn Frey dies wünscht. Die Thronfolge und die Krone sind nun nicht wichtig. Wichtig ist, dass dein Sohn gesund wird, und dies kann er lediglich mit viel Liebe und Geduld. Es geht jetzt nur um ihn und darum, was dazu beiträgt, dass er glücklich wird. Hier geht es weder um die Belange von dir, mir, oder einem anderen. Hier geht es einzig und allein um Frey. Und erst, wenn er selbst dem zustimmt, dass es ihm guttut, wenn du in seiner Nähe bist, dann wirst du wiederkehren!", rief Iduna nun mit lauter Stimme, trat auf ihren König zu und zog ihn von dessen Sohn fort.

Dieser seufzte und erhob sich. Dann wandte er sich noch einmal seinem Sohn zu: „Freylen, ich werde die Worte Idunas sowie deren Bedeutung berücksichtigen und doch möchte ich dich um Verzeihung bitten. Und um dir meine Reue zu verdeutlichen, lass mich verkünden, dass ich ein Gesetz erlassen werde, welches das Halten von Sklaven in meinem Königreich untersagt, und dass ich einem jeden Sklaven, welcher auf dieser Burg beheimatet ist, mit sofortiger Wirkung die Freiheit schenken werde und ihnen anbiete, mich, nach einer eventuellen Genesung und aus freien Stücken, auf mein Schloss zu begleiten, wo ein jeder von ihnen Arbeit, Gemächer, Essen und Trinken vorfinden wird und glücklich sein soll."

Mit diesen Worten verließ der König den Raum und hinterließ zahlreiche Sklaven, welche sich nun mit großen Augen anblickten.

„Wir sind frei", flüsterte Niam und blickte entgeistert an sich herab, „Frei …"

Nun schienen die Sklaven zu begreifen, was geschehen war. Einige schrien auf, andere fielen einem anderen in die Arme, und wieder andere setzten sich weinend vor Glück auf den Boden nieder.

Doch ein Mann reagierte ganz besonders rührend auf diese Nachricht. Iduna blickte in das Gesicht Alvars, welcher mit einem Lächeln auf den Lippen dalag und welchem eine einsame Träne über die linke Wange floss.

Iduna schenkte ihm ein sanftes Lächeln und ließ sich neben Frey nieder, welcher augenblicklich nach ihr griff und ihr Kleid fest umklammerte.

„Mein Leben lang habe ich für diesen Tag gekämpft. Ich gab die Hoffnung auf, dass wir alle einmal frei sein werden, und nun liege ich hier, bin gerädert und gerettet worden und ein freier Mann."

Iduna blickte zu Frey herab, auf dessen Lippen ein kleines Lächeln lag. Ihr war nicht bewusst, wie sehr Alvar gekämpft hatte und doch sah sie in dem winzigen Lächeln Freys, dass diese Freilassung für Alvar mehr bedeutete als für Frey, als für die Burg, als für sie selbst.

~

Von nun an ließ Iduna Freylen kaum noch aus den Augen. Tag für Tag war sie bei ihm, pflegte ihn, erzählte ihm Geschichten und half ihm dabei, gesund zu werden.

Zunächst behagte es dem Jüngling nicht, dass Iduna sich so aufopferungsvoll um ihn kümmerte und ihn umsorgte, ihm Nahrung gab, ihn wusch oder einfach bloß dasaß und ihn anlächelte.

Er zeigte sich scheu, weinte noch immer viel, doch ging es ihm besser. Die Schmerzen wurden von Tag zu Tag geringer, Freys Knochen begannen langsam, aber sicher zu heilen.

Auch Alvar ging es von Tag zu Tag besser. Der Anführer der Sklaven heilte schnell, sein starker Körper hatte bereits dafür gesorgt, dass er durch die Schläge mit dem Rad nicht so schwer verletzt wurde.

Der Anführer hatte sich dennoch etwas verändert. Man sah ihm und den anderen Sklaven, welche nach und nach von Mímir, Argon, Runa und einigen anderen Heilern behandelt wurden, an, dass sie nun glücklicher wirkten. Noch immer waren sie scheu, ihren ehemaligen Herren untergeben, doch langsam, aber sicher schienen sie die Tatsache, keine Sklaven, freie Menschen zu sein, zu verinnerlichen.

Die Halsringe waren noch am Tag der Verkündung des Königs in weniger als einer Stunde entfernt worden, was die Sklaven deutlich veränderte. Einige von ihnen schritten nun erhobenen Hauptes durch die Gänge der Burg, andere begannen Widerworte zu geben. Wieder andere jedoch gewöhnten sich schwerlich an ihre neue Freiheit. Diese zuckten noch immer zusammen, wenn sie etwas taten, wofür sie bestraft worden waren. Die Menschen, welche auf der Burg lebten, gewöhnten sich ebenfalls bloß schwerlich an die freien Sklaven, zumal sie nun weitaus längere und härtere Arbeit verrichten mussten, da Mímir einem jeden der ehemaligen Sklaven verbot zu arbeiten. Sie sollten ruhen und ihre Kräfte wiedererlangen.

Tatsächlich nahm ein jeder von ihnen das Angebot des Königs an. Was mit Belial, seinen Söhnen und vor allem mit Adrastos geschehen sollte, war noch ungewiss.

Der ehemalige Berater Belials fristete sein Dasein in den Kerkern, während es Belial und seinen Söhnen erlaubt war, sich frei in der Burg zu bewegen. Diese verlassen durften sie jedoch nicht.

Sandulf und Jaro kamen manchmal zu Frey, Iduna, Alvar und den anderen Sklaven, brachten ihnen Leckereien aus der großen Burgküche, Bücher oder Bilder mit und unterhielten sich mit den Anwesenden.

Jaro gefiel es, für Frey Tee zuzubereiten und ihm diesen zu geben. Der Zustand des Jünglings war mal besser und mal schlechter. An manchen Tagen gelang es ihm, mit Iduna Karten zu spielen und sich mit den anderen Sklaven zu verständigen. Manchmal beschriftete er ein Dutzend Seiten am Tag, denn Sprechen tat er noch immer nicht. An anderen Tagen wiederum ging es ihm so schlecht, dass er nicht einmal seinen Kohlestift halten konnte. Doch wurden diese Tage immer seltener. Seine Augen strahlten jedoch jeden Tag heller und seine Freude über die Freilassung seiner Kameraden wuchs Tagein Tagaus.

Nun, da die Sklaven ruhen durften, versagte jedoch auch bei vielen von ihnen die Kraft. Lediglich die Angst hatte sie auf den Beinen gehalten.

Doch die gute Verpflegung machte sich recht schnell bemerkbar. Bis es den Sklaven so gut gehen würde wie Iduna, würden noch Wochen, vielleicht gar Monate oder Jahre vergehen, doch kehrte die Kraft zügig zurück, sodass die ersten Sklaven sich erheben und wieder laufen konnten.

Mímir und seine Gefährten sprachen zudem viel mit den Sklaven, versuchten ihnen zu helfen, ihnen die Angst vor den Strafen und Schmerzen zu nehmen. Bei einigen half dies gut, bei anderen kaum.

Doch nebst der Gewissheit, was passieren würde, kehrte noch eine Sache nicht zurück: Die Stimme Freys.

Mímir sagte zwar, dass dies viel Zeit brauchen würde, doch veränderte sich rein gar nichts. Die Laute Freys wurden weder klarer noch lauter. Der Bluterguss wurde ebenfalls kaum blasser, was jedoch der Tatsache zu verschulden war, dass dieser viele Jahre alt war.

Das Verzehren von Nahrung und das Trinken von Wasser fiel Frey jedoch immer leichter. Die Schmerzen wurden von Tag zu Tag geringer und Frey nahm größere Portionen und festere Nahrung zu sich, was Iduna ungemein freute.

~

Einige Tage später blickte Iduna verwundert von einem dicken Buch auf, als Argon vor sie trat.

„Iduna, dieser Mann wünscht, dich zu sprechen", sagte der Ritter und deutete auf seinen Gefährten, bevor er sich zurückzog.

Vor Iduna stand Adrik.

Er sah furchtbar aus, seine Haare waren ungekämmt, seine Wangen nicht rasiert, seine Kleidung faltig.

„Was willst du hier?", fragte Alvar von seinem Bette aus und musterte den Sohn des Burgherrn verächtlich.

„Dir bin ich keine Antwort schuldig, Sklave!", zischte Adrik und wandte sich zu dem Hünen um.

„Ich bin ein freier Mann, Adrik, und gehöre nach meiner Genesung zu den Rittern des Königs bei Hofe. Du solltest mir und einem jeden meiner Gefährten demnach Respekt zollen", antwortete Alvar ruhig.

Iduna konnte erkennen, wie sehr er es genoss, den Fürstensohn nun zu demütigen.

„Was verlangst du von mir, du wolltest mit mir sprechen, dich nicht mit Alvar streiten. Zudem bitte ich dich, und auch dich, Alvar, die Stimmen etwas zu dämpfen, Frey schläft und er ist nicht der einzige, welcher ruhen möchte", sagte Iduna drum und erhob sich von ihrem Bette. Das Buch legte sie in einer flüssigen Bewegung auf den kleinen Tisch neben dem Bett.

„In der Tat habe ich eine Frage an dich, Iduna", begann Adrik und strich sich das Haar aus der Stirn.

„Sprich!", seufzte Iduna und blickte den Mann vor sich an. „Wann werden wir unsere Hochzeit wiederholen, Iduna? Ich denke, nun soll Freude in unserem Reiche aufkommen", sprach Adrik und rieb nervös die Hände aneinander.

Iduna stöhnte auf. „Adrik, diese Hochzeit wird nicht wiederholt werden. Nie wirst du zu meinem Ehemann, meinem Herrn. Du wirst dich nicht auf den Thron schmuggeln können gleich einem Gaukler. Ich bin einem anderen Manne versprochen, welchen ich mit großer Freude heiraten werde, wenn er selbst dies wünscht", erklärte die Kriegerin und ließ sich wieder auf ihrem Bette nieder.

„Erkläre mir, Iduna, was ich nicht habe, jedoch Freylen dir geben kann. Ich bin groß, stark, mutig, angesehen, habe einen hohen Stand, kann kämpfen und herrschen, sehe zudem gut aus und weine vor allem nicht, wenn ich Schmerzen verspüre", rief Adrik aufgebracht. „Ihr weint, wenn Eure Haare nicht so gekämmt sind, wie Ihr es wünscht", erwiderte Alvar spöttisch.

„Frey hat Schmerzen verspürt, welche du dir nicht ausmalen kannst, Adrik. Er fürchtet sich vor seiner eigenen Spezies, wurde mit einem Trunk gefügig gemacht und weiß nicht, was es heißt, glücklich zu sein. Dennoch ist er gerecht, höflich und mutig, mutig auf seine Art. Freylen ist klug, verständnisvoll, einfühlsam, ehrlich, hilfsbereit und liebevoll. Doch vor allem, Adrik, hat er ein Herz, ein Herz, welches so groß, so rein und unschuldig ist, wie ich es noch nie erlebt habe. Du bist ein Nichts, im Gegensatz zu ihm!"

Iduna blickte aufgebracht drein, als sie die seltsamen Geräusche, das leise heisere Murmeln vernahm, welches den Raum erfüllte.

Die Worte konnte sie kaum verstehen, doch fiel ihr Blick auf Frey, welcher sich unruhig hin und herdrehte, seine Augen noch immer fest geschlossen hatte und seine Lippen leicht bewegte.

Die gemurmelten Worte kamen von ihm!

„Mímir! Frey!", rief Iduna und sprang auf, hockte sich vor den Prinzen und ergriff dessen Hand.

Der Heiler eilte herbei und beugte sich besorgt über den Prinzen. Doch seine Miene änderte sich schlagartig.

„Er träumt bloß", erklärte er lächelnd, „Und es scheint, als kehre seine Stimme nun zurück."

Iduna blickte den Heiler entgeistert an. „Du meinst, dass er sprechen kann?", rief sie verwirrt und erfreut zu gleich.

„Er spricht, Iduna. Höre genau!"

Mímir hatte recht. Wenn Iduna sich bemühte, so konnte sie die leisen unregelmäßigen Worte vernehmen, welche Frey von sich gab. Verstehen tat sie diese zwar nicht, doch waren es gesprochene Worte.

„Du kannst sprechen", flüsterte Iduna erleichtert. Mit Tränen in den Augen beugte sie sich über den Jüngling und küsste dessen Stirn.

Da schlug Frey die Augen auf und blickte Iduna an.

Als er die Tränen erblickte, wurden seine Augen von Besorgnis getrübt, sein Blick fragte sie stumm, warum sich Tränen in ihren Augen bildeten.

„Du hast gesprochen, Frey. Im Schlaf", flüsterte Iduna und schenkte Frey ein strahlendes Lächeln. Verblüfft blickte dieser sie an.

„Versuche es noch einmal!", bat Mímir ihn ermutigend und lächelte ihn an. Kumani und Lavina, die derzeit bei Alvar verweilten, erhoben sich und traten vorsichtig näher. Der Hüne reckte den Hals, konnte noch immer nicht aufstehen, musste ruhen.

Adrik drängte sich ebenfalls in die Gruppe von Menschen, welche sich um Frey gebildet hatte, und blickte hämisch auf den ehemaligen Sklaven herab.

„Nun sprich schon!", rief er spöttisch, den Blick, welchen Kumani ihm zuwarf, ignorierend.

Frey öffnete den Mund, blickte jedoch so verängstigt drein, als habe man ihm Prügel angedroht, sollte er nicht sprechen können. Iduna glaubte nicht daran, dass Frey in dieser Situation auch nur ein einziges Wort zustande bringen konnte. Und tatsächlich blieb der Jüngling stumm, blickte verängstigt in die Gesichter, schloss seinen Mund und senkte anschließend den Kopf.

Iduna spürte das Verlangen, den jungen Prinzen zu trösten, ihn in die Arme zu nehmen, und wollte diesem gerade nachkommen, als Adrik seine Stimme erhob: „Siehst du, Iduna. Nicht einmal sprechen kann dieser Nichtsnutz! Weinen und dir eine Last sein, das wird er können. Du glaubst doch nicht etwa, dass er eines Tages unser Königreich regieren wird? Er wird es zerstören, läuft doch vor jedem Konflikt davon. Sein Geist ist schwach! Er ist ein Nichts, ein Niemand. Er liebt dich doch gar nicht! Er will doch bloß, dass du ihn pflegst! Er wird dir eine große Last sein und nichts für dich tun. Du wirst zu Grunde gehen, Iduna, weil du dich zu Tode schuften wirst!"

Fassungslos blickte Iduna den Sohn des Fürsten an, wollte etwas erwidern, doch fand sie keine Worte für das, was Adrik dem Prinzen vorwarf. Frey griff vorsichtig nach ihrer Hand.

„Du bist schwächer als ich glaubte, Iduna, fällst auf diese blauen Augen und die hübsche Gestalt herein. Ich glaubte, du seist klug, doch du bist einzig und allein ein dummes kleines Mädchen."

Iduna glaubte, nicht mehr atmen zu können. Ihre Augen funkelten vor Zorn, schienen Funken zu sprühen, doch gelang es ihr nicht, etwas zu erwidern.

„Hört auf!", sagte da eine leise Stimme. Sie klang schüchtern, sanft und doch so fest und entschlossen. Heiser war sie, kaum zu hören und angestrengt. Gleichzeitig war sie Iduna bekannt und doch so befremdlich. Iduna kannte diese Stimme und auch wieder nicht. Sie fuhr herum, wollte nun wissen, wer gesprochen hatte, blickte in die zahlreichen Gesichter. Doch niemand erwiderte Idunas Blick.

Sie alle starrten Frey an, welcher selbst am verwirrtesten zu sein schien. Nach Hilfe suchend blickte er Iduna an und da wusste sie, wer gesprochen hatte, wer Adrik befahl aufzuhören.

Noch nie hatte Frey jemandem die Stirn geboten, war er es doch gewohnt, beleidigt und erniedrigt zu werden. Und doch verspürte er den Drang, Adrik zu stoppen, wollte verhindern, dass dieser Iduna weiter erniedrigte.

Während Frey selbst völlig verblüfft, nahezu verängstigt war, Iduna die Hand vor ihren Mund presste und alle anderen Anwesenden wie erstarrt wirkten, blickte Adrik herablassend auf den Prinzen herunter.

„Du wagst es, mir Befehle zu erteilen?", fragte er und schob Iduna zur Seite, welche noch immer völlig fassungslos war, „Du wagst es, so mit mir zu sprechen, du dreckiger kleiner Sklave!"

Die Hände Adriks griffen nach der Tunika, welche man dem Jüngling gegeben hatte, und zogen dessen Oberkörper in die Höhe.

Frey wagte es nicht, auch nur einen Laut von sich zu geben, ließ Adrik gewähren, blickte ihn voller Angst an, versuchte, den Schmerz in seinem Becken zu ignorieren. „Erst stiehlst du mir den Thron und nun Iduna! Jetzt fällt dir zudem ein, mir Befehle zu geben! Du wirst mir dies büßen, das schwöre ich dir!"

Mit einem Mal jedoch zuckte Adrik zusammen. Um ihn hatten sich Arme geschlungen und zogen ihn unaufhaltsam zurück.

„Wage es ja nicht, einen von uns anzugreifen!", schrie jemand.

Es war Niam, welcher den Sohn des Fürsten gepackt hatte und fortzog. Doch ließ Adrik Frey nicht los, zog ihn mit sich, sodass dieser schließlich aus dem Bette stürzte und einen Schmerzenslaut ausstieß, welcher Iduna aus ihrem Zustand erwachen ließ. Sie griff nach den Fingern Adriks und löste sie von Frey, was jedoch dazu führte, dass der Prinz der Länge nach hinschlug und liegen blieb.

Mímir kniete sich augenblicklich neben ihn und ergriff Freys Hände.

„Sind die Schmerzen stärker als vorher?", fragte er besorgt. Der Jüngling atmete hektisch und nickte.

Mímir nickte und beugte sich über die Beine des Jünglings, in dessen Augen sich einzelne Tränen bildeten.

Iduna hockte sich neben den ihr Versprochenen und ergriff dessen Hand. Der Heiler blickte sie an und Iduna verstand. Ihre Hände umschlangen den Oberkörper Freys, Mímir schob die seinen unter Rücken und Beine. Vorsichtig erhoben sich beide und betteten Frey sanft in seine Ruhestätte.

Mímir löste die Verbände und tastete behutsam über die zertrümmerten Beine des Prinzen. Doch dieser blieb still, weinte nicht.

Er verspürte Angst, wahrlich, doch war diese so gering wie zuletzt vor unzähligen Jahren. Er vertraute Mímir, wusste, dass dieser ihn heilen würde. Die Tränen in seinen Augen verschwanden, ohne über seine Wangen zu fließen, weinte er doch einst so viel, zumal er sich fürchtete, nicht wusste, wie er sich ausdrücken konnte, völlig verzweifelt war.

„Die Verletzungen sind nicht weiter fortgeschritten", verkündete der Heiler da und Frey lauschte dem erleichterten Aufatmen Idunas. Sie lächelte ihn an, als Mímir die Beine etwas massierte und schließlich salbte.

„Wenn du mir versprichst, dass du deine Beine nun stillhältst, dann werde ich die Verbände für einen kurzen Zeitraum nicht verwenden, damit deine Haut ein wenig atmen kann", erklärte Mímir da und Frey nickte.

Der Heiler nahm die Decke hinfort, damit die Beine des Jünglings wahrlich etwas frische Luft bekamen, und zog sich anschließend zurück, um sich um eine Verletzung von Niam zu kümmern.

Freylen tastete derweil scheu nach der Hand Idunas und hielt diese fest, doch schrak er heftig zusammen, als sich die schwere Tür öffnete und einer der ehemaligen Sklaven hindurchtrat.

Es war Morogar, der Sklave, welcher bei dem starken Gewitter von dem umstürzenden Baum getroffen worden war und welchen Mímir abseits von den Sklaven in einem der Gemächer behandelt hatte, damit er seine nötige Ruhe und Privatsphäre bekam. Die anderen Sklaven genossen die Gesellschaft ihrer Kameraden viel zu sehr, als dass sie in eigenen Gemächern ruhen wollten. Die Gesunden von ihnen verließen den Heilungssaal zwar, doch belegten sie die Gemächer der Burg mindestens zu dritt, obwohl sich in ihnen bloß ein Bett, welches für zwei ausgewachsene Menschen reichte, befand.

Als Alvar den kräftigen Sklaven erblickte, schenkte er diesem eines seiner seltenen Lächeln und hob erleichtert die linke Hand zum Gruße.

Ebenso groß war die Erleichterung in dem Blick Freylens, welcher den Sklaven, seit dessen Unfall, nicht mehr zu Gesicht bekommen hatte.

„Ganz gleich, was ich tue. Immer gelingt es dir, dass jegliche Aufmerksamkeit auf dich gerichtet ist", sprach der Mann schmunzelnd und zwinkerte Frey zu, „Jedoch bin ich nicht nur gekommen, um mich nach deinem Befinden zu erkundigen und dich über meine Genesung zu informieren, sondern auch, weil man mich bat, dir diesen Brief zu überbringen."

Erstaunt war nun der Blick des Prinzen, als er vorsichtig nach dem Pergament griff, welches Morogar ihm reichte. „Ich denke, ich sollte später noch einmal wiederkehren, wenn du mehr Ruhe hast", erklärte der Mann und wandte sich ab, schritt zu Alvar herüber und setzte sich zu dem Anführer der Sklaven.

Frey öffnete derweil den Brief. Er war in Runenschrift verfasst, und diese Tatsache ließ den jungen Sklaven stutzen. Verwundert begann er die Zeilen zu lesen. Seine Augen wurden mit jedem Wort größer.

Frey,

schon allein diese Anrede kostete mich viele Gedanken. Soll ich dich nun Freylen, Freylion oder lediglich Frey nennen. Ich entschied mich für Letzteres, da ich der Meinung bin, dass dir dieser Name am meisten zusagt, zumal du am ehesten auf Frey hörst.

Ich habe viele Jahre Zeit gehabt, um über dich nachdenken zu können. Über dich und über mich. Du bist mein Sohn, ganz gleich, ob es uns nun zusagt oder nicht. Dass du mein Angesicht nicht erblicken möchtest, kann ich sehr gut nachvollziehen. Ich war nie ein liebender Vater, habe dir abends keine Geschichten erzählt, dich nicht mit den anderen Kindern spielen lassen und dich niemals in den Arm genommen oder dir gesagt, dass ich dich liebe oder stolz auf dich bin. Nie habe ich auch nur einen Gedanken daran verschwendet, dass auch du Gefühle und Bedürfnisse hast, war ich doch viel zu sehr mit meiner Wenigkeit beschäftigt, damit beschäftigt, um deine tote Mutter zu trauern, welche mir doch so ein großes Geschenk hinterließ.

Als Sardasot, oder Adrastos, dich entführte, wurde mir zum ersten Mal so schmerzlich bewusst, was ich all die Jahre falsch gemacht habe. Ich bekam das Gefühl, dich gar nicht zu kennen, lernte erst viele Jahre später, dass du dich vor Gewittern fürchtest und sticken, kochen und sogar Harfe spielen kannst. Zwar war mir bewusst, dass ich trauern durfte, aber auch, dass mich Trauer niemals so in einen Abgrund ziehen durfte, wie sie es bei deiner Mutter getan hatte, als deren Mörder ich dich bezeichnete.

Iduna half mir, die Trauer um deine Mutter und die Angst um dich zu ertragen. Nie schmerzte es stärker, jemanden gehen zu lassen, als ich die Suche nach dir unterband. So viel Leid tat ich dir an, als du ein Kind warst, als ich dich als Sklaven wiedersah. Doch am meisten schmerzt es mich, dass ich dich nicht als meinen Sohn erkannte, dass ich dich und auch die anderen Sklaven für Nichtsnutze hielt. Sollte ein Vater seinen Sohn nicht erkennen? Doch nun, da mir ein weiteres Mal bewusst wurde, was ich dir antat, nun, da man mir verständlich machte, dass du mich nicht sehen kannst und möchtest, habe ich ein weiteres Mal nachgedacht.

Ich habe dir wehgetan, Frey, wollte nicht einsehen, dass du Bedürfnisse und Gefühle hast, sowohl in deiner Kindheit als auch in deiner Zeit als Sklave und auch nicht, als ich dich als Prinzen erkannte. Ich möchte dich um Verzeihung bitten, obwohl mir bewusst ist, dass du meinen Worten keinen Glauben schenken musst, dass du mich nun hassen könntest, mir vielleicht niemals verzeihen kannst.

Vielleicht glaubst du, dass diese Worte gelogen sind, doch habe ich gelernt, dass dein Herz gut und gerecht ist, und ich weiß, dass du diesen Brief nicht missverstehen wirst. Viel lieber würde ich dir diese Worte nun selbst sagen, doch weiß ich nun, dass du Zeit benötigst, um zu heilen, um die Wunden deiner Seele zu salben. Jedoch möchte ich dir versprechen, dass du in deinem Heimatschloss willkommen sein wirst und dass du, solltest du dich dazu entschließen, wiederzukehren, nicht länger in einem goldenen Käfig leben musst. Du sollst frei und glücklich sein. Und solltest du es noch immer wollen, so weiß ich, dass du deinem Lande ein guter König sein wirst, zumal du mehr kennst als das glückliche Leben und so viel Güte in dir trägst, wie ich es noch nie sah. Ich möchte dir sagen, dass ich mehr als stolz auf dich bin, dass du deine Vergangenheit so stark und tapfer ertragen hast, dass niemand dein gutes Herz zerstören konnte, und dass es dich einfach noch immer gibt.

Ich liebe dich, mein Sohn

Dein Vater Asilos

Schon oft hatte Frey in seinem Leben Tränen vergossen. Häufig waren es Tränen der Angst, der Trauer und des Schmerzes, seltener Tränen des Glücks, doch noch nie waren es Tränen der Rührung gewesen, welche Frey nun über die Wangen liefen.

Noch nie unterschrieb sein Vater, ohne seinen Titel zu erwähnen, noch nie schrieb er solch gefühlvolle Worte und noch nie sprach er ihn mit Frey an.

Wortlos reichte er Iduna den Brief, während er nach seinem Stift aus Kohle und nach Pergament griff und zu schreiben begann.

Noch immer war er sehr schwach und es strengte ihn an, zu schreiben. Und doch wusste er, dass er diese Worte nun verfassen musste. Er schrieb in Runenschrift, wenige Zeilen, bevor er das Blatt Pergament faltete und den Namen seines Vaters auf den Brief schrieb.

„Noch nie hat er solch persönliche Worte verfasst", sagte Iduna leise und faltete den Brief zusammen, „Soll ich Asilos nun deinen Brief überbringen? Ich werde ihn nicht lesen, das verspreche ich."

Frey nickte und reichte der Kriegerin das Blatt Pergament, welches sie ergriff und mit welchem sie sich erhob, den Saal verließ und zu ihrem König eilte.

Dieser saß an seinem Schreibtisch, über wichtige Dokumente gebeugt, und regierte, wie er es immer tat, als Iduna vorsichtig eintrat.

Die Kriegerin räusperte sich leise und das Haupt des Königs fuhr herum.

„Iduna!", rief er erstaunt, „Was tust du hier?"

„Morogar überbrachte Frey deinen Brief. Der las ihn und gab ihn anschließend mir, während er selbst einige Zeilen für dich verfasste. Diese Worte möchte ich dir nun überbringen, ehe ich zu Frey zurückkehren werde. Adrik war bei uns. Er hat Frey angegriffen, doch dieser hat sich nicht stärker verletzt. Jedoch gelang es Frey, einige Worte zu sprechen. Noch immer geht es ihm schlecht, doch wird er wohl genesen", berichtete Iduna, legte den Brief auf den Schreibtisch des Königs und verschwand.

~

Als Iduna den großen Saal der Kranken wieder betrat, sah sie, dass Argon und Morogar am Bette Freys saßen und Karten spielten. Sie lächelte wieder, erfreute sich an dem Anblick Freylens, welchem es wieder ein wenig besser zu gehen schien.

Es war Frey, welcher den Kopf hob und Iduna erblickte, die schnellen Schrittes auf den Blonden zueilte.

Seine Beine waren nun wieder verbunden und auch seine Kraft schien langsam wiederzukehren. Es gelang dem Jüngling, die Karten in der Hand zu halten, auch wenn Iduna sah, wie sehr ihn dies anstrengte.

Die Kriegerin setzte sich neben Frey und blickte den Blonden freundlich an.

„Soll ich dir zur Hand gehen?", fragte sie vorsichtig. Der junge Prinz nickte zögernd und reichte ihr die Karten, bevor sein Arm kraftlos auf die Decke, welche seinen Körper bedeckte, zurücksank.

Der Jüngling wirkte verändert, glücklicher als noch vor wenigen Tagen. Um sie herum befanden sich viele der ehemaligen Sklaven. Sie unterhielten sich, lasen, spielten Spiele und lachten. Diese Stimmung steckte auch Iduna, Argon, Morogar und sogar Frey an, dessen blaue Augen ein wenig funkelten.

Doch mit einem Mal verstummten die Gespräche. Die heitere Stimmung versiegte und zahlreiche ernste Gesichter blickten zur Tür.

Diese hatte sich geöffnet und Asilos, der König Valainas schritt in den Saal. Er wirkte müde, unter seinen Augen befanden sich dunkle Ringe. Seine Wangen waren nicht rasiert, die Haare strähnig. Und doch war sein Blick voller Hoffnung.

„Was treibt Euch in diesen Saal, mein König?", fragte Alvar, welcher seine direkte, ehrliche Art nicht verändert hatte, „Es ist Euch verboten, Eurem Sohn unter die Augen zu treten."

Besagter Sohn blickte den König mit großen Augen an. Sein Blick veränderte sich, Iduna konnte Furcht in seinen Augen sehen, doch ahnte sie, warum der König erschienen war.

„Verzeih, Alvar, jedoch war es Frey, welcher mich bat, zu ihm zu kommen", antwortete der König und bewegte sich vorsichtig auf das Bett zu, in welchem sein Sohn seit einiger Zeit ruhte und heilte.

Morogar und Argon legten die Spielkarten auf den Tisch neben dem Bett Freys und erhoben sich. Lediglich Iduna ließ den Jüngling nicht allein, welcher respektvoll sein Haupt senkte.

Der König war nun bei seinem Sohne angelangt und kniete sich neben diesen, um ihm in die Augen blicken zu können, was ihm jedoch misslang. Der Prinz wagte es noch immer nicht aufzublicken.

„Frey!", flüsterte der König mit belegter Stimme und streckte vorsichtig eine Hand aus. Der Jüngling zuckte leicht zusammen, atmete flach, doch blieb er doch so ruhig. „Du wolltest mich sehen, Frey?", sprach Asilos weiter.

Der Prinz nickte leicht und stieß ein leichtes Schniefen aus.

„Und doch fürchtest du dich", stellte der König Valainas fest, „Dennoch möchte ich nach dem Grund fragen, weswegen du mich hierher batest."

Mit dem Kopf wies Freylen auf den kleinen Tisch, auf welchem, nebst den Spielkarten, der Brief lag. Er biss sich leicht auf die Unterlippe, seine Hand fuhr zu seiner Kehle, welche noch immer von einem leichten Verband bedeckt war. Sein Blick bewegte sich suchend durch seine nähere Umgebung, doch konnte Frey weder Stift noch Pergament ausmachen. In diesem Moment zitterten seine Hände zudem so stark, dass er nicht daran glaubte, den Stift überhaupt halten zu können.

„Du möchtest wissen, ob die Worte dieses Briefes der Wahrheit entsprechen?", fragte der König da. Frey nickte vorsichtig, „Das tun sie, mein Sohn, das tun sie. Ich habe unzählige Stunden und zahlreiche Nächte verbracht seit deinem Verschwinden, in denen ich mich mit Vorwürfen quälte. Ich habe viele falsche Entscheidungen in meinem Leben getroffen, doch nichts bereue ich so sehr, wie meinen lieblosen Umgang mit dir. Als deine Mutter starb, erinnerte mich dein Anblick jedes Mal an meinen größten Verlust und Schmerz. Es schmerzte so sehr, dich ansehen zu müssen Sie starb, als du geboren wurdest, doch trägst du nicht die Schuld an ihrem Tod. Dies habe ich nie begriffen, dies wollte ich nie begreifen. Doch als du fort warst, verstand ich erst, dass das Wichtigste, das Wertvollste in meinem Leben du warst. Sie lebt in dir weiter, da bin ich mir sicher. Und nun warst auch du fort. Ich hoffe und bete dafür, dass du mir meine Fehler eines Tages verzeihen kannst. Doch ich will meine Wut auf dich, meinen Zorn überwinden und dir die Worte sagen, nach denen du dich so lange sehntest: Ich liebe dich, Frey. Und dies meine ich aus tiefstem Herzen."

Dem König traten die Tränen in die Augen, als er diese Worte sprach und seinem Sohn somit dessen größten Wunsch erfüllte.

Ganz vorsichtig bewegte dieser seine Hand und legte diese sanft in die, seines Vaters. Dann hob er den Blick, sah seinem Vater direkt in die Augen.

„Ich liebe dich, Frey", flüsterte dieser noch einmal.

Da stieß Frey ein leises Wimmern aus. Die einzelnen Tränen wurden zu zwei Bächen, welche die Wangen des Jünglings herunterflossen und die Decken dunkel färbten.

„Frey!", rief Iduna da besorgt, „Frey, geht es dir gut?"

Der Jüngling hob den Blick und blickte Iduna mit seinen blau leuchtenden Augen an. Dann nickte er.

„Ich ... ich bin glücklich, Iduna", flüsterte er mit heiserer Stimme, „Glücklich."

Und dann umspielte ein leichtes Lächeln seine so schönen Lippen, welches das Herz der Kriegerin mit purem Glück erfüllte. Ihre Augen begannen zu tränen, ihr Mund zu lachen, als sie sich über den Jüngling beugte und ihre Lippen vorsichtig auf die seinen legte.

Iduna spürte, dass Frey erschrak, wollte sich zurückziehen, doch ebenso schnell, wie Frey erschrocken war, entspannte er sich wieder, zog sich nicht zurück.

Sie sah es nicht, doch wusste sie, dass er seine Augen schloss. Sie spürte, dass er den Kuss sanft erwiderte.

Dann lösten die beiden sich vorsichtig voneinander und lächelten sich an. Es war das erste Mal, dass Iduna sah, dass das Lächeln Freys seine Augen erreichte. Das erste Mal, dass nicht die geringste Spur von Angst und Trauer in seinen Augen zu sehen war.

Die blauen Augen suchten den Blick Alvars, welcher brüderlich, beinahe schon väterlich zu dem Jungen, welchen er als halbwüchsigen aufnahm und zu einem Manne heranreifen sah, herüberblickte.

„Ich habe immer gewusst, dass du eines Tages glücklich sein wirst", sagte der Hüne da und Freylen warf ihm einen Blick zu, welcher nichts als Dankbarkeit ausstrahlte.

„Danke!", flüsterte er heiser. Alvar antwortete bloß mit einem Lächeln.

Der Blick des Prinzen fiel nun schüchtern auf seinen Vater. Dieser blickte seinen Sohn noch immer nahezu flehend an. Wieder öffnete der junge Prinz den Mund, doch nun kam kein Laut über seine Lippen. Sein Blick wanderte zu Iduna, welche verstand und dem Sklaven seinen Stift und etwas Pergament reichte.

Ich werde dir verzeihen. Doch werde ich viel Zeit brauchen, um mich an all das Neue gewöhnen zu können. Ich bin kein Prinz mehr, lediglich ein Sklave. Doch wenn Ihr mir diese Zeit gebt, so werde ich liebend gern auf das Schloss meiner Heimat zurückkehren.

Noch immer strengte es Frey sehr stark an, zu schreiben, doch tat er es vorsichtig.

„Du bekommst alle Zeit dieser Welt, mein Sohn. Doch bitte höre endlich auf mich zu behandeln, wie deinen Herrn, welcher ich nun weder sein will noch darf. Ich bin dein Vater, nicht dein König, und ich hoffe, dass du dies eines Tages spüren wirst."

Da öffnete sich die Tür und Runa betrat den Saal. Ihr folgten einige Wachen, welche etwas zu essen auf Tabletts hereintrugen. Zur großen Überraschung Idunas trug die Tochter Mímirs selbst kein Tablett, so wie sie es sonst immer tat. In ihrem Arm hielt sie stattdessen einen kleinen Säugling, welcher mit ihren Haaren spielte.

„Vater, ist es dir recht, wenn er hier ist? Floki hat seinen Mittagsschlaf beendet und wird gleich wach sein", sagte Runa und blickte ihren Vater bittend an.

„Natürlich darf er bleiben, sieht er doch einmal etwas anderes als die Gemächer von euch", entgegnete Mímir.

„Ist dies ...", fragte da Kumani gerührt und erhob sich. „Dies ist unser Sohn", sagte Argon da lächelnd und erhob sich, „Wenige Wochen, bevor Iduna und der König anreisten, kam er zur Welt."

„Und da habt ihr doch so für uns, für Frey gekämpft?" Als Kumani diese Worte aussprach, wuchs der Respekt Idunas vor der jungen Frau noch weiter.

„Er ist wirklich wunderschön. Ein Prachtkerl, fast wie mein Alvar, als er zur Welt kam", lächelte Kumani, als Floki ein leises Lachen ausstieß und nach der Mutter Alvars griff, während Alvar tatsächlich etwas errötete.

Auch Frey blickte zu Runa, auch wenn seine Augenlider schwerer und schwerer wurden. Die Tochter Mímirs bemerkte dies und kam auf den Jüngling zu. Sie ließ sich auf seiner Bettkante nieder und Floki blickte den jungen Prinzen neugierig an. Sein Kinderlachen erfüllte den Raum und Floki griff nach dem Daumen Freys, um diesen zu untersuchen. Als ihm dies zu langweilig wurde, machte er sich daran die Decke Freylens zu sich zu ziehen, was ihm wohl noch mehr Freude bereitete. Auch Frey musste lächeln, als Floki feststellte, wie groß die Decke im Vergleich zu seinem eigenen Körper war und diese schließlich losließ, um sich den langen Haaren Idunas zu widmen, welche an der Bettkante Freylens verweilte. Sie begann, lustige Grimassen zu schneiden und Floki lachte laut auf und klatschte in die Hände, während Frey sich auf die Seite drehte und im Reich der Träume versank.

Iduna lächelte, als Frey schlafend nach ihrer Hand tastete. Nun würde alles gut werden. Nun war er bei ihr und konnte glücklich sein.

Epilog

Ein Monat verging. Ein Monat, in welchem die Welt sich veränderte. Der König schrieb einen Brief an sein Schloss und sorgte dafür, dass die Gemächer des Prinzen sowie die der Bediensteten aufgewertet werden sollten. Er kündigte an, mit seinem Sohn und sechzig weiteren Menschen zurückzukehren: Mit den Sklaven, Mímir, Argon, Runa und Floki.

Dass der Heiler und seine Familie den König begleiteten, hatte den einfachen Grund, dass Frey Mímir vertraute, dass der Heiler den Prinzen und die anderen Sklaven kannte und weiter behandeln würde. Der König musste feststellen, dass Mímir der beste Heiler war, welchen er kannte, und gerade Frey und Alvar benötigten noch immer einen begabten Heiler, welcher sie während der Genesung unterstützte. Als Asilos Mímir anbot, er könne die Sklaven begleiten, stimmte der Heiler augenblicklich zu, stellte jedoch die Bedingung, dass seine Familie ihn begleiten würde. Dem König war dies recht.

Doch stellte man diesen und auch die anderen vor die schwere Entscheidung, was mit Belial und Adrastos geschehen sollte. Für den König und auch für Iduna und Alvar stand fest, dass man den Berater hinrichten sollte. Doch Belial hatte gegen kein Gesetz verstoßen und würde lediglich seine Sklaven, den Heiler und einen Ritter verlieren.

Zur Überraschung aller war es Frey, welcher immer öfter sprach, der das Urteil über Adrastos unterband. Da ihn kein Trank mehr gefügig machte, wurde er etwas mutiger, doch wusste Mímir bereits, dass der Jüngling sein Leben lang sehr scheu und auch gehorsam bleiben würde. Die vergangenen Jahre hatten ihn zu stark beeinflusst und geprägt.

Und doch wandte er sich an seinen Vater und bat ihn, seinen Herrn nicht töten zu lassen. Er sagte, dass Adrastos ihn nicht getötet hatte und dass niemand das Recht hätte, einen anderen zu töten. Er bat darum, ihn lediglich zu verbannen. Keine Burg, kein Gehöft und keine Stadt sollte er mehr betreten dürfen, jedoch dürfe er am Leben bleiben. Der König verstand Frey und gewährte ihm diesen Wunsch. Sollte Adrastos sich jedoch dieser Verbannung widersetzen, so war ihm der Tod gewiss.

Noch am selben Tage erklärte man Adrastos dies und jagte ihn davon. Iduna und Frey sahen ihn nicht wieder.

Mímir begann damit, Alvar und Frey zu bewegen. Beide sollten langsam wieder Muskeln aufbauen, um vollständig genesen zu können. Alvar war der stärkere von beiden. Er tat alles dafür, um wieder auf eigenen Beinen zu stehen, doch Frey war bei weitem schwächer und vor allem ängstlicher. Noch immer verspürte er Schmerzen und so beschloss man, eine Bahre in eine der Kutschen zu bauen, damit der junge Prinz diesen Ort der Qual verlassen konnte.

Eine Woche später stand fest, dass einmal in der Woche eine Kutsche die Burg Belials verlassen und auf das Königsschloss zufahren würde. Jede Woche würden mehr Sklaven die Burg verlassen. Mímir würde Frey, Iduna und den König begleiten. Seine Tochter würde mit ihrer Familie und Alvar als letzte abreisen, um sich weiter um die Sklaven kümmern zu können. Die Habseligkeiten wurden in Truhen gepackt und die Kutschen wurden beladen. Als Frey in die Kutsche gebracht wurde, warf er keinen Blick zurück, froh, diesen Ort des Grauens nun verlassen zu können.

~

Einige Tage später hielt eine Kutsche im Schlosshof des Sitzes des Königs von Valaina. Derselbe verließ die Kutsche als erster und musste schmunzeln, als er die vielen Blicke bemerkte, mit welchen die Kutsche bedacht wurde. Sie alle wollten den Prinzen sehen.

Zwei Wachen brachten eine Bahre herbei, und dann halfen Mímir und Iduna dem Prinzen, sich auf diese zu legen. Dieser war völlig erschöpft von der langen Reise, doch blickte er sich neugierig in seinem Zuhause um.

Iduna hielt seine Hand und lächelte ununterbrochen. Ihr Lächeln wurde noch breiter, als sie ihre Mutter erblickte, welche ihr eiligst entgegenschritt. Auch Frey erkannte sie, hatte Iduna doch genau ihr Lächeln.

Almina nahm ihre Tochter in den Arm, ihre Augen tränten vor Glück, als sie auch Frey vorsichtig begrüßte, und seine Hand in der ihrer Tochter erblickte.

Die Wachen brachten Frey in sein Gemach, wo er sich zur Ruhe legen sollte. In diesem hatte sich lediglich die

Kleidung verändert. Nun hingen dort die Gewänder Idunas, welche ihrem Liebsten, für welchen die Schneider noch keine passende Kleidung hergestellt hatten, nicht mehr von der Seite weichen würde.

Ebenfalls sehr erschöpft schmiegte sie sich an ihn und blickte zur Tür, durch welche wenige Wochen später auch das Gesicht von Alvar hindurchlugen würde.

„Ich habe dir versprochen, dass du glücklich sein wirst", würden seine Worte sein. Und dieses Glück, die doch so schöne Welt, würde der junge Prinz nun entdecken können. Doch schon in diesem Moment würde sein Herz mit lediglich drei Dingen gefüllt sein: Glück, Dankbarkeit und Liebe.

Ende

Die Figuren

Iduna
Mit 13 Jahren, wurde sie mit ihrer großen Liebe, dem Prinzen Freylen verlobt, doch dieser verschwand daraufhin spurlos. Also wurde sie zur Thronfolgerin erklärt und zudem zum Ritter ausgebildet. Sie ist laut, stur und energisch. Ungerechtigkeit ist ihr zuwider und so versucht sie, den Sklaven auf der Burg Belials zu helfen und diesen ein besseres Leben zu ermöglichen.

Freylion „Frey"
Niemand weiß, wo er herkommt. Er ist ein junger Sklave auf der Burg Belials, stumm und von Folter gezeichnet. Alles, was er kennt, sind Angst und Schmerz und er trachtet danach einfach einzuschlafen und nicht mehr zu erwachen. Doch mit seinem großen Herz und seiner scheuen, sensiblen Art, freundet er sich mit Iduna an. Kann sie ihn retten?

Alvar
Er wurde als Sklave geboren, wuchs als ein Niemand auf und führt nun die Gruppe der Sklaven an. Alvar ist ein wahrer Kämpfer und gibt die Hoffnung nicht auf, sich und seine Gefährten eines Tages frei zu sehen.

Adrastos
Als Berater des Fürsten, weist er eine unglaubliche Intelligenz auf. Adrastos ist schlau, geschickt und zudem der Besitzer des Sklaven Freylion. Er tut alles, um Iduna zu zeigen, dass sie keine Macht über den Sklaven hat.

Mímir
Der Heiler ist seiner Zeit weit voraus. Er handelt überlegt, ruhig und ihm ist es gleich, ob nun ein König oder ein Sklave vor ihm liegt. Sein Ziel ist es, den Menschen um sich herum etwas Gutes zu tun.

Asilos
Durch den Tod seiner Frau, ist er verbittert, gab seinem Sohn die Schuld daran. Doch nun ist er einsam und unglücklich, fand in Iduna ein Ersatzkind, welches er nun vermählen möchte. Jedoch sieht er es nicht gern, wenn Iduna sich mit den Sklaven beschäftigt.

Runa
Sie ist wahrlich die Tochter ihres Vaters. Auch das Kind Mímirs ist ruhig, ehrgeizig und ihrer Zeit weit voraus. Sie ist als Heilerin ausgebildet, darf der Tätigkeit jedoch nicht nachgehen. Dennoch hilft sie wo sie kann und hat für ihre Mitmenschen immer ein offenes Ohr.

Argon
Als edler Ritter, steht er Menschen in Not zur Seite, obwohl dies ungern gesehen wird. Heimlich unterstützt er Alvar und versorgt die Sklaven mit Lebensmitteln, damit sie im Winter überleben können. Auch seine Frau Runa unterstützt er so gut, wie er kann.

Adrik
Er ist der älteste Sohn des Fürsten und soll der zukünftige Gemahl von Iduna und damit König werden. Als ehemaliger Besitzer von Freylion, hegt er eine besonde-

re Abneigung gegen den Sklaven und versucht diesen zu erniedrigen, wo er nur kann.

Sandulf
Als zweitgeborener ist Sandulf fast unsichtbar. Doch versucht er, Iduna zu unterstützen und ermutigt sie, für die Sklaven zu kämpfen und ihre Freundschaft zu Frey nicht zu verstecken.

Belial
Der strenge Fürst hofft sehr, dass er durch die Vermählung seines Sohnes, seine Blutlinie in das Königsgeschlecht übertragen kann. Gleichzeitig versucht auch er zu verhindern, dass Iduna sich von der Verlobung und dem Kennenlernen mit Adrik ablenken lässt.

Jaro
Der jüngste Sohn des Fürsten ist freundlich neugierig und alles andere als schüchtern. Ihm ist es gleich, ob er es mit einem Sklaven oder dem König zu tun hat.

Kumani
Die Mutter Alvars, gibt die Hoffnung nicht auf und versucht diese auch an die anderen Sklaven weiterzugeben. Sie ermutigt auch Frey sich nicht aufzugeben.

Niam
Der schüchterne kleine Bruder von Alvar, versucht seinen Tätigkeiten so gut es geht nachzugehen, hofft jedoch gleichzeitig darauf, dass die Sklaven freigelassen werden.

Lavina
Als Zwillingsschwester von Niam und somit auch als Schwester von Alvar, hegt sie eine enge Freundschaft zu Frey und kümmert sich aufopferungsvoll um den jungen Sklaven. Jedoch versucht auch sie für ihre Befreiung zu kämpfen.

Morogar
Er ist einer von vielen Sklaven, welcher die Konsequenzen des rücksichtslosen Umgangs mit den Sklaven am eigenen Leib verspürt.

Inigo
Zusätzlich zu seiner Tätigkeit als Schmied, ist Inigo ein begnadeter Folterknecht, der die Sklaven mit Freuden bestraft.

Almina
Die liebenswerte Mutter Idunas, weiß wohl besser als ihre Tochter, wie diese sich fühlt. Sie versteht, dass sie ihren Verlobten vermisst und ist sich auch über die Gefühle Idunas für Freylion mehr als bewusst.

Xelmar
An Xelmar wird das ganze Ausmaß der Katastrophe deutlich. Er ist schwer verletzt und liegt im Sterben, ohne, dass die adeligen dies zur Kenntnis nehmen.

Floki
Der kleine Säugling ist der fröhliche Sohn von Runa und Argon, der die Gesellschaft anderer sehr liebt.

Danksagung

Das Wort Danke ist so klein und hat doch solch eine große Bedeutung. Es ist das letzte Wort, welches Frey in diesem Roman von sich gibt und welches ich nun ebenfalls nutzen möchte, zumal mir so viele gute Seelen halfen, aus dieser Geschichte ein Buch zu machen!

Einen großen Teil dazu beigetragen haben meine wunderbaren Testleser. Ihr alle habt euch so viel Mühe gegeben, diese Geschichte, teils sogar noch in der Urfassung zu lesen und mir eine detaillierte Rückmeldung zu geben. Danke an Alice, Raphael, Astrid, Klara, Bernfried, Inga, Frida, Kathi, die dieses Buch als erste lesen durfte, und vielen mehr, dass ihr mir mit so viel Liebe geholfen habt, aus der Geschichte ein Meisterwerk zu machen!

Mein Dank gilt ebenfalls dem Team vom Novum-Verlag, welches unglaublich schnell reagiert und letztendlich die finalen Schritte zur Veröffentlichung dieses Werkes eingeleitet hat. Danke an Stefanie Karner, meiner Autorenbetreuerin, die auf sämtliche Fragen, Antworten wusste und mich immer mit Informationen versorgt hat und danke an meine beiden Lektoren, Naemi Hofer und Thomas Ladits, die diese Geschichte einmal auf links gedreht und jeden noch so kleinen Fehler gefunden haben!

Auch möchte ich mich bei all denen Bedanken, die den Werdegang dieses Buches verfolgt und mit diesem mitgefiebert haben, bis zu dem Moment, als die Veröffentlichung feststand. Danke, an Petra, die mich stets mit ihrem Fachwissen versorgt und immer an die Veröffentlichung geglaubt hat. Danke an Lara, die obwohl sie das Buch nicht kannte, mit die erste war, die sich mit mir gefreut hat!

Und natürlich ein unendlich großes Dankeschön, an Mama und Papa! Ihr habt mich wohl am meisten unterstützt und, wart letztendlich diejenigen, die die Veröffentlichung möglich gemacht haben. Seien es Ratschläge für die Kooperation mit dem Verlag oder eine wunderschöne Rezension. Ihr habt mir in dieser Hinsicht so viel geholfen!

Die Autorin

Lil Hahnenkamm wurde 2005 in Dortmund geboren und trägt die Leidenschaft fürs Schreiben in sich, seit sie klein ist. Sie schreibt, seit sie 6 Jahre alt ist, und verfasst seit 2019 längere Romane und Fanfictions. Ihre Geschichten werden im Freundes- und Bekanntenkreis gerne gelesen, und nach häufigem Drängen, ihre Werke zu veröffentlichen, setzte sie dies mit ihrem Debütroman „Der Sklave von Valaina" schließlich in die Tat um. Ihre Fähigkeit, die Figuren und deren Emotionen authentisch und lebhaft darzustellen, ist bemerkenswert.
In ihrer Freizeit schätzt die Autorin, nebst dem Schreiben, das Lesen, Klavierspielen, Zeichnen und Nähen. Nach dem Erstlingswerk der Jungautorin darf man auf deren weiteren schriftstellerischen Werdegang gespannt sein.

novum VERLAG FÜR NEUAUTOREN

Der Verlag

*Wer aufhört
besser zu werden,
hat aufgehört
gut zu sein!*

Basierend auf diesem Motto ist es dem novum Verlag ein Anliegen, neue Manuskripte aufzuspüren, zu veröffentlichen und deren Autoren langfristig zu fördern. Mittlerweile gilt der 1997 gegründete und mehrfach prämierte Verlag als Spezialist für Neuautoren in Deutschland, Österreich und der Schweiz.

Für jedes neue Manuskript wird innerhalb weniger Wochen eine kostenfreie, unverbindliche Lektorats-Prüfung erstellt.

Weitere Informationen zum Verlag und
seinen Büchern finden Sie im Internet unter:

w w w . n o v u m v e r l a g . c o m